源氏物語五十四帖　現代語訳

紫式部の物語る声［二］

末摘花・紅葉賀・花宴・葵・賢木

原作　紫式部

現代語訳　月見よし子

幻冬舎MC

まえがき

「『源氏物語』は、世界最高峰の文学である」

この言葉を胸に、『源氏物語』を読み始めて、気がつけば、三十年の歳月が流れました。当初、何が書かれているのか、まったく知らず、頭の中は、真っ白な画用紙のようだったと記憶しています。今思えば、「千年の歳月を生き残っている理由を知りたい」、その興味が出発点でした。まったくの素人である私が、書籍を出版する烏滸《おこ》がましさを感じながらも、原文を一言一句、色鉛筆を使い、言葉を可視化する手法で読み解く、「源氏物語原文分解分類法」を、独学で編《あ》み出し、それゆえに見える、「紫式部の眼《まなこ》」による、この世の中を俯瞰《ふかん》する視点の緻密《ちみつ》さに驚き、二十一世紀を生きる、日本人女性の一人として、生活目線で体当たりした軌跡《きせき》を、お伝えさせて頂きたく、挑戦した次第です。

本書は、前著『源氏物語五十四帖　紫式部の眼《まなこ》』に基づき、現代語訳をしております。既刊『源氏物語原文分解分類法　心の宇宙の物語　千年の時を超えて』の改訂新版です。

原文は、膨大《ぼうだい》な量で、複雑で、古語は外国語にさえ思えることがあります。しかし、一言一句、丁寧に読み進めると、紫式部は、七十年の歳月、五百人を超える登場人物の関係性によって作り出される物語世界を、理路整然《りろせいぜん》と語っていることが伝わってきます。その世界観を、言葉で表現することは、とても難しいのですが、敢《あ》えて言うならば、「森羅万象《しんらばんしょう》を、人類《じんるい》の普遍《ふへん》的価値観《てきかちかん》で洞察《どうさつ》し、言葉で表現している」、そのような感覚でしょうか。紫式部は、この世のすべてを言葉で表現することに挑《いど》み、千年の時を超えて、人間として「生きる意味」を、後世の私達に伝えています。紫式部にとって、千年先は、永遠にも思えたことでしょう。その永遠の先を、現代の私達は、見つめながら生きています。紫式部の視点に立って物語を読み進める時、それまでの千年の日本の歴史が蘇《よみがえ》ると同時に、彼女の死後、現代に至る千年の日本の歴史が、まざまざと浮かび上がって来ます。物語を通して、二千年の日本の歴史を体感することができます。

彼女は、自分の死後の、千年の日本の歴史について、知るはずもなく、物語には、勿論《もちろん》、反映されていません。読者である私達は、まずは、千年の歳月を飛び超えて、彼女の生きた時代、生活環境、物語に書かれている世界に没入し、真っ白な心で向き合うことが大切です。評価や論評は、物語に書かれていることを読み、理解した上での話です。まずは、純粋な気持ちで、物語世界をご一緒に、お楽しみ頂ければ幸いです。

五十四帖を、色分けしながら、分解・分類し、俯瞰《ふかん》して読み解いた結果、『源氏物語』の設計図、文体、構造、目的……、様々なことが分かって来ました。例として、幾《いく》つか項目に挙げたいと思います。

・『源氏物語』は、「紫式部の物語る声」。
・五十四帖は、首尾一貫《しゅびいっかん》した一連《いちれん》の物語。
・物語の「結末」は、「冒頭」に回帰《かいき》する。
・「五十四帖人物相関図」……一枚展開図作成。
・「五十四帖序章《じょしょう》」……「桐壺」「帚木」「空蟬」「夕顔」四帖、序章である根拠。
・「雨夜《あめよ》の品定《しなさだ》め」……『源氏物語』の設計図である根拠。
・「雲隠《くもがくれ》」の巻……源氏の虚無《きょむ》の人生を断罪《だんざい》し、白紙とされた根拠。
・「我は我」……人は「自分」を、どのように獲得《かくとく》し、「生きる意味」とは何か。
・学問・政治・経済・宗教・生活・文化・自然・地名……多角的考察。
・歴史上の人名・事実・文献……多角的考察。

本書は、「紫式部の物語る声」を、感じ取りながらの現代語訳です。話し言葉を、書き言葉で表現することの難しさを感じております。読者の皆様に、五十四帖の物語が、一連の流れである構造をお伝えするために、書き方に工夫をしております。紫式部、登場人物、訳者の立ち位置を意識して、読み進めて下さい。

会話の「」記号表記の他に、内心描写にも「」を使用しています。また、紫式部の著者としての言葉は〈〉、現代語訳者である私の言葉には（読者として……）と表記し、言葉の意味を、明確にご理解して頂けるように心掛けました。また、文体は、音読に適《かな》う文章を、できる限り目指しました。声を出しながら、味わって頂ければ幸いです。

最高峰が、社会に及ぼす影響力の裾野《すその》は広いと実感しています。千年の歳月、日本人は、無意識のうちにも、『源氏物語』に描かれる様々な事象から、影響を受けて生活していることに気が付きます。一方で、これまでの源氏物語解釈には、見落としや誤解、間違いの多かったことにも気が付きます。

『万葉集《まんようしゅう》』で万葉仮名《まんようがな》が生み出され、草仮名《そうがな》から平仮名《ひらがな》が確立し、平安時代中期、紫式部は、世界最高峰の文学を書き残しました。すべての日本人の皆様にとって、共に味わうことのできる、千年の時を超えた、「宝玉《ほうぎょく》文学遺産」であると、実感、確信しております。

紫式部の願いは、物語が、読む人の悲しみを生きる力に変え、人生の道標《みちしるべ》となることであったと感じています。『源氏物語五十四帖　現代語訳　紫式部の物語る声』、最後まで辿《たど》り着けるか、挑戦ではありますが、お付き合い頂けましたら幸いでございます。

尚、独学により、原文は、『新編日本古典文学全集源氏物語①～⑥』（小学館）、言葉の意味については、『広辞苑』（岩波書店）及び、『全訳読解古語辞典』（三省堂）を、使用させて頂きました。日本の長い歴史で築き上げられた日本語の、言語としての尊い価値にも感謝申し上げる次第です。心より御礼申し上げます。

現代語訳者　月見よし子

『源氏物語五十四帖現代語訳　紫式部の物語る声［二］』発刊に寄せて

源氏物語現代語訳、第二巻を発刊させて頂く運びとなりました。いよいよ物語の世界に入って行く喜びと同時に、挑戦、覚悟の気持ちを抱いております。

第二巻は、主人公源氏の青年期初期の物語です。日常の時間の流れの中で繰り広げられる周囲の人々との人間関係、そして、父帝崩御により権勢を失い、変わり行く時世の中で生きる姿が展開されます。

これまで、原文を一言一句、見落とすことなく、できる限り忠実に読み、訳すことを心掛けて参りました。当初、複雑な原文に、鉛筆で印を付けながら読み進めていましたが、やがて色鉛筆を持ち出して、人物別、事柄別などに色分けをして、言葉の意味を確認しながら読むようになりました。白黒文字の世界が色彩により視覚化されたことで、物語の流れが明確になり、その上、一言《ひとこと》も無駄な言葉の無い、理路整然《りろせいぜん》として、矛盾《むじゅん》のない、高度な文章で構築されていることが分かりました。特に、目に見える外見と、目に見えない内心を、視点を交互に転換させながら書き分ける描写は、驚きでもありました。現代語訳者として科学的に読むことは、原作者紫式部の心情を、客観的に感じることにも繋《つな》がったと思っています。

紫式部は、物事を俯瞰的《ふかんてき》に捉えながらも、瞬間的に個々の事象に立場を転換させ、立ち位置を明確にしながら言葉遣いを変えて場面描写しています。読者として、一瞬の気の緩《ゆる》みも許されないような、瞬発力の要求される高度な文章に感じます。

源氏物語五十四帖は、一本の時間軸の中で、絵巻物のように一連の流れで展開します。現代の映画や演劇のような、映像や音響技術を持たない紫式部は、筆、墨、紙を用いて、その全てを言葉で表現するしかありませんでした。原作者でありながら、脚本、解説、音響、衣装、大道具小道具、時間設定、自然描写など、一人ですべてを熟《こな》す監督でもあります。この世の森羅万象を描きながら真理探究に挑戦する、意気込みの伝わる物語です。

紫式部は、鋭い眼差しで人間の嘘《うそ》の卑怯《ひきょう》さに苦言《くげん》を呈《てい》しながらも、時には、温《ぬく》もりのある優しさで、誠実な登場人物の涙に寄り添います。その姿勢には、人間の生きる意味を究極まで追い求める覚悟の迫力を感じます。物語が、色彩豊かな世界であると感じる時、世の中も、人間の心も、色とりどりに満ちていることに気が付きます。それは、現代を生きる私達もまったく同じです。

読者の皆様には、紫式部が、天《てん》の眼《まなこ》で俯瞰的に世の中を見つめる視点と、個々の事象を繊細に、そして緻密に描写する視点を、同時に意識ながら読み進めて頂くと、現代社会にも通じる思考の広がりを体感して頂けると思います。日本の歴史や文化、生活習慣、日本語の成り立ちなど、現代の私達が日本人として生きる中で、無意識にも脈々と繋《つな》いでいる伝統を感じて頂けると思います。

紫式部の原文に込めた真意を探究することは、人文科学としての文学であると思います。原文と拙著現代語訳を読み比べて考察して頂き、源氏物語について、千年の時を超えて、世界観を広げて頂けましたら幸いでございます。

二〇二三（令和五）年三月

現代語訳者　月見よし子

目次

源氏物語原文五十四帖構成分類

〈序　章〉　桐壺《きりつぼ》・帚木《ははきぎ》・空蟬《うつせみ》・夕顔《ゆうがお》

〈本　編〉（一）若紫《わかむらさき》・末摘花《すえつむはな》・紅葉賀《もみじのが》・花宴《はなのえん》・葵《あおい》・賢木《さかき》・花散里《はなちるさと》・須磨《すま》・明石《あかし》・澪標《みおつくし》・蓬生《よもぎう》・関屋《せきや》・絵合《えあわせ》・松風《まつかぜ》・薄雲《うすぐも》・朝顔《あさがお》

（二）少女《おとめ》・玉鬘《たまかずら》・初音《はつね》・胡蝶《こちょう》・蛍《ほたる》・常夏《とこなつ》・篝火《かがりび》・野分《のわき》・行幸《みゆき》・藤袴《ふじばかま》・真木柱《まきばしら》・梅枝《うめがえ》・藤裏葉《ふじのうらば》

（三）若菜《わかな》（上下）・柏木《かしわぎ》・横笛《よこぶえ》・鈴虫《すずむし》・夕霧《ゆうぎり》・御法《みのり》・幻《まぼろし》・雲隠《くもがくれ》

（四）匂宮《におうのみや》・紅梅《こうばい》・竹河《たけかわ》

〈宇治十帖〉（一）橋姫《はしひめ》・椎本《しいがもと》・総角《あげまき》・早蕨《さわらび》・宿木《やどりぎ》

（二）東屋《あずまや》・浮舟《うきふね》・蜻蛉《かげろう》・手習《てならい》・夢浮橋《ゆめのうきはし》

※文献によっては、「若菜」を「若菜（上）」「若菜（下）」と分けて二帖とし、白紙の「雲隠」を含めずに五十四帖として解釈しているものもありますが、私は、「若菜（上下）」を一帖とし、「雲隠」を含めて五十四帖と解釈しています。

※〈序章〉の位置付けと、〈本編〉〈宇治十帖〉の分類は、私の独自の考え方によるものです。次の視点で五十四帖を考察しています。

〈序　章〉源氏物語導入部

〈本　編〉源氏物語展開部
（一）源氏青年期　（二）源氏壮年期　（三）源氏晩年期　（四）源氏死後

〈宇治十帖〉源氏物語集成部
（一）薫と匂宮物語　（二）浮舟物語

源氏物語原文分解分類法①～⑱

「源氏物語原文分解分類法①～⑱」をご紹介します。『源氏物語』の世界を、この①～⑱の視点で、分解・分類しながら読み進めると、「紫式部の心の宇宙」が見えてきます。

①物語の場面設定
②物語の中心軸「源氏の光と闇」
③登場人物の外見
④登場人物の内心
⑤言葉の二面性
⑥人間関係と問題点
⑦紫式部の評論と人生観

⑧学問――読書始《ふみはじめ》・大和魂・大学など
⑨政治――朝廷・世の政《まつりごと》・身分など
⑩経済――庄・牧・券・装束・布・引出物・禄など
⑪宗教――神仏・祈禱《きとう》・祭・祓《はらえ》・修法《ずほう》・誦経《ずきょう》・願・神事・宿曜《すくよう》・方違《かたたが》えなど
⑫生活――衣・食・住・子育て・生活雑貨・病・死など
⑬文化――歌・書・絵・紙・琴・笛・香・碁・舞・鞠《まり》・調度品など
⑭自然――草木花・山川海・空雲風・虫魚鳥・動物・天候・季節・天体など
⑮地名――日本《ひのもと》・大和《やまと》の国・大八洲《おおやしま》・宮城野《みやぎの》・武蔵野・筑波嶺《つくばね》・富士山など
⑯歴史上の人名――聖徳太子《しょうとくたいし》・伊勢《いせ》・紀貫之《きのつらゆき》・小野道風《おののみちかぜ》など
⑰歴史上の事実――楊貴妃《ようきひ》の例《ためし》・宇多帝《うだのみかど》の御誡《いましめ》など
⑱歴史上の文献――日本紀《にほんぎ》・かぐや姫の物語・三史五経《さんしごきょう》・長恨歌《ちょうごんか》・史記《しき》など

六　末摘花《すえつむはな》

［一］

源氏は、どれほど思いを寄せても、ますます、飽《あ》きることのなかった夕顔が、露《つゆ》のように亡くなってしまった悲しみを、年月《としつき》を経《へ》ても忘れることはない。あちらこちらの女方は、油断《ゆだん》のできない人達《ひとたち》ばかりで、体裁《ていさい》を作り、源氏への思いの深さを張り合う有様《ありさま》である。故夕顔が、親《した》しみ易《やす》く、心の落ち着く雰囲気であったことを、しみじみと思い出し、似ている女方のいない寂《さび》しさに、恋しくなるばかりである。

（読者として……夕顔が亡くなり、半年ほど経った頃の場面です。年を越して、足掛《あしか》けで数《かぞ》えているので「年月《としつき》」と表現されています。まだ、紫の上に出会う前のことです。「若紫《わかむらさき》」「末摘《すえつむ》花《はな》」「紅葉賀《もみじのが》」の巻は、物語が、同時並行に重なって進展している時期があります。「朱雀院《すざくいん》への行幸《ぎょうこう》」が、読み進める上での目安になります。「若紫」［一七］）

源氏（内心）「どうにかして、世間では大袈裟《おおげさ》に噂のされていない、たいそう可愛らしくて、こちらが気後《きおく》れしない女方を見つけたいものだ」

と、性懲《しょうこ》りもなく思い続けていた。少しでも、「奥ゆかしい人である」と評判を聞いた際には、耳に留《とど》めて忘れることはない。「この人こそは」と心の惹きつけられる気配を感じる女方には、ほんの一筆でも、思いを伝える便りを届けているようである。源氏に靡《なび》かず離れて行く女方は、滅多にいない様子である。

〈まったく、互いに思い込みをしていることよ〉

一方で女方の中には、平然と振る舞い、気性も強く、譬《たと》えようもないほど人情味《にんじょうみ》の無い真面目《まじめ》な者もいた。あまり物事は弁《わきま》えていない様子で、その性格を貫《つらぬ》き通《とお》すでもなく、心残りもなく気弱《きよわ》になって、平凡《へいぼん》な男の妻に収《おさ》まってしまい、源氏が途中で言い寄るのを止《や》めることもあったようである。

源氏は、あの空蟬《うつせみ》を、何かの折ごとに悔しい気持ちで思い出している。軒端荻《のきばのおぎ》にも、風の便り（噂）を耳にした際には、都合良く、気を引くこともあるに違いない。灯火《とうか》の光に照らされて、空蟬《うつせみ》と碁《ご》を打つ姿には、上品さは無いと感じたが「空蟬」［一二］、それでも、また、もう一度会ってみたいと思っている。

〈源氏は、大抵《たいてい》、どのような女に対しても、すっかり忘れてしまうことのできない性格だった〉

［二］

左衛門乳母《さえもんのめのと》と呼ばれ、大弐乳母《だいにのめのと》（惟光《これみつ》の母）の次に、源氏が大切に思っている人の娘が大輔命婦《たいふのみょうぶ》と呼ばれて宮中に仕えている。皇族の血筋である兵部大輔《ひょうぶのたいふ》の娘であった。たいそう色好みの若女房で、源氏も、召使《めしつか》いとして呼び寄せることがある。大輔命婦の母親は、筑前守《ちくぜんのかみ》と再婚し、妻として夫の任国《にんごく》に下向《げこう》していた。大輔命婦は、父君の邸《やしき》を実家にして、宮中に出仕《しゅっし》している。

故常陸親王《ひたちのみこ》の晩年に生まれ、たいそう可愛がられ、大切に育てられていた娘（末摘花《すえつむはな》）が、父親の亡き後、心細い有様《ありさま》で暮らしていた。大輔命婦が、源氏に、何かの話の序《つい》でに伝えたところ、

源氏「それは、気の毒だ」

と、言いながらも心に留《とど》めて、その女方の様子を尋《たず》ねている。

大輔命婦「姫君（末摘花）の人柄《ひとがら》や容姿《ようし》などについて、詳《くわ》しくは存じません。ひっそりと隠《かく》れ

るように暮らして、人とのお付き合いもされておりません。何かの用事でお会いする宵《よい》の口などには、物越《ものご》しの対面で、几帳《きちょう》や御簾《みす》を隔《へだ》てて、お話しております。琴《きん》（中国渡来《とらい》の七絃琴《しちげんきん》）だけを、大切な語り合える友にしているような方です」

と、言うと、

源氏「琴《きん》は、三友《さんゆう》（琴・詩・酒、『白紙文集《はくしもんじゅう》』）の一つであるが、酒は、女方には良くないな」

と、冗談《じょうだん》を言い、

源氏「私にも、その女方の琴《きん》の音《ね》を、聞かせておくれ。故父親王《みこ》は、そちらの方面には風雅《ふうが》な嗜《たしな》みがあって、得意《とくい》とされていた方であるから、姫君は、並一通《なみひととお》りの腕前《うでまえ》ではないと思われるな」

と、言う。

大輔命婦「そんなに、改めて、お聞きになるほど、お上手ではないと思われますが」

と、言うと、

源氏「たいそう意味ありげな態度をとるではないか。近頃の朧《おぼろ》に霞《かす》む月の風情《ふぜい》の夜に、人目を忍《しの》んで出掛《か》けよう。その時には、宮中から退出して、手引《てび》きをせよ」

と、言うので、

大輔命婦（内心）「厄介《やっかい》なことになってしまったわ」

と、思いながらも、宮中での勤めもなく、穏やかな春のつれづれとした頃、退出した。

父兵部大輔《ひょうぶのたいふ》は別の家に住み、時々、こちらの邸《やしき》に通って来ていた。大輔命婦は、継母《ままはは》のいる邸（実家）では落ち着かず、姫君（故常陸親王の娘、末摘花）の邸に親しみを感じて、やって来ているのだった。

［三］

源氏は、話していた通り、十六夜月《いざよいづき》の美しい夜、姫君（末摘花《すえつむはな》）の邸《やしき》へやって来た。

大輔命婦《たいふのみょうぶ》「まったく、姫君にはお気の毒なことです。今夜は朧月夜《おぼろづきよ》で、琴《きん》の音色《ねいろ》の響《ひび》く空模様《そらもよう》ではないと思われますが」

と、言うものの、
源氏「何としても、姫君の所へ行って、ほんの一曲でも弾《ひ》いて頂《いただ》くようにしなさい。このまま、何も聞かずに帰るのは悔《くや》しいではないか」

と、言うので、大輔命婦は、常陸宮邸で与えられている自分の部屋に源氏を通す。

大輔命婦（内心）「気掛《きが》かりで、畏《おそ》れ多《おお》いこと」

と、思いながら、寝殿にうかがうと、格子は、まだ、昼間のまま開《あ》けっ放《ぱな》しであった。姫君は、梅の花が香《かお》り良く咲いているのを眺《なが》めているところだった。

大輔命婦（内心）「丁度《ちょうど》良い折《おり》だわ」

と、思い、
大輔命婦「『琴の音色が、どれほど素晴らしく聞こえるかしら』と思うような夜の風情ですね。

心の惹《ひ》かれる思いでやって参りました。いつも気忙《きぜわ》しく出入《ではい》りして、ゆっくりお聞きすることもできず、残念に思っておりましたので」

と、言うと、
末摘花「琴《きん》の音《ね》を聞き分けて下さるのですね。宮中に出入《ではい》りしている貴女に、聞いてもらうほどのものかどうか」

と、言いながら、琴を取り寄せる。

大輔命婦（内心）「ああ、どうしよう。源氏の君は、どのようにお聞きになるだろうか」

と、胸がどきどきする思いである。

姫君（末摘花）は、ほんの少し、琴《きん》を掻《か》き鳴らす。源氏には面白く聞こえる。たいして上手な腕前ではないものの、琴は、もともと、音色の格別に素晴らしい楽器であるから、聞き苦しいとは思わない。

源氏（内心）「たいそう、ひどく、荒れ果てた寂しい邸だ。高貴な身分である故常陸宮が、古風に重々しく、姫君を大切に育てられていた場所であるはずだが、その名残《なごり》すらもない。姫君は、どんなにか無念な思いをされていることだろう。このような場所にこそ、昔の物語には、しみじみと心の打たれる話があったものだ」

などと、思い続けている。

源氏（内心）「言葉を掛けて、言い寄ってみようか」
と、思うものの、
源氏（内心）「突然《とつぜん》で、不躾《ぶしつけ》に思われるだろう」
と、思うと恥《は》ずかしくなり、躊躇《ためら》っている。
　大輔命婦《たいふのみょうぶ》は、気転《きてん》の利《き》く賢《かしこ》い人で、
大輔命婦（内心）「源氏の君のお耳には、姫君の琴の音を、あまり、お聞かせし過ぎない方が良いわ。腕前のほどが分かってしまうから」
と、思うので、
大輔命婦「曇《くも》りがちになって来たようです。お客がお見えになることになっておりました。嫌《きら》って留守にしているのかと思われてしまいますので。また改めて、ゆっくりと。格子《こうし》は下《お》ろしましょうね」
と、巧《うま》く言って、それ以上、琴の演奏を勧《すす》めもせず、源氏の所に戻って来た。
源氏「中途半端《ちゅうとはんぱ》なところで、終わってしまったではないか。腕前を聞き分ける間《ま》もなかったぞ。残念だ」

と、言いながらも、
源氏（内心）「雰囲気は、美しい人に違いない」
と、思っている。
源氏「同じことなら、もう少し近い場所で、姫君（末摘花）の琴の音を立《た》ち聞《ぎ》きさせよ」
と、言うが、
大輔命婦（内心）「心の惹かれる程度で丁度良いわ」
と、思っているので、
大輔命婦「さあ、どうでしょう。姫君は、たいそう物寂《ものさび》しいご様子で、心も消え入るほどに、辛《つら》い思いに悩まれているようです。心配なご様子で」
と、言うと、
源氏（内心）「なるほど。それもその通りだ。突然お会いして、私も相手の女方も、いきなり互いに親しく語り合うような仲になったならば、その程度の身分ということになってしまうだろう」
などと、思っている。源氏は、しみじみとした風情を大切にする性格なので、
源氏「やはり、私の姫君への深い思いを、それとなく伝えてくれ」
と、大輔命婦に言い聞かせている。

源氏は、他にも、約束をしている女方がいるのだろう。たいそう人目を忍んで、姫君（末摘花）の邸を後《あと》にしようとしている。

大輔命婦「帝（父帝）は、源氏の君について、『真面目《まじめ》過ぎる』とたいそうご心配されているようです。私には、時々、可笑《おか》しく思うことがございます。このようなお忍び姿を、どうにかして、帝にもご覧《らん》頂きたいものですわ」

と、言うと、源氏は戻って来て、笑みを浮かべながら、

源氏「真面目な人のような、ものの言い方をするではないか。人の欠点を言える身か。この程度のことを浮気な振舞《ふるまい》と言うならば、そこにいる女（大輔命婦）は、恥ずかしいであろうな」

と、言う。源氏が、大輔命婦を、かなり好色めいた女と思って、時々、このように言うので、

大輔命婦（内心）「恥ずかしい」

と、思い、何も言わずに黙《だま》っている。

［四］

源氏（内心）「寝殿《しんでん》の方へ行けば、姫君（末摘花《すえつむはな》）の気配《けはい》を感じることができるのかもしれないな」

と、思いながら、そっと大輔命婦《たいふのみょうぶ》の部屋を出た。透垣《すいがい》（板や竹の隙間《すきま》のある垣根《かきね》）のほんの少し折れ残っている陰《かげ》から、寝殿の方へ行こうとすると、もとから、そこに立っている男がいた。

源氏（内心）「誰だろう。姫君に思いを寄せる色好《いろごの》みの男がいたのだな」

と、思いながら、物陰にぴったりとくっついて、隠れるように立った。実は、その男は、頭《とうの》中将《ちゅうじょう》（左大臣長男、源氏正妻葵《あおい》の上《うえ》の兄）であった。今日の夕方、宮中から源氏と一緒に退出していた。源氏が左大臣邸へ寄らず、自邸の二条院へも帰らず、道中、そのまま別れたので、

頭中将（内心）「源氏の君は、どちらへ行くのだろう」

と、心穏《こころおだ》やかではいられなくなり、自分にも予定の行き先があるのに、跡《あと》をつけて、様子を窺《うかが》っていたのだった。頭中将は、見栄《みば》えのしない馬に乗り、狩衣姿《かりぎぬすがた》（普段着）の身軽な恰好《かっこう》で付いて来ていたので、源氏は気付かなかったのである。頭中将の方では、さすがに、源氏が、このような珍《めずら》しい邸に入って行ったのを見て、事情も分からず、不思議に思っていた。物の音《ものね》

（琴《きん》）が聞こえ、立ち聞きしているうちに、
頭中将（内心）「源氏の君は、帰る際《さい》、ここから出て来るはずだ」
と、思い、待《ま》ち伏《ぶ》せしていたのだった。

源氏は、その男が誰であるのか分からず、
源氏（内心）「我が身を、知られないようにせねば」
と、抜《ぬ》き足《あし》で、音を立てないように歩いていると、男（頭中将）が、すっと近寄って来て、
頭中将「私を、途中で振り捨てるようにお出掛けになるのが恨めしくて、お見送りしようと思って付いて来たのですよ。
もろともに大内山は出でつれど入《い》る方《かた》見せぬいさよひの月
（ご一緒に宮中を退出しましたのに、入る方［沈む頃］を見せない、十六夜月《いざよいづき》のように行方《ゆくえ》を暗《くら》ましましたね）」
と、恨み言を言う。源氏は腹立たしくなるが、この男が頭中将であると分かると、少し可笑《おか》しくなって、
源氏「人の思い寄《よ》らぬことをして」
と、たいそう憎《にく》らしく思いながら言うと、

源氏　**「里分かぬかげをば見れど行《ゆ》く月のいるさの山を誰かたづぬる**
（どこの里にも同じように光を照らす月を、眺めることはあっても、月の沈む山の方《ほう》まで尋《たず》ねて行く者がいるだろうか）

私が、このように跡《あと》をつけて歩いたならばどうされますか」

と、言う。

頭中将「実際、このような忍び歩きは、随身《ずいじん》の働きがあってこそ、上手《うま》く事が運ぶものです。私を、置いて行かないで頂きたいですね。目立たぬ恰好《かっこう》での忍び歩きには、身分不相応《みぶんふそうおう》な面倒事が、起きるものですよ」

と、逆に、頭中将が源氏を諭《さと》している。

　源氏は、頭中将に、このように見つけられてしまい、
源氏（内心）「癪《しゃく》であるな」

とは、思うものの、あの撫子《なでしこ》（頭中将と故夕顔の娘、後の玉鬘《たまかずら》）を、頭中将が探し出せずにいる一方で、我が身は知っている優越感《ゆうえつかん》を覚えながら、思い出していた。

［五］

源氏と頭中将は、それぞれ、約束をしている女方があったものの、一緒になると、楽しい気分になって、別《わか》れ難《がた》く、一つの車に乗り込んだ。美しい月が雲に隠れる風情の中、笛を吹き合わせながら、左大臣邸に到着した。

前駆《さき》（先払《さきばら》い、通行人を追い払う役目の者）なども伴《ともな》わずにやって来て、そっと邸《やしき》に入ると、人目《ひとめ》のない廊《ろう》（建物を結ぶ建家《たてや》）で、直衣《のうし》を取り寄せて、着替える。然《さ》りげ無《な》い顔をして、たった今、着《つ》いたかのように、笛を吹いて楽しんでいると、左大臣は、いつものように聞き流すことができず、高麗笛《こまぶえ》を取り出した。たいそう上手な腕前《うでまえ》で、とても趣《おもむきぶか》深く吹き始める。琴《こと》（弦楽器の総称）も取り寄せて、御簾《みす》の内側でも、得意《とくい》とする女房達に弾《ひ》かせている。

中務《なかつかさ》の君（葵の上付《づき》の女房）は、本格的に琵琶《びわ》を弾く人である。頭中将が、思いを寄せても遠《とお》ざける一方で、源氏から、時折《ときおり》寄せられる好意には、親しみを感じて拒《こば》まずにいる様子が、しぜんと噂になっていた。それを、大宮（頭中将の母）などは、不満に思われているので、中務の君は、悩ましく、恥ずかしい思いをしながら、物に寄り掛かって俯《うつむ》いている。
中務の君（内心）「源氏の君をまったく見掛《みか》けない場所に、去ってしまうのが良いだろうか」
と、思ってはみるものの、やはり、それもさすがに心細くて、思い乱れている。

源氏と頭中将は、先ほどの、姫君（末摘花）の琴《きん》の音《ね》を思い出し、寂《さび》しげな住まいの様子であったことも、それはそれで、風変《ふうが》わりな風情であったと思い続けている。

頭中将（内心）「もし願い通りに、たいそう素晴らしく、可愛らしい女方が、あのような邸《やしき》で年月を過ごしていて、見初《みそ》めて通うならば、恋心に苦しむことだろう。人にも騒《さわ》がれるほどの噂《うわさ》になって、私ならば、心を取り乱して、みっともないことになるのではないか」
などと、そこまで空想《くうそう》していた。

源氏がこのように好色めいた忍び歩きをしているのを見て、
頭中将（内心）「源氏の君が、このまま、じっとしているはずはないな」
と、何となく、悔《くや》しくも、危《あぶ》なっかしくも思っていた。

［六］

〈源氏と頭中将は、あれから後も、それぞれ姫君（末摘花《すえつむはな》）に手紙などを送っているようである〉

どちらにも、姫君からの返事は無く、様子の分からぬ焦《じ》れったさから、頭中将（内心）「あまりにも酷《ひど》い話ではないか。あのように寂しげな暮らしをしている人ならば、物事の情緒《じょうちょ》を深く味わう様子や、ちょっとした木や草、空の風景を和歌に詠《よ》んで、返事を寄越《よこ》すものだ。こちらにも、女方の人柄《ひとがら》を、推《お》し量《はか》る時々があってこそ、しみじみと愛《いと》しい思いになるというものだ。親王の姫君として、重々しく振る舞うにしても、まったく、これほど引《ひ》っ込《こ》み思案《じあん》では、こちらも不愉快《ふゆかい》で面白くない」

と、源氏よりも苛立《いらだ》っていた。

例によって、頭中将は、源氏に隠《かく》し立《だ》てをしない性格であるから、

頭中将「しかじか（あの姫君から）の返事はご覧になっているのですか。私は、試《ため》しに、それとなく便りをしましたが、相手にされず、みっともない思いをして終わりました」

と、愚痴《ぐち》を言うと、

源氏（内心）「やはりそうか。頭中将も、姫君に言い寄っていたのだな」
と、思いながら、笑みを浮かべ、
源氏「さあ、どうでしょう。返事を見たいと思わないからか、見るということもないですね」
と、返事をするので、
頭中将（内心）「姫君は、人を見分けて選んだのだな」
と、思い込んで、たいそう悔《くや》しい思いをしている。

源氏は、姫君（末摘花）に、それほど深い思い入れはなかった。手紙の返事も無く、すげないあしらいに、気持ちは冷めていたのである。ところが、
源氏（内心）「このように、頭中将が、しきりに言い寄っているのであれば、姫君は、多くの思いを寄せた方《ほう》に靡《なび》くに違いない。もし、姫君の心が頭中将に靡き、得意顔で、先に言い寄った私を見放す態度を取ったならば、私は悔しい思いをするだろう」
と、思うと、大輔命婦《たいふのみょうぶ》を呼び、真面目な態度を装《よそお》って、語り掛ける。
源氏「姫君からの返事が無く、お気持ちも分からず、見向きもされないご様子に、私は辛くてたまらないのだよ。私を好色めいた男だと、疑われているのではないだろうか。たとえ、そのように思われているとしても、決して薄情《はくじょう》に振る舞う私ではないのだ。女方に、大《おお》らかな落ち

着きがなく、男を信じる気持ちも無ければ、しぜんと男の方が、浮気めいた過《あやま》ちをしたことになるのだ。心を穏やかにしていれば、こちらが、姫君の親兄弟から悪く言われて、恨《うら》まれるような有様でもないのだから、それだけで、却《かえ》って、可愛らしく思えるに違いないのだが」

と、言うと、
大輔命婦「さあ、どうでしょうか。源氏の君は、そのように、風情のある笠宿《かさやどり》（恋の立《た》ち寄《よ》り所《どころ》）を求めておられますが、姫君にそれを期待されても、無理であると思われます。姫君は、ただもう、控《ひか》え目《め》な遠慮深い方で、引っ込み思案の性格は、滅多《めった》におられないような方でございます」

と、見たままの有様を話している。

源氏（内心）「洗練《せんれん》された魅力《みりょく》や上品《じょうひん》な賢《かしこ》さはない人のようだな。それでも、たいそう、子供っぽい大らかさがあれば、それだけでも可愛らしいと思うのだが」

と、忘れることのない故夕顔を思い出して、呟《つぶや》いている。

その後、源氏は、瘧病《わらわやみ》を患《わずら》い、人知れず藤壺との秘事の罪に思い悩み、心の中は、いつも慌《あわただ》しく、季節は、春から夏へと過ぎて行った。

（読者として……源氏の「瘧病《わらわやみ》を患《わずら》う」場面は、「若紫」の巻の冒頭文と一致することに気が付きます。姫君［末摘花］には、梅の花を眺める様子が描かれていました。源氏が若君［紫の上］と出会ったのは、桜の花の季節です。梅の花から桜の花へ。物語を季節の変化とともに時間の流れで考察すると、末摘花との出会いは、紫の上と出会う以前であったことが分かります）

［七］

季節は、秋になった。源氏は、静かに過ごしながらも、次から次へと思いを巡《めぐ》らしている。あの故夕顔とともに、垣根の家で聞いた砧《きぬた》の音の耳障《みみざわ》りであったことさえも、恋しく思い出している。

（読者として……この頃、源氏は、北山で出会った若君［紫の上］を、どのように引き取れば良いか思案しています。藤壺の懐妊《かいにん》にも恐れを抱《いだ》いている頃です。亡き夕顔のことが忘れられず、一方では、無反応な末摘花を諦《あきら》めることもできずに思いを寄せています。秋の静かな風情の中で、傍目《はため》には平静に見える源氏ですが、頭の中は忙しく、その外見と内心の描写の対比に面白さを感じます）

源氏は、常陸宮《ひたちのみや》邸の姫君（末摘花）へ、何度も手紙を届けるものの、依然《いぜん》として、手応《てごた》えはなく、もどかしいばかりである。世間の女のように靡《なび》かず、不愉快《ふゆかい》でたまらない。「負けてはやまじ」の、負けたままでは終われぬ負けず嫌いの性格から、大輔命婦《たいふのみょうぶ》を責め立てている。

源氏「一体、どういうことなのか。まったく、このようなことは、これまで経験したことがないぞ」

源氏「不愉快でたまらぬ」

と、思いながら言うので、

大輔命婦（内心）「お気の毒なことで」

と、思って、

大輔命婦「私は、源氏の君から姫君を遠ざけたり、不似合いなお話であると決め付けるようなことはしておりません。ただ、姫君は、もともと、お人柄がとても遠慮深《えんりょぶか》い方ですから、お返事を書けずにおられるように思います」

と、言うと、

源氏「それを、世間知らずと言うのだ。物事の分別のつかぬ年頃《としごろ》で、親などの手前、自分の判断で思い通りにできないならば、そのように恥ずかしがって、返事ができないのも分かる。しかし、姫君は、何事も落ち着いた気持ちで振る舞う人であるのだろうと思えばこそ不可解《ふかかい》なのだ。私は、取留《とりと》めもなく、独り寂しく心細く思っているからこそ、姫君から同じ気持ちの書かれた返事を受け取ったならば、願いの叶《かな》う心地になるだろうと思っているのだ。あれやこれやと煩《わずら》わしい色恋事ではなく、その荒《あ》れた簀子《すのこ》で、共に佇《たたず》みたいと思っているだけなのだ。姫君の様子が分からず、納得できない思いでいるのだ。姫君の許しを得られないとしても、其方《そなた》は、私と姫君が会えるように考えを巡《めぐ》らしてくれ。私の方が苛立《いらだ》って、情《なさ》けない有様での応対《おうたい》は、決してしないゆえに」

などと、説得《せっとく》している。

源氏は、依然《いぜん》として、世の中の女について、どのような事情でも聞き集め、耳に留《とど》める癖《くせ》がある。心寂しい思いで、夜を過ごしていたところ、ふとした折に、大輔命婦が「このような女方がおられます」などと伝えてしまったばかりに、源氏は、このように本気になって、対面を催促《さいそく》しているのである。

大輔命婦（内心）「女君（末摘花）は、男女の情《なさけ》に色めく人柄ではないから、中途半端《ちゅうとはんぱ》に源氏の君を導いたならば、気の毒な結果になるかもしれない」

などと、面倒《めんどう》な事になったと思っている。しかし、源氏が、これほど真剣《しんけん》に懇願《こんがん》するのだから、それを聞き入れず、従《したが》わなければ、大輔命婦も、ひねくれ者と思われるに違いない。

常陸宮《ひたちのみや》邸は、父常陸親王《みこ》の生前でさえも、時勢に取り残された古びた邸で、訪れる人はいなかったが、今では、ますます荒れ果てて、生《お》い茂《しげ》る草を分け入ってまでやって来る人は、まったくいなくなってしまっていた。それなのに、このように、世にも珍しいほどの立派な源氏の君から、時々、便りがあるのだから、世間知らずの女房達などは、嬉しさに顔をゆがめて笑い

ながら、
女房達「やはり、お返事をした方が良いですよ」

などと、勧《すす》めている。しかし姫君（末摘花）は、驚《おどろ》くほど遠慮深《えんりょぶか》い性格で、源氏からの手紙には、まったく見向《みむ》きもされないのだった。

大輔命婦（内心）「それならば、都合の良い折に、源氏の君と姫君が、物越《ものご》しで対面できるようにしよう。その時、源氏の君がお気《き》に召《め》さなければ、そのまま収《おさ》まるかもしれない。もし一方で、前世からの宿縁で、一時的に通われるようになっても、姫君には、それを悪く言うような身内の方もおられないのだから」

などと、浮《うわ》ついた軽《かる》はずみな性格から、一人で考えて決めていた。

〈大輔命婦は、父親の兵部大輔《ひょうぶのたいふ》にも、この件について相談しなかったようである〉

［八］

八月二十日《はづきはつか》過ぎのこと、夜更《よふ》けまで、月の出《つきので》の待ち遠しい頃である。（読者として……旧暦・太陰太陽暦二十日《はつか》の月が、「更待月《ふけまちづき》」と呼ばれる由縁《ゆえん》を感じます）

星の光だけは明るく輝いて、松の梢《こずえ》を吹く風の音《ね》には心細くなるばかりである。姫君（末摘花）は、昔のことを話し始めると、涙を浮かべて、泣いてしまっている。大輔命婦《たいふのみょうぶ》（内心）「丁度《ちょうど》良い折だわ」と思い、知らせを送ったのだろう。源氏が、いつものように、たいそう人目を忍びやって来た。

月が漸《ようや》く昇《のぼ》り始めた。月明《つきあか》りで見える荒れた垣根《かきね》は不気味《ぶきみ》で、源氏は辺りを眺めている。丁度その時、姫君（末摘花）が大輔命婦に勧《すす》められて、琴《きん》を掻《か》き鳴《な》らし始めた。微《かす》かに聞こえる風情は、悪いものではない。

大輔命婦（内心）「もう少し、親しみ易《やす》く、今風《いまふう》な雰囲気で弾《ひ》けたら良いのに」などと、色恋事の好きな性格から、焦《じ》れったく思いながら聞いている。

常陸宮邸《ひたちのみや》は人目が無いので、源氏は気安《きやす》く入って行ける。供人に大輔命婦《たいふのみょうぶ》を呼びに行かせる。
大輔命婦は姫君の手前、源氏のお越《こ》しを、今、初めて知ったかのような驚いた顔をして、
大輔命婦「本当に、困ったことになりました。これこれ、このような事情で、源氏の君は、お越しになったのでしょう。いつも『姫君からのお返事が無い』と恨《うら》み言《ごと》を言われていました。私の一存《いちぞん》では、何もできないとお断《ことわ》りしていましたが、源氏の君は『私が自《みずか》ら姫君に、物事《ものごと》の道理《どうり》をお教えしよう』と言い続けておられたのです。どのように、お返事を致しましょうか。源氏の君は、普通の身分の方とは違いますから畏《おそ》れ多《おお》いことです。物越《ものご》しの対面で、お話をお聞き下さい」
と、言うと、
末摘花（内心）「まったく、恥《は》ずかしい」
と、思い、
末摘花「人様《ひとさま》に、どのようにご挨拶《あいさつ》をすれば良いのか、分かりませんので」
と、言いながら、部屋の奥へ膝《ひざ》をついて入って行く姿は、まったく世間擦《せけんず》れしていない様子である。大輔命婦は、笑みを浮かべながら、
大輔命婦「あまり大人気《おとなげ》ないのも心配です。身分の高い方で、親御様《おやごさま》などが後見として、お世

話されているならば、若々しくされていてもよろしいのですが、姫君は、このように、頼れる方のいない心細い有様なのですから、やはり、せっかくの良い御縁《ごえん》を、いつまでも遠慮されるのは似《に》つかわしくありません」

と、教え諭《さと》すように言う。さすがに、そこまで言われると、強くは拒《こば》めぬ性格で、

末摘花「お返事はせず、ただ、聞いているだけで良いと言うのならば。格子《こうし》などは、閉じておいて下さいよ」

と、源氏を簀子《すのこ》に招くつもりで言っている。

大輔命婦「源氏の君を、簀子などにお迎えするのは具合が悪いでしょう。無理に意地《いじ》を通すような軽々しいことは、まさか、なさらないですから」

などと、たいそう上手《うま》く説得すると、二間《ふたま》（簀子の内側の三本の柱の間の二つの部屋）と母屋《もや》との境目《さかいめ》の際《きわ》の障子《しょうじ》（襖《ふすま》）に、自分で、しっかりと錠《じょう》を鎖《さ》し、褥《しとね》（座布団《ざぶとん》）を置いて、源氏の御座所《ござしょ》を整えている。

　姫君（末摘花）は、たいそう気後《きおく》れしている。源氏の君のような、立派な方と対面し、言葉を交《かわ》す心構えなど、まるで分からないのである。大輔命婦が、そこまで言うのには、

末摘花（内心）「何か、訳《わけ》があるのだろう」

と、思いながら、従っている。

乳母《めのと》のような老女房達《おいにょうぼうたち》は、自分の曹司《ぞうし》(部屋)に入って横になり、眠たそうにしている時分《じぶん》である。若女房《わかにょうぼう》が二、三人いて、

若女房達「世間で美しいと評判の源氏の君のお姿を一目《ひとめ》見たいわ」

と、胸のときめく思いで、心化粧《こころげしょう》(相手に良く思われたいと意識して、心を繕《つくろ》い構えること)を互《たが》いにしている。姫君(末摘花)に少しでも良い装束《しょうぞく》をお着せして、身なりを整えて差し上げるが、姫君本人は、まったく、心化粧をすることもなく、ありのままの様子である。

男(源氏)は、まったく、果てしなく素晴らしい自分の姿を、目立たぬように気を遣《つか》っている。その有様は、たいそう優雅《ゆうが》である。

大輔命婦(内心)「美しさの分かる人にこそ、源氏の君のお姿を見てもらいたいもの。ここは、見栄《みば》えのしない邸で、何ともお気の毒なこと」

と、もったいなく思っている。ただ、姫君は、実に、大《おお》らかにしているので、

大輔命婦(内心)「安心だわ。姫君が、落ち着いてさえいれば、源氏の君は、出過《です》ぎた振舞《ふるまい》を、お見せになることはないだろう」

と、思っている。しかし、一方で、
大輔命婦（内心）「姫君に会えず、源氏の君は、いつも私を責め立てられていたわ。だから私は、その罪から逃《のが》れたい思いで、この対面を計画したけれど、それによって、姫君が、悩みの種を、気の毒にも抱えることになりはしないだろうか」
などと、不安な気持ちも抱いていた。

源氏（内心）「姫君（末摘花）は、ご身分柄（親王の娘）、風流めいた今風な趣味を気取《きど》る人ではなく、この上なく、奥ゆかしい方に違いない」

と、思い続けている。姫君は、大輔命婦に、あれやこれやと言われて、源氏の方へ膝をつきながら出て来る。その様子は、物静かである。裛衣香《えいこう》（薫物《たきもの》の名称）が、たいそう懐《なつ》かしい趣《おもむき》に薫《かお》り漂《ただよ》って、大らかな人柄を感じる。

源氏（内心）「思っていた通りの女方だ」

と、嬉しく思っている。

　源氏は、姫君（末摘花）に、
源氏「長年、思いを寄せ続けておりました」

などと、言葉巧みに嘘をつきながら話を続ける。しかし、これまで、姫君から手紙の返事さえ無かったのであるから、間近《まぢか》な対面での返事があるはずもない。
源氏（内心）「どうしたものか」
と、溜息《ためいき》をついて、嘆く思いである。

源氏「**いくそたび君がしじまに負けぬらんものな言ひそといはぬたのみに**
（これまで、何度、貴女《あなた》の沈黙《ちんもく》に、私は負けたことでしょう。貴女から『何も言うな』と言われないことを頼みにしながら）
もはや、貴女から、口に出して見捨てられても仕方ありません。玉襷《たまだすき》（襷の美称）のように、どっちつかずの振舞《ふるまい》は、辛く苦しいものです」
と、言う。
女君（末摘花）の乳母子《めのとご》（乳姉妹）で、侍従《じじゅう》という、せっかちな若女房が、
侍従（内心）「まったく、焦《じ》れったくて、見ていられないわ」
と、思い、姫君に近寄って、代《か》わりに、源氏に返歌をしてしまう。
末摘花（侍従代弁）**鐘《かね》つきてとぢめむことはさすがにてこたへまうきぞかつはあやなき**
（鐘《かね》をついて、その音を合図に、貴方様からのお話をお断りするようなことは、やはりできません。一方で、どのようにお答えすれば良いのか、分《わ》かり兼《か》ねるのです）

たいそう若々しい声で、とりわけ落ち着いた雰囲気でもないままに、姫君の振《ふ》りをして歌を詠んだ。

源氏（内心）「ご身分の割《わり》には、甘《あま》えた感じの方だな」

と、思いながら聞いている。

〈珍《めずら》しい歌詠みは、却《かえ》って、相手が、何も言えなくなる技《わざ》かもしれない〉

源氏　**いはぬをもいふにまさると知りながらおしこめたるは苦しかりけり**
（「何も言わぬは言うに勝る」と言いますから、私を思うがゆえの証《あかし》とは思いますが、これほど黙《だま》ってばかりおられると、辛く苦しい思いになります）
あれこれと虚《むな》しい思いになりながらも、面白く言ってみたり、真面目に言ってみたりするものの、姫君（末摘花）は何の反応も示さない。まったく返事のない有様に、
源氏（内心）「変わった人だ。他の男に特別な思いを寄せているのだろうか」
と、思うと悔しくなって、そっと襖《ふすま》を開けると、姫君の部屋に入ってしまった。
大輔命婦（内心）「まあ、何て困ったことを。油断させられたわ」
と、姫君を気の毒に思いながらも、どうすることもできず、気付かぬ振りをして、自分の部屋へ行ってしまった。

先ほど心化粧をしていた若い女房達は、世間の人々が「源氏の君は、この世にまたとないほど素晴らしい方である」と噂をしているのを聞いていたので、源氏が姫君の部屋に入り込んでも、咎《とが》めることも、大袈裟に悲嘆することもない。ただ、思い掛けない突然の出来事で、姫君に心の備えがないことを心配していた。

姫君（末摘花）本人は、ただ、何が何だか訳も分からず恥ずかしくて、気後《きおく》れするばかりの有様である。

源氏（内心）「出会ったばかりの頃は、このような人こそ、可愛らしいのだ。これまで、男女の仲の情《なさ》けも知らず、大切に育てられてきた姫君であるからな」

と、悪く思わずにいたのであるが、暗闇の中の姫君は、

源氏（内心）「これまでに出会ったことのない人だ。何とも気の毒なほどに」

と、思う有様であった。

〈姫君のどこかに、源氏の心が惹《ひ》き付けられるところはあっただろうか。いや、それはなかった〉

源氏は、つい、うめき声をあげて、まだ夜深《よぶか》いうちに部屋を出た。
大輔命婦（内心）「どうなったかしら」
と、目を覚《さ》まして、聞き耳を立てながら横になっていた。
大輔命婦（内心）「気付かぬ振《ふ》りをしたままでいよう」
と、思うので、他の女房達に「お見送りを」と伝える咳払《せきばら》いの合図もしなかった。
源氏は、そっと、人目を忍びながら邸を出て行った。

［九］

源氏は、二条院に帰り、横になりながらも、
源氏（内心）「やはり、思い通りにならないのが、男女の仲というものなのだ」
と、思っている。
（読者として……源氏は、「雨夜《あめよ》の品定《しなさだ》め」「帚木《ははきぎ》」［二］〜［一二］で、皆から聞いた恋愛の苦労話を思い出していると想像できます）

姫君（末摘花）の身分を思えば、軽く扱ってはならず、
源氏（内心）「辛《つら》いことだ」
と、思っている。あれこれと思案《しあん》に暮《く》れていると、頭中将がやって来た。
頭中将「たいそう、ゆっくりとした朝寝《あさね》ですね。何か訳がありそうですね」
と、言う。源氏は起き上がり、
源氏「気楽《きらく》な独《ひと》り寝《ね》ですから、ゆっくりとしていました。宮中から、いらしたのですか」
と、尋ねる。

頭中将「そうです。退出して、そのまま、こちらへ伺《うかが》いました。『朱雀院《すざくいん》への行幸《ぎょうこう》』について、本日、楽人《がくにん》や舞人《まいびと》を決めるとのことを、昨晩、承《うけたまわ》りましたので、父左大臣にも、その旨《むね》を伝えようと思って、退出して来ました。このまま、また、宮中へ参内《さんだい》しようと思っております」

と、忙しそうに言うので、

源氏「それならば、私も一緒に参ろう」

と、言って、粥《かゆ》や強飯《こわいい》を食べると、客人の頭中将にも勧《すす》めて、それから車二両《りょう》を連《つら》ねながらも、一両に相乗《あいの》りして出発した。

頭中将「やはり、ひどく眠たそうですね」

と、何度も問《と》い詰《つ》めながら、

頭中将「私に隠《かく》しておられることが、沢山《たくさん》ありそうですね」

と、恨めしそうに言っている。

「朱雀院《すざくいん》への行幸《ぎょうこう》」に向けて、様々な事柄の取り決められる日とのことで、源氏は、そのまま、宮中で過ごしていた。

［一〇］

源氏（内心）「あちらの姫君（末摘花）に、せめて手紙だけでも」と、気の毒に思いはじめて、夕暮れ時に届けられた。雨も降り出して、出かけるのも億劫《おっくう》で、笠宿《かさやど》り（少しの間、雨宿《あまやど》りのように立ち寄ること）さえ、およそしようとは思わなかったようである。

一方あちらでは、後朝《きぬぎぬ》の文《ふみ》（結婚した翌朝の手紙）が待っても届かず、大輔命婦《たいふのみょうぶ》（内心）「なんて気の毒な姫君様」

と、労《いたわ》しく思っていた。しかし、姫君本人は、昨夜のことを人知れず恥ずかしく思っているので、今朝《けさ》、届くはずの後朝の文が、夕方になって漸《よう》く届いたことについて、源氏を責《せ》める気持ちには、まったくなっていなかった。

源氏（手紙）「**夕霧のはるる気色《けしき》もまだ見ぬにいぶせさそふる宵《よひ》の雨かな**

（夕霧の晴れる気配《けはい》が見えないように、貴女は未《いま》だに心を開いて下さらず、私の心は、今宵《こよい》の雨のような晴れない気持ちです）

雨雲の晴れ間のように、貴女の心が晴れることを、どれほど待ち遠しい思いでいますことか」

と、書かれていた。今宵、源氏の訪れのない様子に、姫君の女房達は、胸《むね》の潰《つぶ》れる思いをしている。

（読者として……源氏は、言葉巧みに誤魔化していきます。本来、結婚した際、男性は、三日三晩、女性の家に通うのが習《なら》わしで、訪れのないことは、女性にとって大変な屈辱《くつじょく》です）

女房達「やはり、源氏の君に、お返事されますように」

と、皆で勧《すす》めている。姫君（末摘花）は、ますます心が乱れて落ち着かない。型通りの返事さえも、言葉を続けて書くことができずにいる。

侍従「夜《よ》が更《ふ》けてしまいます」

と、言って、例によって、横から教えている。

末摘花（侍従代弁）**晴れぬ夜の月まつ里をおもひやれおなじ心にながめせずとも**

（晴れぬ夜に、月の出を待つ里のように、貴方様のお越しをお待ちしている私に、思いを馳《は》せて下さい。たとえ、同じ気持ちで月を眺めていないとしても）

姫君は、女房達から口々に責め立てられて、紫の紙の古く色あせたものに、筆跡だけは、さすがに力強く、少し古い時代の書体（草仮名《そうがな》、万葉仮名《まんようがな》の草書体）で、天地をそろえて書いている。

源氏は、見る甲斐《かい》もない手紙にうんざりして、そのまま下に置いてしまう。「姫君は、どうされているだろうか」と思うことさえ嫌《いや》になる。

源氏（内心）「このような経験を『悔しい』などと言うのだろうか。しかし、だからといって、どうすれば良いのか。姫君がどのような人であったとしても、私は、いつまでも世話をせねばならないのだ」

と、思っている。

姫君の邸の方では、源氏がそのように考えているとは知るはずもなく、たいそう嘆き悲しんでいた。

（読者として……「雨夜《あめよ》の品定《しなさだ》め」「帚木」［五］の一場面を思い起こします。左馬頭《ひだりのうまのかみ》は、「……必ずしも、自分にとって、理想通りではなくても、好意を抱いて、愛情を交わした女との縁を、運命に思い、見捨てることもせず、思いを寄せ続ける男の方は、誠実に見えるものです……」と話していました。源氏は、左馬頭の話を真《ま》に受けて、聞き覚えていたと想像できます）

［一一］

夜になり、左大臣が宮中を退出する際、源氏は誘われて、共に左大臣邸へやって来た。邸《やしき》では、若君達が「朱雀院《すざくいん》への行幸《ぎょうこう》」の儀《ぎ》を楽しみにしていた。

皆で集まり、語り合いながら、それぞれ舞《まい》などの練習をして過ごしている。様々な楽器の音色は、いつもより喧《やかま》しいほどである。あちらこちらで技《わざ》を競い合い、いつもの管弦《かんげん》の遊びとは違い、大篳篥《おおひちりき》や尺八《しゃくはち》など、大きな音を吹き立てて、太鼓《たいこ》まで欄干《らんかん》の下に転《ころ》がして寄せ、若君達自《みずか》ら、打ち鳴らして楽しんでいる。

この頃、源氏は、気忙《きぜわ》しく過ごして暇《ひま》のない有様だった。熱心に思いを伝えていた邸《やしき》（北山で見つけた若君、紫の上の住まい）へ、こっそりと出掛ける一方で、あちらの姫君（末摘花）の常陸宮邸には、曖昧《あいまい》な態度を取っている。そのうちに秋も暮れ果ててしまった。常陸宮邸では、やはり源氏の君を諦《あきら》めきれず、当《あ》てにしていたのであるが、その甲斐《かい》もなく時は過ぎて行った。

「朱雀院への行幸」が間近《まぢか》に迫《せま》り、試楽《しがく》（予行演習）などで騒がしくなっている頃、大輔命婦《たいふのみょうぶ》が源氏のもとにやって来た。

源氏「姫君（末摘花）は、どのようにされているか」
などと、尋ねながら、
源氏（内心）「姫君には、気の毒なことをしたな」
と、思っている様子ではあった。大輔命婦は、姫君の様子を伝えて、
大輔命婦「本当に、これほどまで源氏の君のお気持ちが離れてしまい、姫君を傍《そば》で見ている女房達まで、皆、辛い思いをしておりまして」
などと、今にも泣きそうな思いをしている。
源氏（内心）「大輔命婦は、姫君を奥ゆかしい女方に思わせる程度で、私との対面を終えるつもりだったのだろう。私が、その心遣いを無にしたので、『思い遣りがない』と恨んでいるのではないだろうか」
などと、そこまで想像を巡らしている。姫君本人は、何も言わずに部屋に引き籠《こも》っているのだろうと想像すると、それもそれで気の毒で、
源氏「行幸の準備に忙しく、暇がないのだよ。仕方ないのだ」
と、嘆《なげ》くように言いながら、
源氏「姫君は、相手の気持ちの分からぬ性格の人の様《よう》であるから、懲《こ》らしめようと思っているのだよ」

と、笑みを浮かべながら話をする。その源氏の姿は、若々しくて、見るからに美しい。大輔命婦も、つい、笑みを浮かべて、

大輔命婦（内心）「源氏の君のご身分を思えば、それも仕方《しかた》のないこと。人に恨《うら》まれるお年頃なのだろう。思い遣《や》りが少ないのも、ご自分の意のままに振る舞っておられるのも、当然のことかもしれないわ」

と、思っている。

源氏は、「朱雀院《すざくいん》への行幸《ぎょうこう》」の準備で気忙《きぜわ》しい時期を過ごした後、時々、常陸宮邸の姫君（末摘花）を訪ねている。

［一二］

源氏は、あの、紫のゆかり（藤壺の姪《めい》、紫の上）を尋《たず》ね当《あ》て、自邸二条院に引き取ってからは、その可愛らしさに夢中で、六条わたり（六条御息所《ろくじょうのみやすどころ》の邸）でさえ、ますます遠のいている。まして、荒れ果てた常陸宮《ひたちのみや》邸（末摘花）へは、気の毒に思いながらも、足の向かない気持ちは、どうしようもなかった。大袈裟《おおげさ》なほど、恥ずかしがる姫君の正体《しょうたい》を、すっかり見てみたいと思う気持ちも特に無いまま、月日は過ぎて行った。ところが、やがて考えが一変《いっぺん》する。

源氏（内心）「もしかしたら、思っているよりも素晴らしく、美しい人かもしれない。あの時は、暗い部屋の中での手探《てさぐ》りであったから、良く分からず、不可解《ふかかい》に感じたのかもしれない。容姿を、はっきりと見たいものだ」

と、思うようになる。

（読者として……「帚木」［一］で表された、源氏の執着する癖の性格を思い起こします）

明るい灯火《とうか》の下で、はっきりと容姿を見るのは、決《き》まりが悪いものである。そこで、ゆった

り と寛《くつろ》いで過ごしている宵《よい》の頃、常陸宮邸にそっと入り込み、格子《こうし》の隙間《すきま》から部屋の中を覗《のぞ》いたのだった。

けれども、姫君の姿は見えそうにない。几帳《きちょう》など、ひどく傷《いた》んでいるにも拘《かかわ》らず、長い年月、きちんと同じ場所に、脇に押《お》し退《の》けることなく置かれている。姫君の姿は見えず、源氏は、もどかしい。女房達四、五人の座っている様子が見える。御膳《ごぜん》は、秘色《ひそく》（青磁《せいじ》）のような唐土《もろこし》のものであるが見苦しく、たいした食べ物も無く、哀《あわ》れな様子である。姫君の御前から下がって、皆で食べている。

部屋の隅の方では、ひどく寒そうにしている女房達が、白い衣《きぬ》で言いようもなく黒ずんでいるのを着て、その上に、汚《よご》れたしびら（裳《も》の一種）を結び付けている腰付《こしつき》は、いかにもみっともなく見える。それでも櫛《くし》だけは格式を守り、落ちそうにしながらも額髪《ひたいがみ》に挿《さ》している。

源氏（内心）「内教坊《ないきょうぼう》（宮中殿舎）や内侍所《ないしどころ》（宮中賢所）の辺りに、このような老女官がいるなあ」

と、可笑《おか》しく思いながら見ている。源氏は、姫君の傍近くに、このような老女房達が仕えているとは、まったく思いもしていなかった。

女房「ああ、なんて寒い年なのでしょう。長生きをすると、こんなにも辛い思いをするのですね」

と、言いながら、つい泣き出す者もいる。

女房「故常陸宮のご生前、どうして辛いと思っていたのでしょう。これほど頼りない有様でも、何とか暮らして行けるものだったのですね」

と、言って、今にも飛び立ちそうな有様で、震《ふる》え上《あ》がっている者もいる。

女房達が、あれこれと体裁《ていさい》の悪い話をしながら嘆いている姿に、源氏は、聞いているだけで心の痛む思いになる。その場を離れると、たった今、常陸宮邸にやって来たかのように振る舞って、格子《こうし》を叩《たた》く。

女房「あら、まあ」

などと、言いながら、灯火を明るくして、格子を上げ、源氏を部屋の中にお入れした。

［一三］

侍従《じじゅう》（末摘花の乳母子《めのとご》）は、斎院《さいいん》（賀茂神社に奉仕する内親王）にも、通《かよ》いで仕《つか》えている若女房で、丁度《ちょうど》この時は留守にしていた。邸内は、前よりも一層《いっそう》、奇妙なほど田舎《いなか》じみた女房達ばかりで、源氏は、これまでに見たことのない雰囲気を感じている。

先《さき》ほど、女房達がたいそう寒い冬を嘆《なげ》いていたように、雪が激しく降ってきた。空模様《そらもよう》も険《けわ》しく、風も吹《ふ》き荒《あ》れている。大殿油《おおとなぶら》（灯火）は消えてしまったが、火を点《とも》しに来る者もいない。源氏は、なにがしの院《いん》「夕顔」［一二］で、物《もの》の怪《け》に襲《おそ》われた時のことを思い出している。荒れ果てた邸《やしき》の様子は、あの時にも劣《おと》らぬほどの様である。しかしこちらは、部屋がもっと狭《せま》くて、人の気配も少しはある。それにより気は紛《まぎ》れて慰《なぐさ》められている。ただ、ぞっとするほどの恐ろしさや、気味の悪さを感じて、目《め》の覚《さ》める思いの夜である。

それでも、面白《おもしろ》さや趣《おもむきぶか》深さもあって、普通とは違う心に残る有様である。それなのに、姫君（末摘花）が引っ込み思案《じあん》で、無愛想《ぶあいそう》に振る舞い、何の魅力《みりょく》もない様子なので、源氏は悔《くや》しく思っている。

漸《よう》く夜《よ》が明けて来た。源氏は、自《みず》ら格子《こうし》を上げると、前庭の植え込みに積《つ》もった雪を見ている。雪を踏んだ足跡《あしあと》も無く、遠くの方まで辺り一面荒れ果てて、ひどく寂しい光景である。源氏は、姫君を見捨てて立ち去るのも気の毒で、

源氏「美しい朝の空を見て下さい。いつまでも余所余所《よそよそ》しい態度は、耐《た》え難《がた》いです」

と、恨み言を言う。辺りは、まだ仄暗《ほのぐら》い時分であるが、源氏の姿は、雪の光（雪明かり）の中、ますます気品に満ちて若々しく見える。老いた女房達は満面《まんめん》の笑《え》みを浮かべて見とれている。

女房「姫君、早く、源氏の君の御前にお出まし下さい。引っ込んでばかりいてはいけません。女は、『心美しきこそ』ですよ」

などと、教え諭《さと》している。そこまで言われて、さすがに拒《こば》む性格でもないので、とにかく身だしなみを整えると、座ったまま膝《ひざ》をついて出て来た。

源氏は、姫君の姿を見ない振りをして外を眺めながらも、後目《しりめ》（流し目）はじっとしていられない。

源氏（内心）「姫君は、どのような姿の方だろうか。あの晩、夜を過ごした仲なのだから、少しでも見優《みまさ》りすれば嬉しいが」

と、思っている。

〈まったく、執着心の強い性格であることよ〉

まず姫君（末摘花）は、座高《ざこう》が高かった。背丈《せたけ》の大きな人に見える。

源氏（内心）「ああ、やっぱり」

と、残念で、胸の潰《つぶ》れる思いだった。続いて、

源氏（内心）「ああ、なんとも」

と、思うのは鼻だった。思わず目に留《と》まる。普賢菩薩《ふげんぼさつ》の乗り物（白象《はくぞう》）かと思うような鼻である。あきれるほど高く、長く、先の方が少し垂《た》れて、色付《いろづ》いて見える。予想外で驚く感じである。顔の色は、雪も恥《は》じ入《い》るほどに白く、青みを帯《お》びている。額《ひたい》はかなり広く、顔の下半分は、何とも長そうである。

（読者として……姫君は、扇《おうぎ》などで顔を隠し、源氏は、見えないところを想像しています）

痩《や》せていて気の毒なほど細く見える。肩の辺りなどは、痛々《いたいた》しいほどに骨《ほね》ばって、衣《ころも》の上からも分かるほどである。

源氏（内心）「どうして、何もかも見てしまったのか」

と、思うものの、姫君は珍しいほどの容姿で、やはり目線は、つい、そちらへ行ってしまう。

頭付《かしらつ》き（頭の形）と髪のかかり（背中の装束《しょうぞく》に垂《た》れ下がる様子）だけは、他の美しく素晴らし

いと言われる女方にも、ほとんど劣《おと》ることのないほど見事《みごと》である。袿《うちき》（室内着）の裾《すそ》に、髪の毛がふっさりと溜《た》まり、引きずっている様子から、一尺《いっしゃく》ばかりは余《あま》っているように見える。

〈人の着ている衣服のことまで取り立てて言うのは、口の悪いことかもしれないけれど、昔の物語でも、人の装束《しょうぞく》について、真っ先に話を始めるようなので〉

姫君（末摘花）は、聴色《ゆるしいろ》（薄紅色《うすべにいろ》）の、すっかり色落《いろお》ちして白っぽくなっている単衣《ひとえ》に、もとの色の分からないほど黒く薄汚れた袿《うちき》を重ね、表着には、黒貂《ふるき》の皮衣《かわぎぬ》の、たいそう立派で香を焚《た》き染《し》めたものを着ていた。昔風の由緒《ゆいしょ》ある装束ではあるものの、やはり、若い女方の衣としては不似合いで、大袈裟な有様が目立っている。

源氏（内心）「それでも、なるほど、この皮衣《かわぎぬ》が無かったならば、やはり寒いだろうな」

と、姫君の顔に目をやりつつ、

源氏（内心）「残念なことだ」

と、思いながら見ている。源氏は、何も言えなくなってしまう。

源氏（内心）「私まで、口を閉《と》ざしたくなるが、あの時、歌に詠んだ、しじま（沈黙）「末摘花」［八］を、どうにかできないものか試してみよう」

と、考えて、あれこれと話し掛ける。姫君は、たいそう恥ずかしがり、口の辺りを覆《おお》い隠《かく》す様子は、田舎《いなか》じみて古臭《ふるくさ》い。仰々《ぎょうぎょう》しい儀式官《ぎしきかん》が、練《ね》り歩《ある》き始める時の肘《ひじ》の構《かま》えを思い出す。さすがに、本人（姫君）が笑みを浮かべる様子は、みっともなくて、はしたない。

源氏は、姫君を見ていると、あまりにも気の毒で、可哀想な気持ちになり、急遽《きゅうきょ》帰ることにする。

源氏「姫君には、頼りにできる方もおられないご様子ですから、見初《みそ》めた私に、余所余所《よそよそ》しくせず、親しく打《う》ち解《と》けて下さるなら、私も望みの叶《かな》う嬉しい気持ちになるのですが。願いを聞き入れて下さらないご様子に、耐《た》え難《がた》い思いでおります」

などと、逃げ出す口実《こうじつ》を述べて、

源氏　**朝日さす軒《のき》のたるひはとけながらなどかつららのむすぼほるらむ**

（朝日の射《さ》す、軒のつららは溶けているのに、どうして貴女の心は、氷のように固く閉ざしたままなのでしょうか）

と、歌を詠む。姫君は、ただ一言、

末摘花「む、む」

と、笑《え》みを浮かべてはいるものの、口は、たいそう重そうである。源氏は、辛くてたまらない思いで、邸を後にした。

［一四］

車を寄せていた中門《ちゅうもん》は、たいそう酷《ひど》く歪《ゆが》み、倒《たお》れ掛《か》かっていた。夜の暗い中でも、分かるほどであったが、朝になって、改めて見てみると、あちらこちら、見えていなかった場所の多かったことに気が付く。邸内は、たいそう気の毒なほど、ひどく寂《さび》しく荒《あ》れ果《は》てている。松の雪だけは、ふんわりと温《あたた》かそうに降り積もっていた。

山里のような風情に、源氏は、しみじみと深い情緒《じょうちょ》を感じている。

源氏（内心）「あの『雨夜の品定め』の時に、皆で話をしていた葎《むぐら》の門《かど》（草の生《お》い茂《しげ》る家）「帚木」［四］とは、このような場所のことだったのだろうか。確かに、心が苦しくなるほど可愛らしい人を、ここに住まわせて、不安を感じながらも、恋しい思いを寄せたいものだ。あるまじきもの思い（藤壺との秘事《ひじ》の罪の悩み）も、それによって、気が紛《まぎ》れるかもしれない。しかし、そのように思う邸でも、不似合いな姫君が暮らしているのでは、どうにもならないな」

と、思う一方で、

源氏（内心）「私の他に、もっと思いを寄せて、密《ひそ》かに通う気持ちになる男はいるだろうか。私がこのように親しく通うことになったのは、故常陸親王《ひたちのみこ》が、娘の姫君（末摘花）を心配し、傍《かたわ》らに寄り添って、魂《たましい》のしるべ（霊魂の導き）をしたからだろう」

などと、思っていた。

源氏は、橘《たちばな》の木が、雪に埋《うず》もれているのを見ると、随身《ずいじん》を呼んで、雪を払《はら》わせる。それを羨《うらや》むかのように、松の木は、ひとりでに起き上がり、さっと、雪がこぼれ落ちた。その風情に、

「名にたつ末《すえ》の」と古歌を思い浮かべ、雪を波に見立てている。

源氏（内心）「特《とく》に趣《おもむき》深《ぶか》い性格ではなくても、穏《おだ》やかに話し相手となってくれる人であったならば良かったのに」

と、思いながら眺《なが》めている。

車の出立《しゅったつ》する門は、まだ開《あ》いていなかった。鍵《かぎ》の預《あず》かり人を呼び出したところ、かなり年老いた翁《おきな》が出て来た。娘か、孫か、どちらとも分からぬ年頃《としごろ》の女も一緒である。衣服は、雪の白さとの相違《そうい》が目立ち、煤《すす》でひどく汚れている。「寒い」と、身《み》に染《し》みて思っている様子である。変《へん》な入れ物に、火をほんの少し入れて、袖で包《くる》むようにして抱《かか》えている。翁が、門を開けられずにいると、女は傍《そば》に寄って、引っ張って助けている。その姿は、何とも見るに堪《た》えない。源

氏の供人が、近寄って門を開けた。

源氏「**ふりにける頭《かしら》の雪を見る人もおとらずぬらす朝の袖かな**

（翁の白髪の頭に降る雪を、見ている私の方も、翁に劣らず、涙で袖《そで》を濡《ぬ》らす朝であることよ）

『幼《わか》き者は形蔽《かたちかく》れず』（『白氏文集』）」

と、歌を口ずさみながら、鼻の頭を赤くして、たいそう寒そうにしていた姫君（末摘花）の面影《おもかげ》を、ふと思い出して笑ってしまう。

源氏（内心）「頭中将に、姫君の鼻を見せたならば、どのような言葉で譬《たと》えるだろうか。いつも、私の様子を探《さぐ》りに来るから、今に見つけられてしまうかもしれないな」

と、困ったことになったと思っている。

（読者として……源氏は、姫君［末摘花］に、深窓《しんそう》の素晴らしい女性を期待していました。思い通りには行かず、「頭中将に見つかったら、恰好《かっこう》が付かない。何と思われるか」と頭を悩ませています）

［一五］

もし、姫君（末摘花）が、世間並みの人で、特異《とくい》な様子でなければ、源氏は見捨てて、忘れてしまっただろう。しかし、その容姿をはっきり見てしまった後は、却《かえ》って、可哀想《かわいそう》に思う気持ちが募《つの》り、真面目《まじめ》な男に振る舞って、絶えず、便りを届けている。黒貂《ふるき》の皮《かわ》ではないが、絹《きぬ》、綾《あや》、綿《わた》などに加えて、老いた女房達が着るのに丁度良《ちょうどよ》い衣類や、あの翁《おきな》（鍵の預かり人）のためにも、上下《かみしも》（身分の上の者から下の者まで）に、心配りの品を届けている。

このような暮らしの援助を、姫君が恥ずかしがる様子はない。

源氏（内心）「気楽な気持ちで、姫君の後見人として面倒を見よう」

と、決心し、特にそれほどでないことまで立ち入って、生活の世話をしているのだった。

源氏（内心）「あの空蟬《うつせみ》を見たのは、寛《くつろ》いで過ごしている宵《よい》の頃の横顔だった「空蟬」［一二］。たいそう悪い方の顔立ちだったが、取《と》り繕《つくろ》っていたから、欠点も隠されて、こちらが残念に思うことはなかったな。姫君（末摘花）は、空蟬に劣る身分だろうか。いや、身分は上だ。なるほど、『雨夜の品定め』で、左馬頭《ひだりのうまのかみ》が『身分の上中下には、こだわらない、容姿については尚更《なおさら》のこと』「帚木」［六］と話していた通りだ。空蟬は思慮深《しりょぶか》い人で、体裁《ていさい》の良さは、私の方が憎らしく思うほどだった。最後は、私が負けて終わったのだ」

と、何かの折ごとに、空蟬を思い出していた。

［一六］

年も暮れた。内裏《だいり》（宮中《きゅうちゅう》）の宿直所《とのいどころ》にいる源氏の所へ、大輔命婦《たいふのみょうぶ》がやって来た。梳髪《けずりぐし》の役目などで呼ばれる時には、色恋事《いろこいごと》でないので気が置けないものの、それでも、やはり、源氏が戯《たわむ》れ言《ごと》などを言いながら世話をさせるので、大輔命婦は、呼ばれていない時でも、お伝えすべき事のある時には、自分の方からやって来るのだった。

大輔命婦「珍《めずら》しい事がありまして。お伝えしないのも、失礼になるかと思い、迷っているのですが」

と、笑みを浮かべながらも、話を始めないので、

源氏「どのような話だ。私に隠《かく》し事《ごと》はしないと思っているが」

と、言うと、

大輔命婦「どうして隠し事など。私の悩み事ならば、畏《おそ》れ多《おお》くも、真っ先に、お話させて頂きますが、これは、本当に申し上げにくいことでございまして」

と、ひどく躊躇《ためら》っている。

源氏「いつもの色恋事だな」

と、貶《けな》す。

大輔命婦「あちらの姫君（常陸宮、末摘花）から預かって参りました、お手紙なのですが」

と、言いながら取り出した。

源氏「それならば、尚更《なおさら》、隠すべきではないではないか」

と、言いながら手に取っているが、大輔命婦の方は、胸の潰《つぶ》れる思いをしている。

手紙は、陸奥国紙《みちのくにがみ》の厚《あつ》ぼったいもので、香《こう》だけは、しっかりと焚《た》き染《し》められていた。たいそう、立派な書き振《ぶ》りである。

末摘花　**からころも君が心のつらければたもとはかくぞそぼちつつのみ**
（からころも［唐衣］、源氏の君の心の冷たさに、袖《そで》の袂《たもと》は、このように濡《ぬ》れてしまうばかりです）

源氏は、歌の意味に合点《がてん》が行かず、首を傾《かし》げている。大輔命婦が、包《つつ》み（風呂敷）の上に、重々しく古めかしい衣箱《ころもばこ》を置いて、源氏の方に押し出した。

大輔命婦「この箱に、どうして恥ずかしく思わずにいられるでしょうか。けれども、元日の源氏の君のお召《め》し物《もの》として、姫君が、特別に用意されたもののようでして、そっけなく、お返しすることもできませんでした。私が引き取って、仕舞《しま》い込《こ》んでしまったら、それも姫君のお気持ちに背《そむ》くことになりますので、源氏の君に、一目《ひとめ》、ご覧頂いてから」

と、言うと、

源氏「仕舞い込まれたら、きっと、切《せつ》ない思いをしただろう。『袖《そで》まきほさむ人』（『万葉集』）のように、涙の袖を乾かしてくれる人のいない私には、実に嬉しい心遣いであることよ」

と、冗談を言いながらも、それ以上は、特に何も言わない。

源氏（内心）「それにしても、なんと酷《ひど》い、歌の詠《よ》み振《ぶ》りであることか。これこそ、姫君が自分で詠んだ、精一杯の歌なのだろう。いつもは、侍従が手直しをしていたのだろう。他に一緒に筆を執《と》って、書《しょ》を教える博士《はかせ》（物知《ものし》り）もいないのだろう」

と、言っても仕方がないと思っている。

源氏（内心）「姫君なりに、心を込めて詠まれたのだろう」

と、その姿を想像すると、

源氏（内心）「もしかすると、本当に尊く、徳が高い人とは、このような人（姫君、末摘花）のことを言うのかもしれないな」

と、微笑《ほほえ》みながら手紙を見ている。大輔命婦は、恥ずかしくて、顔を赤らめながら源氏を見ている。衣箱《ころもばこ》からは、今様色《いまよういろ》（流行《はや》りの色、聴色《ゆるしいろ》、薄紅色《うすくれないいろ》）の、とても許《ゆる》し難《がた》いほど艶《つや》のない古めかしい単衣《ひとえ》と、表裏《おもてうら》ともに同じ濃い色の直衣《のうし》が、まったく風情もなく、ちらちらと見える。

源氏（内心）「がっかりだ」

と、思いながら、手紙を広げたまま、紙の端に、手習《てなら》いすさび（慰《なぐさ》み書《が》き）をしている。大輔

命婦が、横から覗《のぞ》いて見ると、
源氏「**なつかしき色ともなしに何にこのすゑつむ花を袖にふれけむ**
（心の惹《ひ》かれる色でもないのに、どうして、この末摘花《すえつむはな》［紅花《べにばな》のような赤い鼻《はな》の姫君］を、袖に触れてしまったのだろう）

『色こき花』と心変わりを恨む古歌を思い浮かべながら」

などと、書き散らしている。

大輔命婦（内心）「花を咎《とが》めるような姫君の悪口には、やはり、何か訳があるのだろう」

と、思いを巡らせる。その時々に見た、姫君の月影《つきかげ》（月の光に照らし出された赤い鼻の顔）を思い出して、気の毒ではあるが、可笑《おか》しく思っているのだった。

大輔命婦「**紅《くれなゐ》のひとはな衣《ごろも》薄くともひたすらくたす名をしたてずは**
（一度染《いちどぞ》めの薄い紅色の衣のように、源氏の君の姫君への思いが薄くても、ただただ、姫君の名を汚《けが》すことにならなければ良いのですが）

気掛《きが》かりな、お二人の仲に見えますこと」

と、たいそう慣れた様子で独《ひと》り言《ごと》を言う。

源氏（内心）「上手《うま》い歌とは言えないが、姫君（末摘花）も、これくらい普通に歌が詠めたら良かったのに」

と、返《かえ》す返《がえ》す、残念に思っている。姫君の身分を思えば気掛かりで、名を汚すことは、やはり、さすがに憚《はばか》られる。人々が、やって来るので、
源氏「この衣箱《ころもばこ》は、隠しておこう。姫君の用意するものではないだろう」

と、溜息《ためいき》を吐《つ》いている。

（読者として……元日の装束を調《ととの》えるのは、正妻の仕事とされています）

大輔命婦（内心）「どうして、源氏の君にお見せしてしまったのだろう。私まで、思慮分別《しりょふんべつ》のない女のようになってしまった」

と、たいそう恥ずかしく、静かにその場から退出した。

翌日、大輔命婦は、宮中で帝に仕えていた。源氏が台盤所《だいはんどころ》（清涼殿西廂《せいりょうでんにしびさし》にある女房達の詰所《つめしょ》）にやって来て、ちょっと顔を出し、
源氏「さあ、昨日の返事だ。妙《みょう》な気遣いをさせられたぞ」
と、言って、手紙を投げて寄越《よこ》した。他の女房達は、
女房達「何事ですか」
と、知りたがっている。
源氏「『ただ、梅の花の、色のごと、三笠《みかさ》の山の、をとめをば、すてて』」

と、古代歌謡を口ずさみながら、部屋を出て行ってしまった。

大輔命婦（内心）「まったく、面白いことをされて」

と、思っている。事情を知らない他の女房達は、
女房達「何でしょうか。お独りで笑みを浮かべて」

と、互《たが》いに怪《あや》しんでいる。

大輔命婦「何でもないですよ。寒い霜《しも》の降《お》りる朝に、掻練《かいねり》（柔らかい絹布）の好きな女方の、『花（鼻）の色合い』が見えたのでしょうね。言葉を区切りながらの歌い方は切《せつ》ないこと」

と、言うと、
女房達「ひどい歌ではないですか。私達の中に、梅の花のような赤い鼻の人は、いないと思いますよ。左近命婦《さこんのみょうぶ》か肥後采女《ひごのうねめ》が、居合わせていたのかしら」

などと、事情も分からずに言い合っている。

　大輔命婦が、源氏からの返事を姫君（末摘花）に届けると、常陸宮邸の女房達が集まって来て、見ながら感心しているのだった。

源氏　**逢《あ》はぬ夜をへだつる中の衣手《ころもで》にかさねていとど見もし見よとや**
（逢えない夜が続いています。私と貴女を隔てる衣の袖を恨めしく思いますが、更《さら》に、ますます逢えない夜を、互いに重ねてみよと言われるのですか）

白い紙に投《な》げ遣《や》りに書かれているのも、却《かえ》って風情がある。

大晦日《おおみそか》の夕方、あの衣箱《ころもばこ》に、御料《おんりょう》（必需品《ひつじゅひん》）として、献上品《けんじょうひん》の装束一揃《しょうぞくひとそろ》い、葡萄染《えびぞめ》（赤紫色）の装束、その他に山吹襲《やまぶきかさね》（表は朽《く》ち葉色、裏は黄色、春に着る襲の色目《いろめ》）のような品々《しなじな》が納《おさ》められて、色とりどりに中の様子の見えるまま、大輔命婦が源氏の使いとして、姫君に届けにやって来た。

老女房達「先日、こちらからお届けした装束の色合いを、良くないと思われたのかしら」

と、勘付《かんづ》く者もいたが、
老女房達「あれはあれで、やはり、紅《くれない》の高貴な色合いの装束でしたから。まさか、見劣《みおと》りすることはなかったでしょう」

と、話し合っている。

老女房達「お歌についても、姫君の詠まれた歌は道理に適《かな》い、しっかりしたものでした。源氏の君からのお返事は、ただ単《たん》に風情ばかりでした」

などと、口々に言っている。姫君にとっても、格別な思いを込めて歌を詠み、認《したた》めた手紙だったので、書《か》き留《と》めて、手元にも残して置いたのだった。

［一七］

朔日《ついたち》（元日から数日間）を過ぎた頃である。今年は、一年おきに正月十四日に行われる男踏歌《おとこことう》の催《もよお》される年で、例によって、あちらこちらで管弦《かんげん》の稽古《けいこ》が賑《にぎ》やかに行われ、騒《さわ》がしい様子であった。源氏は、常陸宮邸《ひたちのみやてい》の寂しい住まいを気の毒に思い遣《や》り、七日の節会《せちえ》（白馬の節会）が終わって夜になると、父帝の御前から退出し、宿直所《とのいどころ》に、そのまま泊まるように見せかけながら、夜更《よふ》け（深夜）を待って姫君（末摘花）を訪ねた。

常陸宮邸は、以前よりも賑《にぎ》やかな様子で世間並みになっていた。姫君も、少し、しなやかな女方の風情を身に付けている様子である。

源氏（内心）「姫君は、どのような様子だろうか。今までとはすっかり変わって、素晴らしい人になっていたら嬉しいのだが」

などと、暗闇の中で思い続けていた。

（読者として……源氏の援助により、常陸宮邸末摘花の暮らしは、安定したようです。源氏は、姫君の変化を期待していますが）

翌朝、日の昇《のぼ》る頃、源氏は、わざと躊躇《ためら》う振りをしながら帰ろうとしている。東の妻戸《つまど》を押し開けたところ、向かい側の廊《ろう》には屋根も無く、壊《こわ》れている箇所《かしょ》から、日の光が、丁度《ちょうど》射し込んで、少し降り積もった雪に、光が白く輝いて、部屋の中まではっきりと見ることができた。姫君は、源氏が直衣《のうし》などを着ている姿を見ると、少し部屋から出て来て横になっている。髪の様子は、こぼれ落ちるほど豊かで、たいそう美しい。

源氏（内心）「生まれ変わったように、美しくなっていたら、どれほど嬉《うれ》しいことか」

と、思いながら格子を引き上げた。

源氏は、あの雪の朝に見た姫君の姿に「末摘花」［一三］、すっかり懲《こ》りていたので、格子を全《すべ》て上げてしまわずに、脇息《きょうそく》を引き寄せて、その上に格子を引っ掛けた。鬢茎《びんぐき》（頭の側面の髪の毛筋）の乱れた所を直す。ひどく古風な鏡台から、唐櫛笥《からくしげ》（唐風の櫛箱）、掻上《かかげ》の箱（髪結《かみゆ》いの道具箱）などを取り出している。さすがに、男用の道具まで、それとなく用意されているので、
源氏（内心）「気《き》が利《き》いて、嬉しいではないか」
と、思いながら見ている。

女（姫君、末摘花）の装束《しょうぞく》に、

源氏（内心）「今日は、今時《いまどき》の装い《よそお》をされているではないか」

と、思いながら見ているが、あの衣箱《ころもばこ》に入れて、源氏から贈ったものを、そのまま着ているからだった。源氏は、そうとも気付かず、面白い模様のはっきりした表着だけには、

源氏（内心）「おや、これは」

と、覚えがあるのだった。

源氏「今年は、せめて、声だけでも少しは聞かせて下さいよ。『待たるるものは』の古歌のような、鶯《うぐいす》の初音《はつね》（初声《はつこえ》）は後回《あとまわ》しにして、貴女のお気持ちが改まることを、願っているのですよ」

と、言うと、

末摘花「『さえづる春は』」

と、やっとのことで、古歌を震《ふる》える声に出して言った。

源氏「それで良いのですよ。年を重ねた証《あかし》ですね」

と、笑《え》みを浮かべながら言うと、

源氏「『夢かとぞ見る』」

と、古歌を口ずさみながら部屋を出て行こうとしている。姫君（末摘花）は、見送りながら、物

に寄り掛かって横になっている。

口元を覆《おお》っている姫君の横顔を見ると、やはり、あの末摘花（紅花《べにばな》）のような鼻先《はなさき》が、たいそう色鮮《いろあざ》やかに、赤く目立っているのだった。

源氏（内心）「見苦しいことよ」

と、思うばかりだった。

（読者として……紅花《べにばな》は、茎《くき》の末端《まったん》に咲く花で、摘《つ》み取《と》られて染料にされます。源氏は、姫君の鼻先が赤いのを紅花に掛けて、末摘花と呼び、巻名にもなっています）

［一八］

源氏が、二条院に帰り着くと、紫の君（紫の上）は、たいそう可愛らしく、幼い姿で待っていた。

源氏（内心）「同じ紅《くれない》でも、私には、これほど愛《いと》しい人がいたのだ」

と、思いながら見ている。紫の君が、無地《むじ》の桜襲《さくらがさね》（表は白、裏は赤。または葡萄染《えびぞめ》）の細長《ほそなが》（普段着）を、しなやかな風合《ふうあ》いに身に付けて、無邪気《むじゃき》に振る舞う仕草《しぐさ》はたいそう可愛らしい。古風な祖母尼君に育てられた名残《なごり》で、歯黒《はぐろ》め（お歯黒、歯を黒く染める風習）も未《いま》だにしておらず、源氏が整えさせる。眉《まゆ》もくっきりとなって可愛らしく（黛《まゆずみ》）、気品のある美しさである。

源氏（内心）「我ながら、どうして、このように、憂《う》き世《よ》（世の苦しみ）ばかりに、かかずらわっているのだろうか。こんなにも労《いたわ》しい、紫の君を見て過ごすこともなく」

と、思いながら、いつものように、一緒に雛遊《ひいなあそ》び（人形遊び）をしている。

姫君（紫の上）は、絵なども描《か》いて、色を付けている。何でも楽しそうに、気の向くままに描いて散らかしていた。源氏もその横に描き添《そ》える。髪のたいそう長い女を描き、鼻に紅《べに》を付けて見ると、絵に描いただけでも見たくない有様である。

源氏は、鏡台《きょうだい》に映《うつ》る自分のたいそう気品ある顔を見ると、自《みずか》ら手で赤花《あかはな》（紅粉《べにこ》）を鼻に付けてみる。これほど良い顔であっても、やはり、色が付くと見苦しくなるのは当然であった。姫君（紫の上）は、それを見ると、面白《おもしろ》がって笑っている。
源氏「私が、このように、みっともない顔になってしまったらどうしますか」
と、言うと、
紫の上「嫌《いや》ですわ」
と、言って、
紫の上（内心）「本当に、このまま、赤く染《し》み付いてしまうかもしれない」
と、心配になっている。源氏が拭《ふ》き取《と》る振りをしながら、
源氏「まったく、白くならない。つまらない遊びをしてしまったものだ。帝がこの顔をご覧になったら、何とおっしゃるだろうか」
などと、たいそう真面目に言うので、
紫の上（内心）「本当に、お気の毒なことになってしまったわ」
と、思って、源氏の傍に寄って拭き取ろうとする。
源氏「昔話の平中《へいちゅう》のように、赤色の上に黒色を付けないで下さいよ。赤色だけなら、まだ我慢《がまん》できますが」

と、冗談《じょうだん》を言う様子は、たいそう仲の良い兄と妹のように見える。

日差《ひざ》しのたいそう柔《やわ》らかな頃で、早くも霞《かすみ》のかかる木々の梢《こずえ》は、芽《め》吹《ぶ》きを焦《じ》れったく待っている様子である。梅のつぼみが膨《ふく》らんで、辺り一面、微笑《ほほえ》んでいるように見えるのは、格別な光景である。階隠《はしがく》し（建物正面階段の屋根）の傍《そば》の紅梅《こうばい》は、たいそう早くから花を咲かせ、既《すで》に赤く色付いていた。

源氏「**紅**《くれなゐ》**の花ぞあやなくうとまるる梅の立**《た》**ち枝**《え》**はなつかしけれど**

（赤い花［鼻］だけは、どうしても好きになれない。紅梅の高く伸びた枝には、心惹《こころひ》かれる思いであるが）

いやはや」

と、末摘花を思い浮かべて、ただもう、つい溜息《ためいき》を吐《つ》いてしまう。

〈こうした登場人物の方々の行く末は、どのようになって行くのでしょうね〉

七

紅葉賀《もみじのが》

［二］

「朱雀院《すざくいん》への行幸《ぎょうこう》」は、神無月《かんなづき》（十月）十日過ぎである。日頃《ひごろ》、見ることのできない楽しい芸事《ごと》も催《もよお》されるので、更衣《こうい》や女御《にょうご》をはじめとした女の方々は、宮中の外へ出て見物できないことを残念に思っている。

帝（内心）「藤壺が見ないのは、残念なことだ」

と、思われて、試楽《しがく》（舞楽《ぶがく》の予行演習《よこうえんしゅう》）を御前で催《もよお》させることにした。

源氏中将《げんじのちゅうじょう》は、青海波《せいがいは》（雅楽《ががく》の名曲）を舞《ま》った。舞《まい》の相手は、大殿《おおとの》（左大臣家）の頭中将《とうのちゅうじょう》である。顔立ちも、気配りも、格別に優《すぐ》れた方ではあるものの、源氏と並び立ってみると、やはり、花の傍《かたわ》らに立つ深山木《みやまぎ》（奥深い山に生《は》える木）のようなものであった。

沈もうとする日の光が、鮮《あざ》やかに射《さ》して、楽《がく》の音《ね》は美しく高まり、興《きょう》もたけなわの頃である。二人で同じように合わせながら舞う足拍子《あしびょうし》や顔付きは、この世のものとは思えない素晴らしさである。途中、楽《がく》の音《ね》が止《や》む。源氏の吟詠《ぎんえい》（詩歌）の声に、人々「これこそ、迦陵頻伽《かりょうびんが》（極楽浄土《ごくらくじょうど》に棲《す》む、顔は美女で声の美しい鳥）ではないか」と、思いながら聞いている。趣《おもむき》深く、心の動かされる光景に、帝（父帝）は涙を拭《ぬぐ》われている。上達部《かんだちめ》や親王《みこ》達《たち》も、皆、涙を流していた。吟詠が終わり、源氏が袖を直すと、待ち構えていた楽の音が、再び、賑《にぎ》やかに高まる。源氏の顔色は、ますます、いつもより一層、光り輝いて見える。

皇太子の母弘徽殿女御《こきでんのにょうご》は、源氏がこのように立派な姿であることを、穏やかな気持ちでは見ていられず、

弘徽殿女御「神が空から眺《なが》めて気に入って、隠してしまいそうな顔立《かおだ》ちだこと。ああ、気味が悪くて忌《い》まわしい」

と、言っている。若い女房達は、

若女房達（内心）「情《なさ》けないお言葉で、嫌《いや》だわ」

と、耳に留《とど》めていた。

藤壺（内心）「身の程知らずの秘事《ひじ》の罪《つみ》が無ければ、源氏の君の、青海波の姿を、どれほど喜ばしく見ることができただろう」

と、思うと、悪夢にさ迷って悩むような、苦しみに襲《おそ》われるのだった。

藤壺は、試楽の後、そのまま宿直《とのい》（夜間、帝の傍に仕える）であった。

帝「今日の試楽は、青海波が一番素晴らしかったですね。どのようにご覧になりましたか」

と、言われる。藤壺は、ただもう、何と答えれば良いのか分からず、

藤壺「ことにはべりつ（格別でございました）」

と、それだけを申し上げる。

帝「相手役（頭中将）も、悪くはないと思いました。舞の姿や手さばきは、やはり良家の子息は格別です。世間でも評判の舞人の男達も、それなりに、たいそう上手ではありましたが、ゆったりと落ち着いた優美さを見せることはできません。試楽の日に、源氏が、このように素晴らしい舞を披露《ひろう》してしまったら、当日、紅葉《もみじ》の木蔭での本番は、物足りないものになってしまうだろうと思いもしましたが、貴女に、源氏の舞《まい》を、是非《ぜひ》ともお見せしたいと考えて、準備させたのですよ」

などと、お話になっている。

［二］

翌朝、中将の君（源氏）から藤壺に手紙が届く。

源氏（手紙）「昨日は、私の舞を、どのようにご覧頂いたでしょうか。この世に、これほどの苦しみがあるのかと、乱《みだ》れ心地《ごこち》でございました。

もの思ふに立ち舞ふべくもあらぬ身の袖うちふりし心知りきや

（物思いの苦しみで、とても立ち舞う気になれない有様でしたが、貴女に向かって、袖を振った私の心中、お察《さっ》し頂けましたでしょうか）

畏《おそ》れ多《おお》いことですが」

と、書かれていた。藤壺から返事が届く。

〈藤壺は、源氏が眩《まぶ》しいほど美しく青海波《せいがいは》を舞う姿を見て、黙っていられなかったのだろう〉

藤壺「**から人の袖ふることは遠けれど立ちゐにつけてあはれとは見き**

（唐土《もろこし》の人が、袖を振って舞ったという古事には疎《うと》いのですが、貴方の立って舞う姿には、しみじみと感慨《かんがい》を覚えました）

人並《ひとなみ》の思いではありますが」

と、書かれていた。源氏は、藤壺からの手紙を、この上なく喜ばしく、素晴らしい返事に思いながら、

源氏（内心）「このように、舞楽の知識や、他国の朝廷《みかど》の故事《こじ》にまで思いを馳《は》せることのできる嗜《たしな》みは、既《すで》に、后《きさき》になるに相応《ふさわ》しい、品位のある歌の詠み方であることよ」

と、笑みを浮かべ、まるで、持経《じきょう》（持ち歩く経典）のように広げて、見入っていた。

［三］

「朱雀院への行幸」の当日、親王達《みこたち》など、宮中に残る者は誰一人いないほど、多くの人々が参列して仕えていた。皇太子（春宮、源氏の兄）もおられた。

例によって、池には、竜頭鷁首《りゅうとうげきす》の楽《がく》を奏《かな》でる船が漕《こ》ぎ回《めぐ》り、唐土《もろこし》や高麗《こま》など、ありとあらゆる舞楽が、種々様々《しゅじゅさまざま》、数多く集められていた。奏楽《そうがく》の音色や鼓《つづみ》の音が、四方八方《しほうはっぽう》に響《ひび》き渡っている。

先日の試楽で、帝（父帝）は、源氏の夕日に照らされた美しい姿に不吉なものを感じて、誦《ず》経《きょう》などを、あちらこちらの寺に命じていた。それを聞いた人々は、人々「ごもっともなこと」と、帝のお気持ちを察《さっ》しているものの、一方で、皇太子の母弘徽殿女御《こきでんのにょうご》は、弘徽殿女御「やり過ぎなこと」と、非難の言葉を口にしている。

垣代《かいしろ》（舞台下手《ぶたいしもて》の楽人達）などには、殿上人《てんじょうびと》（四、五位の官人《かんにん》、六位の蔵人《くろうど》）からも、地下《ぢげ》（一般庶民）からも、「格別に優れている」と世間で評判の達人ばかりが選ばれている。宰相《さいしょう》二人、左衛門督《さえもんのかみ》、右衛門督《うえもんのかみ》が、左右《ひだりみぎ》の楽《がく》の進行役を務める。舞人《まいびと》に選ばれた者達は、舞の師匠《ししょう》など、並々ならぬ名人《めいじん》を迎えて、それぞれ家に籠《こも》り、稽古《けいこ》していたのだった。

梢《こずえ》の高い紅葉《もみじ》の陰で、四十人の垣代《かいしろ》が、言《い》い様《よう》のないほど素晴らしい音色を吹き立てている。その楽《がく》の音《ね》に合わせるかのように、松風《まつかぜ》（松を吹く風）が、本当の深山《みやま》おろし（奥山から吹き下ろす風）に聞こえるほど吹き乱れ、色とりどりに乱れ散る木《こ》の葉《は》の中から、源氏が、青海波《せいがいは》を舞いながら出て来る。その姿は輝いて、まったく恐ろしいほど美しく見える。

挿頭《かざし》（髪《かみ》や冠《かんむり》に挿《さ》す花や枝）の紅葉《もみじ》がすっかり散《ち》って、まばらになってしまい、源氏の君の顔の輝きに気圧《けお》されている有様なので、左大将《さだいしょう》（この場面のみ登場）が、帝の御前に咲く菊の花を折って差し替えていた。

丁度《ちょうど》日の暮れる頃で、ほんの少しばかり、時雨《しぐれ》（晩秋から初冬に降《ふ》ったり止《や》んだりする雨）となった。空の景色までもが感激して、涙を流しているかのような雨である。源氏の君の青海波の姿は、それほどまでに素晴らしかった。菊の花が露《つゆ》や霜《しも》で変わりゆく様々な色合いの、何とも言えず趣《おもむきぶか》深いのを挿頭にして、今日のために、またとない秘術《ひじゅつ》を尽くした入綾《いりあや》（舞楽で退場の際、綾を付けて舞《ま》い納《おさ》めること）の趣《おもむき》は、身の震《ふる》えるほどの美しさで、この世のものとは思えない。

何の風情も分からぬ下人《しもびと》など、木《き》の下《した》や岩陰《いわかげ》、山の木《こ》の葉《は》に隠《かく》れながら見物《けんぶつ》している人々でさえも、少しでも物事の意味を知る者は、感極《かんきわ》まって涙を流していた。

承香殿女御《しょうきょうでんのにょうご》を母とする、第四皇子（源氏の弟、この場面のみ登場）は、まだ幼い子供ではあるが、秋風楽《しゅうふうらく》（唐楽の曲）を舞い、それが青海波《せいがいは》に次いで見応《みごた》えある見物《みもの》であった。この二つの舞楽は格別で、誰もが楽しさを味わい尽くし、他の舞には目もくれない有様だった。

〈却《かえ》って、興醒《きょうざ》めであったかもしれない〉

その夜、源氏中将は、正三位《じょうさんい》に昇進した。頭中将は、正下《じょうげ》（正四位下）に位が上がる。上達部達も、そうなるのが当然である人々は、皆、官位の昇進に喜んでいるが、

〈源氏の君の見事《みごと》な舞に肖《あやか》ってのことである。人の目を驚かせ、心を喜ばせ、前世でどれほどの善行を積《つ》んだのか。知りたくなるような人物である〉

［四］

藤壺の宮は、その頃、里邸に退出していた。源氏は、例によって、

源氏（内心）「隙《すき》があれば、お会いしたい」

と、様子を窺《うかが》いながら、出歩いてばかりいる。大殿《おおいどの》（左大臣家）の方では、穏《おだ》やかではいられない。更《さら》に、あの若草（紫の上）を、引き取ったことについても、世間の人々「源氏の君は、二条院に女方を迎えられたようだ」

と、噂をしているので、

左大臣（内心）「不愉快《ふゆかい》なことだ」

と、思っていた。

源氏（内心）「左大臣が、こちらの内情を知るはずもなく、不満に思われるのも当然ではある。しかし、女君（正妻葵の上、左大臣の娘）が、世間の女方のように、もし素直に恨み言を言って下さるのならば、私も、心に隔《へだ》てを置《お》かずに語り掛けて、和《なご》むこともできるだろう。こちらの思いも寄らぬことを、思い込みされるのが嫌《いや》だからこそ、いかにも、あってはならない遊《すさ》び

事《ごと》（気晴らし）をしてしまうのだ。女君には、物足《ものた》りなさも、こちらが不満に思う欠点も無い。私とは、誰よりも先に夫婦の縁《えにし》のあった方で、愛《いと》しい方として大切に思う気持ちを知らぬはずはないのだから、行《ゆ》く行《ゆ》くは、思い直して下さるだろう」
などと、思いながら、
源氏（内心）「女君は穏やかで、落ち着いた方だから、きっと、そのうちには」
と、頼りにする方《かた》としては、やはり格別なようである。

幼い姫君（紫の上）は、二条院での生活に慣れるにつれて、たいそう気立《きだ》ての良い、可愛らしい様子に育ち、源氏に無邪気《むじゃき》に、親しく纏《まと》わり付いている。

源氏（内心）「暫《しばら》く、二条院の邸内の者にも、姫君の素性《すじょう》は知らせずにおこう」

と、考えて、東の対（源氏の居所）から西の対に、ますます調度品などを運び入れて、またとないほど素晴らしく整えている。源氏は、西の対にやって来て、明けても暮れても過ごし、姫君にあらゆる物事を教えている。書《しょ》の手本《てほん》を書いて手習《てなら》いもさせるなど、ただもう、他所《よそ》で離れて育っていた娘を引き取ったような心地だった。

政所《まんどころ》や家司《けいし》などをはじめとして、家政係《かせいがかり》を、東の対とは別に配置し、姫君が不安な思いをすることのないように仕えさせている。惟光《これみつ》以外の邸内に仕える者達は、事情が分からず、疑問に思うばかりだった。姫君の父兵部卿宮《ひょうぶきょうのみや》も、娘が二条院に引き取られているとは、まったく知らないのだった。

姫君（紫の上）は、今でも時々、昔を思い出し、祖母尼君を恋《こ》い慕《した》うことが多かった。源氏が自邸にいる時は、気《き》を紛《まぎ》らわしているものの、夜になると、時には、西の対に泊まることはあっても、あちらこちらへの忍び歩きに忙しく、日が暮れると出掛けて行くので、その後を追って寂《さび》しい様子を見せる。源氏は、その姫君の様子を、たいそう可愛く思っている。

源氏が、二、三日宮中に仕えて、そのまま左大臣邸へ出向いて泊まる際、姫君（紫の上）は、ひどく塞《ふさ》ぎ込んでしまう。源氏も辛《つら》くてたまらず、母なき子を育てているような気持ちになって、忍び歩きも落ち着いてはしていられなかった。

北山の僧都《そうず》（故尼君の兄）にも「姫君は、このような様子です」と知らせが行く。僧都は、源氏が幼い姫君を引き取った理由を不思議に思いながらも、

僧都（内心）「かたじけないことである」

と、嬉しく思っていた。

僧都が、故尼君の法事《ほうじ》を催《もよお》す際、源氏は、丁重《ていちょう》に弔問《ちょうもん》している。

［五］

藤壺は、宮中を退出し、里邸の三条宮で過ごしている。源氏は、その様子を知りたくてたまらず訪ねてみると、王命婦《おうみょうぶ》（源氏と藤壺の秘事《ひじ》の罪《つみ》を知る人物）や中納言の君、中務《なかつかさ》などの女房達が対面した。

源氏（内心）「あからさまに、他人行儀《たにんぎょうぎ》な扱《あつか》いであることよ」

と、心中、穏やかではないものの、気を静《しず》めて世間話をしていると、兵部卿宮《ひょうぶきょうのみや》（藤壺の兄、紫の上の父）がやって来た。「源氏の君がお出《い》でになっています」と耳にして、対面することとなる。たいそう風流《ふうりゅう》な趣《おもむき》で、色っぽく、物腰《ものごし》の柔らかい人である。

源氏（内心）「兵部卿宮を女にして、相手をしたら、さぞかし面白いに違いない」

などと、密《ひそ》かに思いながら見ている。兵部卿宮には、藤壺と姫君（紫の上）との縁《えん》もあり、源氏は親しみを感じて、丁寧に世間話をしている。兵部卿宮の方でも、源氏が何時《いつ》になく、一段と親し気《したげ》に、打《う》ち解《と》けた様子で対面するので、

兵部卿宮（内心）「まったく、見事な方だ」

と、思いながら見ているが、まさか、自分の娘（紫の上）が源氏に引き取られ、自分の婿《むこ》の立

場になっているとは思いも寄らない。

兵部卿宮（内心）「源氏の君を女にして、見ていたいものだ」

と、こちらも、色っぽい性格から同じことを思っていた。


日が暮れて、兵部卿宮が藤壺の兄として、御簾《みす》の中に入って行く姿を、源氏は、羨《うらや》ましくてたまらない思いで見ている。

〈昔は、父帝の取《と》り計《はか》らいにより、源氏も、藤壺のすぐ傍《そば》まで近寄ることができた。人伝《ひとづて》ではなく直《じか》に話をしていた。しかし今では、それも許されず、藤壺のひどく素《そ》っ気《け》ない態度に、源氏は辛くてたまらない思いをしている。それも、やむを得《え》ないことである〉

源氏「こちらに、度々《たびたび》、参上して仕《つか》えるべきところですが、特にご用がなければ、しぜんとご無沙汰してしまいます。然《しか》るべき仰《おお》せ言《ごと》を頂戴《ちょうだい》できましたら、有り難い思いでございます」

などと、真面目に言って部屋を出た。


王命婦にも、源氏と藤壺の仲を取り持つ策は無い。藤壺は、以前にも況《ま》して、ますます辛く悲しい運命に悩み、源氏に心を許さぬ有様である。王命婦は、藤壺の姿を見ていると決まりが悪く、気の毒にも思うが、どうすることもできないまま、日々は過ぎてゆく。

源氏と藤壺（内心）「虚《むな》しい縁《えにし》であったことよ」

と、心の乱れる苦しさは互いに同じで、尽きることなく抱いていた。

［六］

少納言乳母《しょうなごんのめのと》（内心）「思《おも》い掛《が》けず、姫君（紫の上）のお幸せな身の上を見ることになったものよ。これも、故尼君が姫君の行《ゆ》く末《すえ》を心配し、勤行《ごんぎょう》で祈願していた故《ゆえ》に与えられた、仏の御《ご》利益《りやく》なのだろうか」

と、思う一方で、

少納言乳母（内心）「大殿《おおとの》（左大臣家、正妻葵の上）は、高貴な身分であり、その上、源氏の君には、あちらこちらの多くの女方と関《かか》わりもあるようだから、姫君が大人になる頃には、面倒《めんどう》な事《こと》が起きるのではないか」

と、心配もしていた。

〈それにしても、源氏の姫君への格別な思い入れは、たいそう頼りになる有様に見えることよ〉

服喪《ふくも》の期間は、母方祖母の場合三か月で、姫君（紫の上）は、晦日《つごもり》（月の下旬）には喪服《もふく》を脱ぐことになる。

（読者として……祖母尼君は、九月二十日頃に亡くなりました。紫の上の除服《じょふく》は、十二月二十日

頃になります。「若紫」［一七］）

母親もおらず、祖母を母代わりに育ってきたので、直ぐに派手《はで》な明るい色にはせず、紅《くれない》、紫、山吹《やまぶき》など、無地《むじ》の織物の小袿《こうちぎ》などに着替えている。その姿は、たいそう今風《いまふう》で可愛らしい。

男君（源氏）は、朝拝《ちょうはい》（元旦《がんたん》の辰《たつ》の刻《こく》に天皇が臣下《しんか》の拝礼《はいれい》を受ける儀式）に参内《さんだい》する前、姫君の部屋を覗《のぞ》いている。

源氏「今日から新しい年ですね。大人《おとな》っぽく、なっておられるかな」

と、言いながら、少し笑みを浮かべている。たいそう立派で魅力のある姿である。

姫君は、正月早々、雛《ひいな》（人形）を並べて忙しそうにしている。三尺の御厨子《みずし》一組に、様々な道具を並べて飾り、一方で、源氏の用意した雛の御殿を、部屋いっぱいに所狭《ところせま》しと広げて遊んでいる。

紫の上「追儺《ついな》（大晦日《おおみそか》の儀式）をすると言って、犬君《いぬき》（遊び相手の女童《めのわらわ》）が、これを壊《こわ》してしまったので、直しているところです」

と、言いながら、
紫の上（内心）「とっても大事にしていたのに」

と、思っている。

源氏「本当に、まったく、思《おも》い遣《や》りのない人（犬君）の仕業《しわざ》ですね。直《す》ぐに、直《なお》させましょう。正月で、言忌《こといみ》（不吉な言葉を忌《い》み慎《つつし》むこと）ですから、泣いてはいけませんよ」

と、言いながら、部屋を出て行く様子である。部屋は、雛《ひいな》で所狭《ところせま》しとなっている。女房達は、部屋の外の縁側から源氏を見送っている。姫君も立ち上がり、縁側まで出て行って、源氏を見送ると、雛の源氏の君に着替えをさせるなど、参内《さんだい》の真似事《まねごと》をして遊んでいる。

少納言乳母「せめて、今年からでも、少しは大人らしく振る舞って下さいね。十歳を過ぎれば、雛遊《ひいなあそ》びは慎《つつし》むものですよ。このように、御男《おんおとこ》（夫《おっと》）を持たれたのですから、妻として相応《ふさわ》しく振る舞い、落ち着いた雰囲気で、お相手するのが良いのですよ。姫君は、御髪《みぐし》の手入れさえも嫌《いや》がられるのですから困ります」
などと、言っている。姫君が、遊びに夢中になってばかりいるので、
少納言乳母（内心）「姫君に『恥ずかしい』と思わせなければ」
と、考えて言ったのであるが、姫君は心の中で、
紫の上（内心）「私には、そんな夫がいたのね。女房達の夫を見ていると、見苦しい者ばかりなのに、私は、こんなにも美しくて若々しい人を夫にしていたのね」

と、今になって気が付いた。

〈新しい年を迎え、一つ年を重ねた証《あかし》であるようだ。しかし、このような姫君の幼い様子が、何かにつけて目立つので、邸内の人々も、妙なことに思っている。しかし、まさか、これほどまでに世間離れした添《そ》い臥《ぶ》し（妻）とは、思いも寄らないのだった〉

［七］

源氏は、宮中から大殿《おおとの》（左大臣邸）に退出した。いつものように、女君（正妻葵の上）は、気《け》高《だか》く、美しく、立派ではある。しかし、心優しい雰囲気はない。源氏は辛《つら》い思いで、

源氏「せめて今年からでも、少しは世間並みの夫婦になれるように、心を改めて下されば、どれほど嬉しいことでしょう」

などと、言う。しかし女君は、世間の人々が、「源氏の君は、わざわざ二条院に女方を迎え入れて、大切にお世話をされているようだ」と噂しているのを耳にして、

葵の上（内心）「格別な妻として、お決めになっているのだろう」

と、気になるばかりで、ますます親しめず、決まりの悪い思いをしていたのである。強《し》いて、何も知らぬように振る舞っている。源氏の戯《たわむ》れ言《ごと》を強く拒《こば》むこともせず、返事など、さらりとする姿は、やはり他の人とは違う、格別な女方である。源氏よりも四歳ほど年上で、少し大人であるから、源氏には恥ずかしくなるほど、女盛《おんなざか》りの落ち着いた人に見える。

源氏（内心）「この方（葵の上）に、何か欠点はあるのだろうか。私の性格が、あまりにもひど

く、遊び歩いてばかりいるから、このように恨みを抱《いだ》いておられるのだろう」

と、身に染《し》みて感じている。

左大臣は、同じ大臣と呼ばれる中でも、世間の評判は、たいそう高い。北の方（正妻）は、帝の妹皇女である。夫婦の一人娘が、源氏の正妻葵の上である。大切に育てられ、たいそう気位の高い方なので、源氏の振舞《ふるまい》が、少しでも気《き》に障《さわ》ると、
葵の上（内心）「嫌《いや》だわ」

と、思っている様子に見える。男君（夫）としては、
源氏（内心）「どうして、それほどまでに」

と、思うのが、習慣になってしまっている。

〈源氏と葵の上は、互いに、心の溝《みぞ》を作っているのである〉

左大臣も、このように、頼りにならない源氏の心を耐《た》え難《がた》く思いながらも、直《じか》に対面している時には恨みも忘れて、大切にお世話をしている。

翌朝、源氏が、出掛ける支度をしていると、左大臣がやって来て、部屋を覗《のぞ》いた。源氏は、装

束を着《き》ているところだった。有名な石帯《せきたい》（束帯《そくたい》の際の帯）を、左大臣自《みずか》ら手に持って運び、装束の後ろ側を直すなど、沓《くつ》を取《と》るばかりの有様でお世話をしている。

〈本当に、気の毒な姿である〉

源氏「このように立派な石帯は、内宴《ないえん》（宮中恒例《こうれい》の私宴）などの催《もよお》し事《ごと》もありますから、そのような時に」

などと、言うと、
左大臣「その時には、更《さら》にもっと良い品《しな》がございます。これは、ただ、見慣れぬ形をしておりますので」

と、言って、無理に着《つ》けて差し上げている。

左大臣（内心）「本当に、万事、源氏の君を大切にお世話して、拝見しているだけで、生きる甲斐《かい》があるというものだ。時たまであっても、このように素晴らしい方《かた》が、婿《むこ》として出入《ではい》りする姿を、見る喜びにまさることはないだろう」

と、思いながら見ている。

源氏は、参座《さんざ》（年賀の拝礼）に出掛ける。あちらこちら、多くの場所を歩き回るのではなく、内裏《だいり》（父帝）、春宮《とうぐう》（兄皇太子）、一院《いちいん》（上皇、系統不明）くらいで、その他は藤壺の里邸三条宮へ参上する。

三条宮女房達「今日はまた、格別に素晴らしいお姿ですこと。年を重ねるごとに、恐ろしいほど美しく、立派な風格になられますね」

と、誉《ほ》めながら噂《うわさ》をしているが、一方の藤壺は、几帳《きちょう》の隙間《すきま》から、源氏の姿をちらりと見るだけでも、心の中は秘事《ひじ》の罪《つみ》の苦しみに、絶え間なく襲《おそ》われるのだった。

［八］

藤壺の出産について、予定の十二月《しわす》も過ぎてしまい、誰もが心配している。「正月《むつき》には、いくらなんでも」と仕《つか》える人々もお待ちして、内裏《うち》（帝）でも心づもりをされていたが、その月も、何事も起きることなく過ぎてしまった。

人々「物《もの》の怪《け》の仕業《しわざ》だろうか」

と、世間でも、騒《さわ》がしく噂をしている。藤壺は、たいそう辛《つら》い思いをしながら、
藤壺（内心）「私は、このことによって、身を滅《ほろ》ぼすに違いない」

と、思い嘆いている。心の中は、たいそう苦しくてならず、病《やまい》となってしまう。

中将の君（源氏）は、藤壺の出産の遅れを耳にすると、ますます、身に覚えのある秘事《ひじ》との合致《がっち》に恐ろしくなり、御修法《みずほう》（加持祈祷《かじきとう》）など、祈願の内容を明《あきら》かにすることなく、あちらこちらの寺に行わせる。世の無常を思うと、
源氏（内心）「藤壺が、このまま果敢無《はかな》くなってしまったならば」
と、あれこれ心配の種を寄せ集めて嘆いていたところ、二月《きさらぎ》十日過ぎの頃、男皇子《おとこみこ》が誕生した。

帝や仕える人々は、これまでの心配がすべて吹き飛んで、慶《よろこ》びに沸《わ》いている。

（読者として……源氏と藤壺の秘事《ひじ》の罪《つみ》の苦悩と、周囲の人々の安堵《あんど》した喜びに、対照的な心理描写を感じます）

藤壺（内心）「長生きを願うことは辛《つら》いけれども、弘徽殿女御《こきでんのにょうご》などが、私の不幸を呪《のろ》っているようであるから、もし、このまま死んだならば、それを聞いて、さぞ、私を笑い物にするだろう」

と、思うと心は強くなり、だんだんと少しずつ、爽《さわ》やかな気持ちになって行った。

（読者として……藤壺の心の変化には、皇子を出産して母親になったことが、強く生きる覚悟と決意に繋《つな》がったと感じます）

父帝「早く、皇子を見たいものだ」

と、心待ちにされているご様子は果《は》てしない。あの秘事の罪を抱えている源氏も、たいそう待ち遠しくてならず、人のいない隙《すき》に三条宮を訪れた。

源氏「帝が、待ち遠しい思いをされていますので、まず、私が皇子を拝見し、帝にご報告致しましょう」

と、言うが、
藤壺「まだ、むさくるしい有様ですので」
と、言って、見せようとしない。
〈藤壺の気持ちを思えば、当然のことである。それというのも、まったく嘆かわしいことに、皇子と源氏の顔が、滅多《めった》にないほど写し取ったようにそっくりで、違いがないのである〉
　藤壺は、心の鬼《おに》（良心の呵責《かしゃく》）に、苦しくてならず、
藤壺（内心）「誰かが皇子を見た時に、あってはならない過ち《あやま》（源氏との秘事の罪）に気が付いて、果して、私を責め立てることがないと言えるだろうか。どれほど小さなことでさえも、疵《きず》（欠点）を探し出すのが世間というものである。最後には、どのような噂が広まってしまうことになるのか」
と、思い続けながら、我が身の運命を辛《つら》く感じている。
　源氏は、時々、王命婦に会っている。藤壺への思いを、言葉の限り伝えているが、
〈何の甲斐《かい》もあるはずはない〉
若宮（皇子）の様子を、どうしようもないほど知りたくて、会いたい旨《むね》を伝えるが、
王命婦「どうして、そのようなご無理《むり》を、しつこく言われるのでしょうか。今に、しぜんと、ご

覧になれるでしょう」

と、言うのであるが、王命婦自身も、源氏を藤壺に導《みちび》いた責任の苦しみを抱えて、同じように穏やかではいられない思いをしている。源氏は、決まりが悪く、周囲の目を気にして、はっきりではないが、
源氏「一体、何時《いつ》になったら、人伝《ひとづて》ではなく直《じか》に、お話させて頂けるのだろうか」

と、言いながら泣いてしまう姿に、王命婦も気の毒な思いをしている。

源氏「**いかさまに昔むすべる契《ちぎ》りにてこの世にかかる中のへだてぞ**
（どのような前世からの因縁《いんねん》で、この世で、このような隔ての仲になってしまったのか）

このようなこと、納得できずにおります」

と、言う。王命婦も、藤壺の苦しむ姿を見ているので、素《そ》っ気《け》なく、突《つ》き放《はな》す振舞《ふるまい》はできない。

王命婦「**見ても思ふ見ぬはたいかに嘆くらむこや世の人のまどふてふ闇《やみ》**
（皇子を見ている藤壺の宮でさえも、物思いに耽《ふけ》っておられるのですから、ご覧になっていない源氏の君は、さぞ、お嘆きのことでしょう。これが、人の世の、子ゆえに迷うと言う、親心の闇なのでございましょう）

お気の毒にも、心の休まる暇《いとま》のない、お二方《ふたかた》でございます」

と、そっと、お伝えした。

このような有様のままでは、藤壺と話をすることもできず、源氏は三条宮を後《あと》にする。一方で藤壺は、人の噂になることが面倒《めんどう》でならない。

藤壺「源氏の君の訪れは、耐《た》え難《がた》いことです」

と、王命婦に思いを伝えていた。


藤壺は、王命婦を昔から信頼して仕えさせてきたが、今では心を許さず、親しく近づけることもしない。人目に付かぬように、控え目な態度で穏やかに振る舞っている。

〈王命婦に対して、「不愉快だわ」と思う時もあるに違いない。王命婦は、とても悲しく、思い掛けない事の成り行きに、嘆く思いをしているようである〉

（読者として……藤壺は、秘事の罪を知る王命婦に警戒心を抱いています。王命婦が、源氏と藤壺の板挟《いたばさ》みになって、右に左に、困惑している様子を想像します）

［九］

四月《うづき》になり、藤壺は皇子と共に参内《さんだい》した。皇子は、普通よりも大きく成長し、そろそろ寝返《ねがえ》りなどをするようになっている。

帝（父帝）が驚くほど皇子は源氏と瓜二《うりふた》つで、そっくりな顔立ちであった。帝は、これほど似るとはまったく思いもしていなかったので、

父帝（内心）「やはり、この世に並ぶ者のいない優《す》ぐれた者同士《どうし》は、なるほど、これほど似るものなのか」

と、思われていた。たいそう大切に可愛がる様子はこの上ない。

〈帝は、源氏の君を、この上なく大切に思いながらも、「世の人々が許さないだろう」と考えて、坊《ぼう》（春宮、皇太子）にさせられなかったことが、今でも心残りで悔しくてならない。源氏が、ただ人（臣下）にしてはもったいないほど立派な風格《ふうかく》の容貌《ようぼう》に成長し、その姿を見る度《たび》に辛《つら》い思いをされていた。この度、このように、身分の高い藤壺を母親として皇子が誕生し、同じ光（源氏の遺伝子）を持って生まれてきたのであるから、帝は、瑕《きず》なき玉《たま》（欠点の何一つ無

い玉）のように思い、皇子を大切に可愛がっておられる。藤壺は、何を見ても、何を聞いても不安でたまらず、胸の晴れる暇《いとま》もなく思い悩んでいる〉

（読者として……源氏は、幼い頃、人々から「光る君」と呼ばれていました。この場面の原文「同じ光」を物語の流れを踏まえて「源氏の遺伝子」と現代語訳しました。帝と藤壺の夫婦の間に、生まれるはずのない皇子が生まれたにも拘《かかわ》らず、帝は皇子を大切に可愛がり、藤壺は、そのお姿を見て苦悩しています。

源氏と藤壺は、決して口外《こうがい》することのできない秘事《ひじ》の罪《つみ》を抱え、常に恐れを抱いています。さらに藤壺は、帝が真実を御存《ごぞん》じでありながら「知らない振り」をされていることにも恐れを抱いています。帝の故桐壺更衣への深い愛情と、母尼君に伝えた言葉「甲斐のあること」「礼を果せる時」「桐壺」「九」を想起します。

読者は、帝、藤壺、源氏の三人の関係性を考えながら、その言動と心情の描写から、内情を読み解く想像力が必要となります。物語の展開を理解する前提として、源氏と藤壺の秘事《ひじ》の罪《つみ》が、「物語の中心軸」であることを、常に念頭《ねんとう》に置くことは必須《ひっす》です）

いつものように、中将の君（源氏）は、御殿で藤壺に仕えて、管弦《かんげん》の遊《あそ》びなどをしていた。そこへ、父帝が、皇子を抱いて部屋に入って来られた。

父帝「皇子達は大勢いるが、其方《そなた》（源氏）だけを、このように幼い頃から、朝晩、見ていたものだ。だから思い出されるのだろう。其方と皇子は、本当によく似ている。たいそう小さい頃の子供は、皆、このようなものだろうか」

と、言いながら、
父帝（内心）「可愛らしくて、たまらない」

と、思っておられる様子である。

　中将の君（源氏）は、顔色の変わる心地がして、恐ろしくも、申し訳なくも、嬉しくも、寂しくも、様々な感情が次から次へと沸《わ》き起《お》こる。

〈涙も落ちていたに違いない〉

　源氏が語り掛けると、皇子の笑う顔は、何とも恐ろしいほど可愛らしい。

源氏（内心）「我が身が父親であるから、これほど似て可愛らしいのだ。皇子を何よりも大切にしたい」

と、思っている。

〈それは、図々《ずうずう》しいことである〉

藤壺は、帝と源氏の会話を聞きながら、辛くてたまらず、汗を流しながら物陰に座っている。中将（源氏）は、皇子を直《じか》に見たことで、却《かえ》って心は掻《か》き乱《みだ》れ、宮中を退出した。

（読者として……皇子の実際の父親は、源氏です。父親として振る舞うことのできない源氏の苦しみが伝わります。源氏は、藤壺との秘事の罪に苦しみながらも、まさか父帝が、御存《ごぞん》じであるとは思ってもいません。帝が「源氏と皇子は、よく似ている」と、わざわざ言われる言葉の背景に、周囲の人々の疑念《ぎねん》の芽《め》を摘《つ》む、配慮《はいりょ》を感じます。物語では、源氏が晩年に過去を振り返る際、「父帝は、真実を知りながらも『知らない振り』をされていたのではなかったか」と、想起《そうき》する場面があります）

［一〇］

源氏は、自邸二条院の自室で横になる。胸のつかえを晴らす術《すべ》もなく、暫《しばら》く過ごすと、大殿《おおとの》（左大臣邸）を訪ねようと思う。

庭の植え込みが、何となく辺り一面、青々としてきた中に、常夏《とこなつ》（撫子《なでしこ》）の花が、美しく咲き始めている。それを、折り取らせる。

〈源氏は、王命婦《おうみょうぶ》（藤壺の女房）宛《あて》に、藤壺への手紙を送り届けているが、さぞかし多くのことを書き連《つら》ねているのだろう〉

（読者として……源氏は、藤壺への手紙に季節の草花を添えて届ける習慣が、未《いま》だに続いていますす「桐壺」［一四］）

源氏「**よそへつつ見るに心は慰まで露けさまさるなでしこの花**

（この花に、皇子への思いを重ねて見ても、心は慰《なぐさ》められず、涙ばかりが募《つの》ります。撫子《なでしこ》の花をお届けします）

花のように、皇子には美しく成長して頂きたいと望みながらも、何の甲斐《かい》もない私達の仲でございますので」

と、書かれている。

〈王命婦から藤壺へ、手紙を渡す良い折があったのだろう〉

藤壺にお見せしながら、
王命婦「『ただ塵《ちり》ばかり』。ほんの一言《ひとこと》だけでも、この花びらにお返事を」

と、古歌を交《まじ》えて言うと、藤壺の方も、心の中では何とも悲しく、しみじみとした思いを巡らしている折だったので、
藤壺　**袖ぬるる露のゆかりと思ふにもなほうとまれぬやまとなでしこ**
（貴方《あなた》の袖を濡《ぬ》らしている涙の露のゆかりであると思うと、やはり、よそよそしく振る舞ってしまいます。大和撫子《やまとなでしこ》［皇子］を見ながら）

と、ただ、それだけを墨《すみ》の色を薄くして、途中で書くのを止《や》めたような手紙であるが、王命婦は喜んで、源氏に届けた。

源氏（内心）「いつものことだから、今日も、藤壺からの返事はないだろう」

と、気弱《きよわ》に諦《あきら》めて、ぼんやりとしながら横になっていたところ、思い掛けず返事が届いたので、

胸は高鳴り、とにかく嬉しくて、涙もこぼれ落ちていた。

（読者として……藤壺は、「露のゆかり」と歌にさりげなく詠《よ》むことで、皇子が源氏の子供であることを仄《ほの》めかし、暗《あん》に伝えています。源氏は、藤壺からの返事に、嬉しさのあまり涙を流していています。一方で、いつものことながら、左大臣邸を訪ねようとしていたことを忘れています。訪問の知らせが伝えられ、準備をしていたと思われる左大臣家の人々の心中を察します）

［一一］

源氏は、物思いに耽《ふけ》りながら横になっている。心を晴らす術《すべ》も無く、例によって、心の慰めである西の対の姫君（紫の上）の部屋へ行く。手入れもしていない乱れた髪のまま、寛《くつろ》いだ恰好《かっこう》の袿姿《うちきすがた》で、笛《ふえ》を風流《ふうりゅう》に吹き遊《すさ》びながら、部屋を覗《のぞ》いてみると、女君（紫の上）は、まるで、先ほど、藤壺と交わした歌の撫子の花が、露に濡《ぬ》れているような有様で、物に寄り掛かって俯《うつむ》いている。その姿は美しく、可愛らしく見える。愛らしい魅力は、こぼれ落ちそうな程で、源氏が、外出先から二条院に戻りながらも、直ぐに西の対へやって来なかったので、何となく悲しい思いをしていたのだろう。いつになく、背を向けて、拗《す》ねている様子である。源氏が、部屋の端の方へ膝《ひざ》をついて入り、

源氏「こちらへ」

と、言っても、気付かぬ振りをして、

紫の上「『入りぬる磯《いそ》の』」

と、古歌を口ずさみ、源氏の訪れの少ない悲しみを呟《つぶや》いた。慌《あわ》てて、袖で口元を隠している様は、たいそう愛嬌《あいきょう》があって可愛らしい。

源氏「ああ、嫌ですよ。そのように、古歌を口にするようになったのですね。『みるめにあく』の古歌のように、一緒にばかりいては良くないのですよ」

と、言い訳すると、女房を呼び、琴を取り寄せて姫君に弾《ひ》かせる。

源氏「箏《そう》の琴《こと》は、中の細緒《ほそお》（十三絃《げん》のうち高音を出す細い三絃）の切れやすいのが面倒《めんどう》ですね」

と、言いながら、平調《ひょうじょう》（雅楽《ががく》の音律《おんりつ》の音名の一つ）に、押し下げながら調子を合わせている。試《ため》しに少し弾《ひ》いてから、姫君の前に、押し出して差し上げる。姫君は、いつまでも拗《す》ねていられず、たいそう美しく箏の琴を奏《かな》でる。

身体が小さいので腕を伸ばし、手で絃《げん》を押《おさ》えながら揺《ゆ》する手つきは、たいそう可愛らしい。

源氏（内心）「愛《いと》しい人だ」

と、思いながら、笛を吹き鳴らしつつ、箏の琴の手ほどきをする。

姫君（紫の上）は、たいそう賢く、難しい調子の曲などを、たった一度で習得してしまう。だいたいのところ利発《りはつ》に覚えてしまい、可愛らしい人柄に、
源氏（内心）「私の願いの叶《かな》う思いだ」

と、思っている。

（読者として……源氏は、藤壺の形代を求めていました。紫の上が、望み通りに育つ様子に満足しています）

〈「保曾呂倶世利《ほそろぐせり》」という曲名の語呂《ごろ》は、変な感じではあるが、源氏は、笛を楽しく澄《す》んだ音色で吹き、姫君（紫の上）も、筝の琴で合わせている。その手は、まだ未熟ではあるものの、拍《ひょう》子《し》を外《はず》すことなく、いかにも上手な人に思える有様であった〉

大殿油《おおとなぶら》（灯火）を近くに寄せて、数々の絵などを見ていると、前もって外出する時刻を告げられていた供人達が、咳払《せきばら》いなど、声作《こわづく》りの合図《あいず》をしているのが聞こえる。

供人「雨が降りそうですから」

などと、出発を促《うなが》す者もいる。姫君は、いつものように心細くなって、塞《ふさ》ぎ込《こ》み、絵を見るのも止《や》めて、うつ伏《ぶ》してしまう。源氏は、その姿を愛《いと》しく思いながら、御髪《みぐし》のたいそうふさふさとして零《こぼ》れ懸《かか》るのを掻《か》き撫《な》でて、

源氏「私の留守中、恋しく思っているのですか」

と、尋ねると、姫君は頷《うなず》いている。

源氏「私も、貴女（紫の上）に、一日でも会えずにいると、とても苦しいのですよ。けれども、貴女が幼いうちは、気楽に思っていましてね。まずは、ひねくれて恨みがましい女方達の機嫌《きげん》

を損《そこ》なうと面倒ですから、暫《しばら》くは、このように出歩きますからね。貴女が大人になったら、決して、他所《よそ》へは行きませんよ。人の恨みを負わないようにしているのも、長生きをして、思いのままに貴女と一緒にいたいからですよ」

などと、細々《こまごま》と語り掛ける。姫君は、さすがに恥ずかしくて、何とも答えることができない。そのまま源氏の膝《ひざ》に寄り掛かり、眠ってしまった。源氏は、たいそう労《いたわ》しくなって、

源氏「今夜は、外出を止《や》めにした」

と、言うと、供人や女房達が、皆、立ち上がり、御膳《おもの》（食事）などを、こちらで差し上げる。源氏は、姫君を起こして、

源氏「出掛《でか》けないことにしましたよ」

と、言うと、姫君は、気を取り直して起き上がり、一緒に食事などをする。たいそう心細い様子で、思いのままに、

紫の上「それでは、こちらで、寝て下さるのですね」

と、言って、未《いま》だに不安に思っている。

源氏（内心）「これほど可愛らしい姫君を見捨てては、死出《しで》の旅路《たびじ》へも行けそうにないな」

と、思っていた。

［一二］

このように、源氏は、外出を引《ひ》き留《と》められることが度重《たびかさ》なっていた。噂にもなり、しぜんと耳にした者が、大殿《おおとの》（左大臣邸）にも伝えてしまった。

左大臣邸女房達「何方《どなた》でしょうか。まったく、不愉快《ふゆかい》なことがあるものですね。これまで、話題にもならなかった人が、そのように、源氏の君の傍《そば》に、纏《まと》わりついて、戯《たわむ》れているなんて、高貴な、奥ゆかしい身分の方ではないですね。源氏の君が、宮中の辺りなどで、ちょっと見かけて、情《なさ》けを掛けて、一人前のように扱っているうちに、世間から、怪《あや》しまれるだろうと思って、隠しておられるのでしょう。情緒《じょうちょ》も教養《きょうよう》もなく、幼い人であるとの噂ですから」

などと、仕《つか》えている者達は、皆で口々に言い合っている。

父帝も、源氏が、二条院にこのような女方を迎えているとの噂を耳にして、

父帝「気の毒なことだ。左大臣が思い嘆くのも、もっともだ。其方《そなた》がまだ幼く、一人前ではない頃から、人目もはばからず、熱心に、ここまで世話をしてくれていた。左大臣の気持ちが、どれほどのものであったのか、分からぬ年齢でもないだろうに。どうして、思い遣《や》りのない仕打《しう》

ちをしているのか」

と、言われる。源氏は、恐縮《きょうしゅく》しながらも返事をしない。

父帝（内心）「源氏は、正妻葵の上に、満足していないのだろうか」

と、可哀想《かわいそう》に思われている。

そうではあるが、源氏には、好色めいた乱れた振舞《ふるまい》の様子はなく、宮中辺りの女房達にも、あちらこちらの女達にも、格別な思いを抱いているような噂もない。

父帝「源氏は、一体、どのような人目《ひとめ》に付かない所を忍び歩いて、これほど左大臣邸の人々から、恨《うら》まれることになっているのか」

と、仰《おお》せになる。

［一三］

帝は、お年を召《め》しているものの、この方面（女性関係）については、放っておくことができず、采女《うねめ》（後宮女官《こうきゅうにょかん》）や女蔵人《にょくろうど》（下級女官）などまで、容姿や気立ての優《すぐ》れた者を、特に引き立てられ、目を掛けておられたので、情緒《じょうちょ》や教養《きょうよう》のある宮仕《みやづか》え人《びと》（女房）が多く集められている時分《じぶん》である。

（読者として……これから続く場面［一三］～［一五］は、物語の本筋から離れます。茶話《さわ》のような喜劇《きげき》が挿入《そうにゅう》されている印象です）

宮中では、源氏が、ほんのちょっとした一言《ひとこと》を誰かに話し掛けた際、相手にしない者はいない。女房達「源氏の君は、女方に目慣《めな》れているからでしょうか。本当に不思議なほど、好色めいたところのない方ですね」

と、噂をしている。試《ため》しに、女房の方から源氏に、戯《たわぶ》れ言《ごと》（冗談《じょうだん》）を話し掛けてみることもあるが、源氏は、冷淡と思われない程度に少しは答えるものの、まったく心を乱すことはない。

女房「源氏の君は、真面目過《まじめす》ぎで、楽しくない方ですわ」

と、思いながら、申し上げる者もいる。

たいそう年老いた典侍《ないしのすけ》（源典侍《げんのないしのすけ》）と呼ばれる者がいた。家柄《いえがら》は良く、風流で、優雅《ゆうが》な人との高い評判である。しかし一方で、ひどく浮気《うわき》っぽく振る舞う性分《しょうぶん》で、その方面（男性関係）については思慮《しりょ》に欠《か》ける人であった。

源氏（内心）「これほど人生の盛りを過ぎているのに、なぜ、あれほどまで気の多い人なのだろうか」

と、知りたくなって、戯《たわぶ》れ言《ごと》を話し掛けてみたところ、典侍は、源氏からの懸想《けそう》に、「自分が不似合いである」とは思いもしていないのだった。

源氏（内心）「興醒《きょうざ》めだ」

と、思いながらも、一方で、このような人の相手をするのも面白くなって、言い寄っていたのである。ところがそのうちに、誰かの耳に入った場合を考えてみると、典侍があまりにも年寄《としよ》りじみているので、体裁《ていさい》が悪く、憚《はばか》るようになって、そ知らぬ顔をしていた。

典侍（内心）「まったく恨《うら》めしいこと」

と、思っているのだった。

帝の御梳櫛《けずりぐし》（整髪《せいはつ》）に典侍は仕えていた。それが終わると、帝は、御袿《みうちぎ》の人（装束の召し替《めか》えに奉仕《ほうし》する女官）を呼んで、部屋からお出ましになった。部屋には他に誰もいなくなり、この典侍が、何時《いつ》になく、さっぱりと美しく、容姿も髪の様子も、優雅にして控えている。装束もたいそう華やかで、色好みの人に見える。

源氏（内心）「まったく、いつまでも若いつもりで」

と、不快に思いながら見ていたものの、一方で、
源氏（内心）「典侍は、私のことを、どのように思っているのだろうか」

と、そのまま見過ごすこともできず、裳《も》の裾《すそ》を引っ張って、気を引いてみたところ、蝙蝠《かわほり》（扇）の何とも言えず素晴らしい絵の描かれたもので、ちょっと顔を隠しながら振り返った。その目つきは、じいっと見つめる流し目で、皺《しわ》も伸《の》びそうであるが、目皮《めかわ》（瞼《まぶた》）は、ひどく黒く落ち込んで、髪は、たいそうほつれて毛羽立《けばだ》っている。

源氏（内心）「年齢に似合わぬ、扇の様《さま》であることよ」

と、思いながら、自分の扇と典侍の扇を取《と》り替《か》えて見てみると、赤い紙が貼《は》られている。顔の照《て》り映《は》えるほど濃い色の上に、高い木立《こだち》の森の絵が塗《ぬ》り描かれている。その片端《かたはし》の筆跡は、た

いそう年寄《としよ》りじみているが、風情のないこともなく、「森の下草老《したくさお》いぬれば」（枯れてしまった森の下草は、馬も好《この》んで食べないように、誰も私のことを相手にはしてくれない）などと古歌が気儘《きまま》に書かれている。

源氏（内心）「他の言葉もあるだろうに。嫌《いや》な趣《おもむき》であることよ」

と、思いながら苦笑《くしょう》して、

源氏「『森こそ夏の』（多くの男達の泊まる、ほととぎすの宿）の古歌のようですね」

と、言って、あれこれと話し掛けながらも、自分には不釣り合いな相手であるから、

源氏（内心）「誰かに、見つかってしまうのではないか」

と、困惑しているが、女（典侍）の方では、そのようには思いもしていない。

典侍　**君し来《こ》ば手《た》なれの駒《こま》に刈り飼はむさかり過ぎたる下葉なりとも**

（源氏の君のお越しならば、手懐《てなず》けられた馬に、草を刈ってご馳走《ちそう》いたしましょう。盛《さか》りを過ぎた下葉《したば》のような私ではありますが）

と、歌を詠む様は、この上なく色好《いろごの》みに見える。

源氏「**笹《ささ》分けば人や咎《とが》めむいつとなく駒なつくめる森の木《こ》がくれ**

（笹を踏《ふ》み分《わ》けて、貴女に会いに行ったならば、他の人々は、私を責《せ》めることでしょう。いつも馬が懐《なつ》いて近寄って行く、森の木に隠れているような貴女ですから）

面倒なことになりますので」

と、言って立ち去ろうとすると、典侍は引き止めて、
典侍「これまで、このような悲しい思いをしたことはありません。今更《いまさら》ながら、この身の恥《はじ》でございます」

と、言いながら泣く姿は、たいそう酷《ひど》いものである。

源氏「そのうちにお便りを致しましょう。『思ひながら』（限りなく貴女を）の古歌のように」

と、言って、振り払って出て行こうとするが、典侍は、何としても縋《すが》り付《つ》き、
典侍「どうせ、私は端柱《はしばしら》（橋脚《きょうきゃく》）です」

と、古歌に恨みを重ねて、源氏に言い掛けた。丁度その時、帝が、御袿《みうちぎ》（お召し替え）を終えて、御障子《みしょうじ》の隙間《すきま》から覗《のぞ》いておられた。

父帝（内心）「不似合いな二人であるな」

と、たいそう滑稽《こっけい》に思われて、
父帝「『源氏には色好みの様子がない』と周りの者達は、いつも心配している様子であったが、そうは言っても、其方《そなた》を見過ごしはしなかったのだな」

と、言って、お笑いになるので、典侍は決まりが悪く、顔も向けられない思いをしている。

〈古歌にもあるが、憎いと思わない人の為《ため》には、無実の濡《ぬ》れ衣《ぎぬ》でさえ着たがる人もいるようであるから、源氏との仲を噂されたいと思っているのだろう。典侍は、たいした弁解《べんかい》を申し上げることもしない〉

人々「思い掛けないことがあるものよ」

と、噂をしているようである。それを耳にした頭中将は、女方については限りなく知りたがる性分なので、

頭中将（内心）「まだ、思いも寄らぬ人（典侍）がいたものだ」

と、思うと、尽きることのない色好みの性格から、典侍を見たくてたまらない思いが募《つの》り、言い寄って、親しい仲になっているのだった。

［一四］

〈この頭中将も、他の人に比べれば格別な人物であるから、典侍《ないしのすけ》は「あの、つれない源氏の君の代わりの慰《なぐさ》めに」と思っているが、やはり本当に会いたいのは、限りない思いを抱いている源氏の君であったとか。異様な色好みの人であることよ〉

典侍は、頭中将との仲を秘密にしていたので、源氏はまったく知らなかった。典侍が、源氏を見つけると、真っ先に恨み言を言ってくるので、源氏（内心）「年齢を思えば、気の毒であるから慰《なぐさ》めてやろうか」と、思いはするものの、やはり不似合いも嫌で、たいそう長い間そのままになっていた。

そんなある日、夕立《ゆうだち》があった。その後《あと》の涼しい宵《よい》の闇《やみ》に紛《まぎ》れて、源氏が、温明殿《うんめいでん》（内裏《だいり》の殿舎《でんしゃ》の一つ）の辺りを、うろうろと歩いていると、この典侍が、琵琶《びわ》をたいそう見事に奏《かな》でていた。帝の御前でも、典侍は、男の方々の管弦の遊びに加わるような、格別な腕前の人で、勝《まさ》る人のいないほどの名手《めいしゅ》であった。その上、源氏の君への叶《かな》わぬ恋の恨めしさも抱いている折で、その音色は、たいそうしみじみとした風情に聞こえる。

典侍「『瓜作《うりづく》りになりやしなまし』（瓜作りの妻になって源氏の君をあきらめようか）」

と、催馬楽《さいばら》（古代歌謡）を、たいそう美しい声で唄っているが、源氏には少し不愉快な思いである。

源氏（内心）「鄂州《がくしゅう》にいたという昔の女も、このように美しい声をしていたのだろうか」

と、故事《こじ》（『白氏文集《はくしもんじゅう》』）を思い浮かべ、耳に留《とど》めながら聞いている。典侍は、途中で弾くのを止めて、たいそうひどく心を取り乱している様子である。

　源氏が、「東屋《あずまや》」（催馬楽）を小声で唄いながら近寄って行くと、
典侍「『おし開《ひら》いて来ませ』」

と、続きを唄いながら合わせて来るのも、普通の女とは違う様子に感じる。

典侍　**立ち濡《ぬ》るる人しもあらじ東屋にうたてもかかる雨《あま》そそきかな**
（雨に濡れながらも、私を訪ねてくれる人はいません。東屋には、疎《うと》ましくも、雨の雫《しずく》が掛かっています）

と、嘆くように歌を詠むので、
源氏（内心）「私一人で、この人（典侍）の歌を受け止《と》める必要もないのだが、何とも嫌な感じだ。何を考えてこれほどまでにしつこいのか」

と、思っている。
源氏　**人妻はあなわづらはし東屋の真屋《まや》のあまりも馴《な》れじとぞ思ふ**
（人妻は、まあ面倒なものです。東屋《あずまや》の真屋《まや》にも、あまり馴れ馴れしく近づかないようにしようと思っています）
と、催馬楽《さいばら》を取り入れながら歌を詠み掛ける。そのまま、立ち去りたい思いではあったが、
源氏（内心）「それでは、あまりにも心無《こころな》いか」
と、思い直し、典侍に合わせて、少しばかり調子よく戯《たわぶ》れ言《ごと》などを言い交《か》わしていると、これはこれで、珍《めずら》しく面白い仲に思えてくる。

頭中将は、源氏の君がたいそう真面目に振る舞いながら、いつも自分を非難するのを悔しく思っていた。源氏には、平然と忍んで通う先が多くある様子なので、
頭中将（内心）「どうにかして、忍び歩きを突《つ》き止《と》めたい」
と、それればかりを思い続けていた。そして、この日、とうとう源氏と典侍の仲を見つけ出したので、嬉しい思いをしている。
頭中将（内心）「このような機会に、少し脅《おど》かして、源氏の君を慌《あわ》てさせ、『懲《こ》りましたか』と言ってみたいものだ」

と、思い、時機《じき》を窺《うかが》いながら、源氏を油断させている。

風が、冷《ひ》やかにさっと吹いて、少しずつ夜も更《ふ》ける頃、

頭中将（内心）「源氏の君は、少し寝入ったようだな」

と、思える様子なので、そっと部屋の中に入った。源氏は、気を許して寝てしまう性分ではないので、ふと物音に気が付くが、頭中将とは思いも寄らない。

源氏（内心）「今でも、典侍を忘れられずにいる、修理大夫《すりのかみ》（修理職長官）に違いない」

と、思うと、そんな分別《ふんべつ》のある人に、このような自分と典侍の不似合いな仲を見つけられたならば決まりが悪い。

源氏「ああ、面倒だ。帰るとしよう。『蜘蛛《くも》のふるまい』（蜘蛛が前兆《ぜんちょう》に巣《す》を張《は》る俗信《ぞくしん》）の古歌のように、あの人が来ると分かっていながら、情《なさ》けなくも私を騙《だま》したのですね」

と、わざと言いながら、直衣《のうし》だけを手に取って、屏風《びょうぶ》の後ろ側に入り込んだ。頭中将は、可笑《おか》しさを堪《こら》えながら、源氏の引き立てた屏風の傍《そば》に近寄ると、ごとごとと、屏風を畳《たた》み寄せて、大袈裟に、やかましい音を立てた。典侍は年を取っているものの、たいそう上品ぶって、淑《しと》やかに振る舞う人で、これまでにも、このように、思い乱れることを何度も経験しているので、それを思い出して、内心では狼狽《うろた》えながらも、

典侍（内心）「この者は、源氏の君をどうしようというのか」

と、困った様子でぶるぶると震えながらも、じっと源氏の君を守ろうとして控えている。

源氏（内心）「私が誰であるのか、知られないまま、ここから出て行きたいものだ」

と、思うものの、締《し》まりのない姿で冠《かんむり》などを歪《ゆが》めながら走り出す自分の後ろ姿を想像すると、
源氏（内心）「まったく、愚《おろ》かな様に違いない」

と、恰好悪《かっこうわる》く思えて躊躇《ためら》っている。

頭中将（内心）「どうにかして、私であることを見破られないようにするぞ」

と、思っているので、声も出さず、ただ、たいそう怒っている様子に振る舞って、太刀《たち》を引き抜いた。

典侍「あが君、あが君（貴方様《あなたさま》、貴方様）」

と、前に回って向き合うと、拝《おが》むように手を擦《す》り合わせる。頭中将は、危《あや》うく笑い出すところだった。

〈典侍が、好色《こうしょく》がましく、若作《わかづく》りをして振る舞っている外見はともかくとして、五十七、八歳の人でありながら、馴《な》れ馴《な》れしく、心配のあまり平静さを失って、狼狽《うろた》えているのである。何とも言えず魅力的な二十歳ほどの若者達（源氏と頭中将）の中に交《ま》じって怖がる姿は、まったく不似合いな光景である〉

頭中将は、このように、別人に振る舞って、恐ろしい者であるかのように見せているが、却《かえ》って、源氏には、はっきりと分かってしまう。

源氏（内心）「私であると知って、態《わざ》と演じていたのだな」

と、思うと馬鹿馬鹿《ばかばか》しくなってきた。

源氏（内心）「頭中将だったのか」

と、まったく可笑《おか》しくてたまらない。頭中将の太刀《たち》を引き抜いている腕を捕《とら》えて、力いっぱい強く抓《つね》った。頭中将は、見破られてしまい、悔しいものの、堪《こら》えきれずに笑い出してしまった。

源氏「本気で、このようなことをやっていたのか。冗談《じょうだん》では済《す》まされないぞ。いやはや、直衣《のうし》を着るか」

と、言ったところ、頭中将は、さっと、源氏の直衣を掴《つか》み、決して手を放そうとしない。

源氏「それならば、其方《そなた》も一緒に」

と、言って、頭中将の帯を解いて、装束《しょうぞく》を脱がせようとするので、
頭中将（内心）「脱がせるものか」

と、負けまいとして争いになり、押したり引いたり、強く引っ張り合っているうちに、直衣の綻《ほころ》び（縫い合わせていない箇所《かしょ》）から、ほろほろと切れてしまった。

頭中将「**つつむめる名やもり出でん引きかはしかくほころぶる中の衣に**

（包み隠そうとされても、貴方の浮き名は、世間に漏《も》れ出《で》てしまうでしょうね。互いに引っ張り合って、このようなに縫い目の綻《ほころ》びた衣ですから、噂《うわさ》も綻びて、外に現《あらわ》れるような、中の衣ですから）

『上にとり着ばしるからん』（これを着たら紅《くれない》の濃染《こぞめ》の衣が人目について）の古歌のように」と、言う。

源氏 **かくれなきものと知る知る夏衣きたるをうすき心とぞ見る**

（隠せるものではないと思い知りました。夏の衣が薄いように、貴方の心も薄情だと分かりましたから）

と、互いに歌を詠み交わすと、誰も羨《うらや》ましく思わないような、引っ張り合った末の乱れた恰好で、そろって宮中を退出した。

［一五］

源氏は、自邸二条院に戻ると、
源氏（内心）「本当に悔しい。見つかってしまった」
と、思いながら横になっている。

典侍《ないしのすけ》は、源氏と頭中将の騒《さわ》ぎで、情けない思いをしたので、二人が置いて行った指貫《さしぬき》（袴《はかま》の一種）や帯などを、翌朝、送り届けた。

典侍「**うらみても言ふかひぞなきたちかさね引きてかへりし波のなごりに**
（私は、浦《うら》の貝《かい》のように、恨《うら》んでみても言う甲斐《かい》の無い有様です。お二人が、打ち寄せる波のように、次々とやって来たかと思うと、波が引くように帰ってしまい、波の名残《なごり》のように置き去りにされた気持ちです）
『底もあらはに』の古歌のように」
と、手紙には書かれていた。

（読者として……この古歌は、若い娘が別れの後《あと》に、悲しみを詠んだ恋の歌のようです）

源氏（内心）「若い娘の恋の歌とは、あつかましい人だ」

と、手紙を見ながら嫌な思いになるものの、昨夜、典侍が、狼狽《うろた》えていた様子を思い出すと、さすがに気の毒で、

源氏　**あらだちし波に心は騒がねど寄せけむ磯《いそ》をいかがうらみぬ**

（荒々しく寄せて来た波のような頭中将に、私の心が騒ぐことはありませんでした。けれども、波を引き寄せた磯のような貴女を、どうして恨まずにいられましょうか）

と、歌だけを書いた返事をした。

典侍から源氏に届けられた帯は、頭中将のものであった。

源氏（内心）「私の直衣《のうし》よりも色が濃《こ》いな」（帯は、直衣と同色を用いるのが普通）

と、比べながら見ていると、自分の直衣の端袖《はたそで》（袖を広くするために付けられた袖）も、千切《ちぎ》れてなくなっていることに気が付いた。

源氏（内心）「みっともないことばかりだ。色恋に夢中になっている人には、なるほど、見苦しいことも沢山あるのだな」

と、いよいよ、色恋事《いろこいごと》には興醒《きょうざ》めの思いをしている。

頭中将が、宿直所《とのいどころ》から、
頭中将（言付《ことづ》け）「これを、まず縫《ぬ》いつけて下さい」
と、端袖《はたそで》を包んで寄越《よこ》して来た。
源氏（内心）「どうやって持って帰ったのだろうか」
と、不愉快になる。
源氏（内心）「この頭中将の帯を手に入れてなければ、悔しくてならなかっただろう」
と、思っている。帯を同じ色の紙に包んで、
源氏　**中絶えばかごとやおふとあやふさにはなだの帯は取りてだに見ず**
（貴方と典侍の仲が絶えたならば、恨《うら》み言《ごと》を言《い》われるのではないかと不安ですから、古歌「催馬楽《さいばら》」にある縹《はなだ》の帯のように、手に取って見ることは致しません）
と、書いて届けさせる。折り返して、
頭中将「**君にかくひき取られぬる帯なればかくて絶えぬる中とかこたむ**
（源氏の君に、このように引っ張って取られてしまった帯のように、典侍も取られてしまい、私との仲が絶えてしまったこと、貴方の所為《せい》にして嘆くでしょう）
この恨みから貴方を逃しはしませんよ」

と、書かれていた。

日が高く昇り、源氏と頭中将は、それぞれ殿上《てんじょう》の間に参上した。源氏は、たいそう落ち着いた風情で、余所余所《よそよそ》しく振る舞っている。頭中将は、それを見ると、まったく可笑《おか》しくなる思いであるが、公事《おおやけごと》の奏上《そうじょう》や宣下《せんげ》の多い日で、自分もたいそう威儀《いぎ》を正し、真面目に振る舞っているので、二人は、互いの姿を見ながら苦笑《にがわら》いをしている。人の見ていない隙《すき》に、頭中将は源氏の傍《そば》に近寄ると、

頭中将「隠《かく》し事《ごと》には、懲《こ》りたでしょうね」

と、言って、ひどく忌々《いまいま》しい思いをしている様子で、横目遣《づか》いをしている。

源氏「どうして、私が、そのような思いをしているでしょうか。立ったまま、会わずに帰った貴方の方こそ、気の毒でした。『憂《う》しや世の中』（他人の言葉は嫌なもの）のようなものです」

と、古歌を引き合いに出している。

源氏と頭中将「『とこの山なる……我《わ》が名漏《なも》らすな』」

と、古歌を詠《よ》み、互いに暗黙の了解《りょうかい》をしている。

〈さて、その後も、この度《たび》の件《けん》は、どうかすると何かの序《つい》でに、頭中将と言い争いの種《たね》になるこ

とがあった。源氏は「まったく、あの厄介《やっかい》な典侍の所為《せい》だ」と思い知ったに違いない〉

女（典侍）は依然《いぜん》として、たいそう艶《なま》めかしく恨み言を言ってくる。

源氏（内心）「困ったものよ」

と、思いながら、あちこち逃げ回っている。

頭中将は、妹葵の上（源氏の正妻）にも、この度の件について耳に入れることはせず、
頭中将（内心）「何かの折に、源氏の君を脅《おど》す物種《ものだね》にしよう」

と、ただ、それだけを思っている。

高貴な身分の妃《きさき》を母とする親王達《みこたち》でさえも、帝が、源氏を特別に扱うので、兄弟とはいえ、気遣いをして近づかないように遠慮しているのに、この頭中将は、
頭中将（内心）「決して、源氏の君に押し負かされてなるものか」

と、些細《ささい》なことにも意地《いじ》の張り合いをしている。この頭中将だけが、姫君（葵の上）と同じ母親から生まれた兄と妹であった。

頭中将（内心）「源氏の君は、帝の皇子であるという点だけが、私とは違うのだ。私の父親は左

大臣で、帝の信任も厚い。母親は皇女で、私はその子息だ。またとないほど大切にされているのだから、源氏の君に比べて、どれほど劣る身分なものか。劣ることはない」

と、思っているに違いない。

〈頭中将は、この上なく素晴らしい人柄で、何事《なにごと》においても申し分なく備《そな》わっている人である。この度の源氏との二人の競い合いは、まったく怪《け》しからぬことであったけれども、鬱陶《うっとう》しいからこそ、語ってしまおうと思ったのです〉

［一六］

七月（文月《ふみづき》）には、藤壺の立后《りっこう》（公式に皇后を立てること）のようであった。源氏の君は宰相《さいしょう》に就《つ》いた。帝（父帝）は、譲位《じょうい》のお気持ちが強まり、若宮（藤壺の皇子）を坊《ぼう》（春宮《とうぐう》、東宮《とうぐう》、皇太子《こうたいし》）にしたいとお考えになるが、後見となるべき人物もおらず、母方（藤壺）の兄弟は皆、親王《みこ》であり、「源氏《げんじ》の公事《おおやけごと》」（臣籍《しんせき》に下りた者による政《まつりごと》）に就《つ》く立場ではないので、帝（内心）「せめて、母（藤壺）の地位を不動のものにして、若宮の力強い頼みにしてやりたい」と、お考えになったのだった。

〈弘徽殿女御《こきでんのにょうご》は、ますます、心穏やかではいられぬ様子であるが、それも当然のことである〉そうではあるが、帝は、弘徽殿女御に、

帝「春宮（弘徽殿女御の皇子）の御世（即位）は、もう直《す》ぐであるから、そうなれば、貴女は、誰も疑うことのない皇太后《こうたいごう》の位です。そのように考えて、心穏やかに過ごしていて下さいよ」

と、説得《せっとく》されているのだった。

世の人々「なるほど、弘徽殿女御は、春宮の母君であるから、いずれは皇太后に就かれるだろう。けれども、入内《じゅだい》して二十年余りになる女御を差し置いて、藤壺の宮が后《きさき》に就くことは、容易ではないはずだよ」
と、例によって、不安な様子で噂していた。

藤壺の立后《りっこう》後、初めての夜の参内《さんだい》の供人として、宰相《さいしょう》の君《きみ》（源氏）も仕《つか》えている。歴代の同じ后《きさき》と呼ばれる方々の中においても、藤壺は后腹《きさいばら》の皇女で、玉のように光り輝き、比類《ひるい》なき寵愛《ちょうあい》までも受けておられるのだから、誰もが特別な心遣いをして仕えている。まして源氏は、藤壺との間に秘事の罪の耐え難い思いを抱えているので、御輿《みこし》の内《うち》（藤壺の様子）に思いを馳《は》せると、ますます身分の及《およ》ばぬ隔《へだ》たりを感じ、落ち着いてはいられぬ有様《ありさま》である。

源氏　**尽きもせぬ心の闇《やみ》にくるるかな雲居《くもゐ》に人を見るにつけても**
（尽きることのない心の闇［秘事の罪］に、目の前は暗くなるばかりです。雲居［宮中］の人である貴女を見るにつけても）
と、それだけを独り言のように口ずさんでいる。
〈なんとも寂《さび》しい思いが、果てしなく、込み上げているようである〉

［一七］

皇子《みこ》は、月日とともに成長されるにつれて、ますます源氏と見分けが付かない有様である。

藤壺（内心）「まことに、苦しいこと」

と、思い悩んでいる。

〈藤壺の苦悩に、思いの及《およ》ぶ者はいないだろう〉

〈なるほど。どのように作り変えてみたところで、源氏の君に劣らぬ有様の人を、この世に生み出すことはできないだろう。皇子と源氏の二人について、世間の人々は、「まるで、月と日（太陽）の光の輝きが、天空を巡るような有様だ」と思っている〉

八　花宴《はなのえん》

［一］

二月二十日《きさらぎはつか》過ぎの頃、帝（父帝）は、南殿《なでん》（紫宸殿《ししんでん》）の桜の宴《えん》を催《もよお》される。后《きさき》（藤壺）と春宮《とうぐう》（皇太子、源氏の兄）の御座所《ござしょ》は、帝の左右に設《しつら》えられ、玉座《ぎょくざ》（帝）の東側（左）に春宮、西側（右）に后が、それぞれ上《のぼ》られる。弘徽殿女御《こきでんのにょうご》は、藤壺が后（中宮）として、このように華《はな》やいでいることを、何かにつけ不愉快に思っているが、この度《たび》のような物見《ものみ》の際には、じっとしていられず参上している。

（読者として……桜は、いわゆる左近《さこん》の桜で、紫宸殿南階下の東方に植えられている山桜です。西方には橘《たちばな》が植えられ、「左近《さこん》の桜《さくら》、右近《うこん》の橘《たちばな》」と呼ばれます。帝が、南に面して座し、その位置からの情景を思い浮かべると左右の意味が分かります。平安京の左京《さきょう》と右京《うきょう》も同様です）

その日は、たいそう良いお天気で、空の眺《なが》めも、鳥の声も、心地の良い風情《ふぜい》である。親王達《みこたち》、上達部《かんだちめ》をはじめとして、詩文の道を嗜《たしな》む者は、皆、韻字《いんじ》を頂戴《ちょうだい》し、文《ふみ》（漢詩）を作っている。

宰相中将《さいしょうのちゅうじょう》（源氏）が、

源氏「『春』という文字を、頂戴致しました」

と、発《はっ》する声さえ、いつものことながら、他の者とは違って素晴らしく聞こえる。

次は、頭中将の出番だった。源氏の後《あと》では、人々から、どのように比べられるかと、心穏やかではいられず、張《は》り詰《つ》めた気持ちでいたものの、たいそう感じ良く、落ち着いて行《おこな》った。声遣《こわづか》いなども堂々《どうどう》として立派なものであった。

この後《あと》の人々は、皆、気後《きおく》れして怖気付《おじけづ》き、戸惑《とまど》っている者が多かった。地下《じげ》（昇殿《しょうでん》を許可《きょか》されていない者）の文人《ぶんじん》は言うまでもない。帝や春宮は学識に優《すぐ》れ、賢明でおられることから、この方面で世評《せひょう》の高い人々が多く仕えている時世でもあり、恥ずかしい思いをしている。広々とした御前の晴れ晴れとした庭に、出《い》で立《た》つことすら体裁が悪く、作詩は容易にできても辛そうな面持ちである。

年老いた博士《はかせ》（学識者）達の身なりは、異様なほど粗末《そまつ》ではあるものの、宴《うたげ》の席での作詩はいつものことで、場慣《ばな》れしている様子には、しみじみとした風情《ふぜい》がある。帝は、あれこれとご覧になりながら、趣深《おもむきぶか》く感じておられた。

帝は、舞楽の数々なども、言うまでもなく用意されていた。だんだんと日が沈むにつれて、ますます、春の鶯囀る《うぐいすさえずる》（春鶯囀《しゅんのうでん》）という舞《まい》が、たいそう素晴らしく見える。春宮は、紅葉賀《もみじのが》（「朱雀院への行幸」「紅葉賀」［三］）の折の源氏の舞（青海波《せいがいは》）を思い出し、挿頭《かざし》（髪や冠に挿《さ》す花や枝）を源氏に与えて、頻《しき》りに催促《さいそく》される。源氏は、断ることができず、立ち上がると、ゆったりと袖をひらりと返す一場面を、気持ちばかり舞った。その姿は、比類《ひるい》なきものに見える。

左大臣は、日頃の源氏への恨《うら》めしさも忘れて、涙を落としている。

帝「頭中将は、どうした。遅いではないか」

と、促《うなが》されるので、柳花苑《りゅうかえん》という舞を、こちらは源氏よりも、もう少したっぷり舞った。たいそう見事《みごと》な舞で、帝から褒美《ほうび》の装束《しょうぞく》を賜《たまわ》る。「花の宴では珍しいことである」と人々は〈頭中将は、「このような機会があるかもしれない」と心積《こころづも》りをしていたのだろう〉と思っていた。上達部達《かんだちめたち》までもが、皆、興《きょう》に乗《じょう》じて入り乱れて舞っているが、夜になり暗くなると、上手《じょうず》も下手《へた》も区別はつかない。

文《ふみ》（漢詩）などを読み上げて披露《ひろう》する際、源氏の君の作品は、講師《こうじ》（詩歌を読み上げる人）も一気《いっき》に読み通すことができない。句ごとに朗詠《ろうえい》しては、誉《ほ》め称《たた》えている。専門家である博士達も、たいそう優れた作品であると感服《かんぷく》している。

〈このような宴《うたげ》の際にも、帝（父帝）は、まず、この源氏の君を『光』として引き立てられるのであるから、どうして疎《おろそ》かな扱いをされていると言えようか。いや、言えはしない〉

藤壺中宮は、源氏の君の姿が目に入るにつけても、

藤壺（内心）「春宮の女御（弘徽殿女御《こきでんのにょうご》）が、しつこく源氏の君を憎む様子は心許《こころもと》なくてならない。私自身が、このように、源氏の君へ思いを抱くことも情けない」

と、自らを省《かえり》みている。

藤壺　**おほかたに花の姿を見ましかば露も心のおかれましやは**

（世間の人々と同じ気持ちで、源氏の君の花のようなお姿を見ることができるならば、露ほどの不安もなく、眺めることができるでしょうに）

〈藤壺の心の中で詠《よ》んだ歌が、どうして、世間に漏《も》れ伝わったのかしらね〉

（読者として……「紫式部の物語る声」を感じると、「物語」の世界が、まるで現実の話であるかのような錯覚《さっかく》に陥《おちい》ります。この場面になってから漸《ようや》く「朱雀院への行幸」について「紅葉賀《もみじのが》」と表現され、巻名になっていたことが分かります）

［二］

夜もすっかり更《ふ》ける頃、桜の宴《えん》は終わった。上達部《かんだちめ》がそれぞれ退出し、后《きさき》（藤壺）と春宮（源氏の兄）も帰られると、辺りは静かになった。月の光がたいそう明るく射し始め、風情のある光景である。

源氏の君は酔心地《よいごこち》で、このまま藤壺に会わずに退出する気にもなれず、帝に仕える人々が寝静まると、

源氏（内心）「このような思い掛けない折に、もしかしたら、願いの叶《かな》う良い機会があるかもしれない」

と、藤壺の部屋（飛香舎《ひぎょうしゃ》）の辺りを、耐《た》え難《がた》い思いで、密《ひそ》かに様子を窺《うかが》いながら歩いてみる。しかし手引《てび》きを頼むべき女房（王命婦《おうみょうぶ》）の部屋の戸口も、鍵が掛けられていた。源氏は、溜息《ためいき》を吐《つ》きながら、

源氏（内心）「このまま諦《あきら》める訳にはいかない」

と、藤壺（飛香舎）の東隣、弘徽殿《こきでん》の細殿《ほそどの》（廂《ひさし》の間《ま》）に立ち寄ってみる。三《さん》の口《くち》（三《み》つ目の部

屋の入口）が開《あ》いていた。弘徽殿女御は、宴の後、清涼殿《せいりょうでん》（帝の居所）の局《つぼね》へそのまま参上していたので、この辺りは人気《ひとけ》の少ない様子であった。奥の枢戸《くるるど》（扉の上下に回転する戸）も開いていて、人の気配もない。

源氏（内心）「このような無用心《ぶようじん》から、男女の仲の過《あやま》ちは起こるのだろう」

と、思いながら、そっと長押《なげし》を上がって中を覗《のぞ》いてみる。

〈人々は皆、寝てしまっているのだろう〉

そこへ、たいそう若々しく、美しい感じの女の声がした。女房のような身分の低い者ではない様子である。

女（朧月夜《おぼろづきよ》）「『朧月夜に似るものぞなき』（朧月夜のような女はいない）」

と、古歌を口ずさみながら近づいて来るではないか。源氏は、たいそう嬉しくなって、つい女の袖を掴《つか》んだ。

朧月夜（内心）「恐ろしい」

と、思っている様子を見せながら、

朧月夜「まあ気味の悪いこと。これはまた、何方《どなた》ですか」

と、言う。

源氏「何も、そんなに嫌《いや》がらなくても」

と、言って、

源氏　**深き夜のあはれを知るも入る月のおぼろけならぬ契《ちぎ》りとぞ思ふ**

（夜更《よふ》けに風情を感じるのは、沈む朧月の並々ならぬ美しさに心惹《こころひ》かれるからでしょうか。貴女にお会いできた縁《えにし》を感じます）

と、歌を詠むと、そっと女を抱えて細殿に降ろし、戸をしっかりと閉めてしまった。女は思い掛けない事の成り行きに驚いて、呆然《ぼうぜん》としているが、源氏には、その姿がたいそう愛《いと》しくて、美しく見える。女は、ぶるぶると震えて、

朧月夜「ここに、人が」

と、言うが、

源氏「私は、誰からも許される身の上ですから、人を呼んでも、どうにもなりませんよ。誰にも気づかれぬように、ただ静かに」

と、言う。その声で、

朧月夜（内心）「これは、源氏の君に違いない」

と、分かり、少しばかり気持ちは落ち着いた。困惑《こんわく》しながらも、

朧月夜（内心）「無愛想《ぶあいそう》で、強情《ごうじょう》な女には思われたくない」

と、思っている。

〈源氏は、酔心地《よいごこち》で、冷静さを失っていたのだろう。このまま、女を手放《てばな》すのは悔しくてならない思いをしている。女（朧月夜）の方も、若々しく、物柔らかに振る舞い、強く拒《こば》むことは知らない様子である〉

源氏（内心）「可愛らしい人だ」

と、思っているうちに、あっという間に夜は明けて行く。源氏は、気忙《きぜわ》しい思いである。女の方は、まして、あれこれと思いが乱れている。

源氏「やはり名前を教えて下さい。そうでなければ、これから先、どのように、お便りをすれば良いものか。このまま、これを最後に終わりにしたいとは、まさか思わないですよね」

と、言うと、

朧月夜　**うき身世にやがて消えなば尋ねても草の原をば問はじとや思ふ**

（私は、辛いことの多い身の上です。この世から、このまま消えてしまっても、貴方《あなた》は、私の名前を知らないからと、草の原［草深い墓所《ぼしょ》、死後の魂のありか］はどこかと尋ねてまで、探しては下さらないと思いますが）

と、歌を詠む姿は、艶《なま》めかしくて優美《ゆうび》である。

源氏「そうですね。私は、言い間違えをしたようですね」

と、言って、
源氏「**いづれぞと露のやどりをわかむまに小篠《こざさ》が原に風もこそ吹け**
(何処であるのかと、露のように果敢無《はかな》い、貴女《あなた》の住まいの場所が分からないままでは、小篠が原に風の吹くように、世間に私と貴女の噂が立って、縁も絶たれてしまうことでしょう)
ご迷惑でなければ、私の方は、どうして隠すものですか。あるいは、私を騙《だま》そうとしているのですか」
などと、最後まで言い終わらないうちに、女房達が起き出して、騒々《そうぞう》しくなってきた。清涼殿《せいりょうでん》の局《つぼね》を行ったり来たりして、忙《いそが》しそうに動き回っている様子である。源氏は止《や》むを得ず、女(朧月夜)と扇《おうぎ》だけを出会いの証《あかし》に取り替《とか》えると、部屋を出た。

宮中での源氏の宿直所《とのいどころ》は、桐壺《きりつぼ》である。そこにも、大勢の女房達が控《ひか》えている。目を覚ましている者もいて、このような源氏の朝帰りに気が付いて、
女房達「まったく、途絶《とだ》えることのない忍び歩きですこと」

と、突《つつ》き合《あ》いながら、皆で寝ている振りをしている。

源氏は、自分の部屋に入って横になるが、眠れない。

源氏(内心)「美しい人であったな。弘徽殿の細殿であったから、弘徽殿女御の妹達のうちの誰

かだろう。まだ結婚していないのは、五の君と、六の君であると思うが。帥宮《そちのみや》（源氏の弟、後の蛍兵部卿宮《ほたるひょうぶきょうのみや》）の正妻三の君や、頭中将が愛せずにいる正妻四の君などは、上品であるとの評判を聞いているから、却《かえ》って、その方達《かたたち》だったならば、もっと面白いことになっただろうに。六の君ならば、父右大臣が『春宮《とうぐう》（弘徽殿女御の皇子、源氏の兄）に入内《じゅだい》させたい』との意向を示している様子であるから、気の毒なことになるかもしれないな。右大臣家の女君であることは確かであるから、面倒な事になったぞ。尋ねようにも紛《まぎ》らわしい。そうではあるが、女君の方も、このまま終わりにしたいとは、思っていない様子だった。なぜ、便《たよ》りを交《か》わす方法を、何も言《い》わず仕舞《じまい》だったのだろうか」

などと、あれこれと考えている。

〈源氏は執着心の強い性格であるから、女君（朧月夜《おぼろづきよ》）の魅力に惹かれて、頭から離れなくなったに違いない〉

　源氏は、このような忍び歩きをしながらも、まず最初には、いつも、あの藤壺の様子を思い浮かべる。

源氏（内心）「この上もなく奥深く、近づき難《がた》い方であることよ」

と、この世に類《たぐい》ない方であると思いながら、他の女方達と比べているのだった。

［三］

その日は、後宴《ごえん》（桜の宴《えん》の翌日に行われる小宴会《しょうえんかい》）があり、源氏は一日中、気を紛《まぎ》らして過ごし、管弦《かんげん》では箏《そう》の琴《こと》を務《つと》めている。昨日の公式行事に比べると、内々の私宴《しえん》であり、優雅《ゆうが》な趣《おもむき》のある風情《ふぜい》である。

暁《あかつき》のうちに、藤壺が、弘徽殿女御《こきでんのにょうご》と交代《こうたい》で清涼殿《せいりょうでん》の局《つぼね》に参上された。

源氏（内心）「あの有明《ありあけ》の女（朧月夜《おぼろづきよ》）が、宮中から退出してしまうのではないか」と、心《こころ》も空《そら》の有様である。万事《ばんじ》において手抜《てぬ》かりのない供人、良清《よしきよ》と惟光《これみつ》に様子を窺《うかが》わせていた。人々が帝の御前《おんまえ》から退出する時分、

良清と惟光「たった今、北の陣《じん》（内裏《だいり》の北門）から、予《かね》てより、物陰に置かれていた何台かの車が退出されました。女御や更衣の方々の里人《さとびと》（実家の人々）もいましたが、その中に四位《しいの》少将《しょうしょう》や右中弁《うちゅうべん》（右大臣の息子、弘徽殿女御の兄弟）なども見えました。急いで出て来て見送っていましたから、弘徽殿からの退出であると思われます。悪くはない身分であると、はっきりと分かる様子でした。車は、三つほどでした」

と、知らせてきた。源氏は胸の潰《つぶ》れる思いになる。

源氏（内心）「どうすれば、あの女君が何方《どなた》であったかと分かるのか。父右大臣の耳に入り、仰々《ぎょうぎょう》しく婿《むこ》としての扱いを受けるのも、どうしたものか。まだ、女方の人柄をよく見極《みきわ》めぬうちは、面倒《めんどう》な事にもなるだろう。そうではあるが、分からぬままでは、やはり、たいそう悔しくてならない。一体、どうしたら良いものか」

と、思い悩みながら、ぼんやりと横になっている。

源氏（内心）「姫君（紫の上）は、どれほど寂しい思いをしているだろうか。何日も会わずにいるから、さぞかし塞《ふさ》ぎ込《こ》んでいることだろう」

と、愛《いと》しく思い遣《や》る。

あの女方と出会いの証《あかし》に取り替えた扇《おうぎ》は、桜の三重《みえ》がさね（薄板を三重《みえ》に重《かさ》ねた扇に紙を桜襲《さくらがさね》に張ったもの）であった。色の濃い面に霞《かす》む月が描かれて、水面《みなも》にも映《うつ》っている趣《おもむき》のある絵は、見慣れたものではあるが、風情を大切にして、手放さずに使い馴《な》らした様子である。

「草の原をば」と、歌に詠んでいた姿ばかりが心に浮かぶ。

源氏　世に知らぬ心地こそすれ有明の月のゆくへを空にまがへて

（これまで経験したことのない、切《せつ》ない思いであるよ。有明の月のような貴女［朧月夜］の行方《ゆくえ》を空に見失って）

と、扇に書き付けて、傍《かたわ》らに置いた。

［四］

源氏（内心）「左大臣邸にも、久しくご無沙汰している」
とは、思うものの、若君（紫の上）の様子も気掛かりで、
源氏（内心）「ご機嫌《きげん》を取りに行こう」
と、思い、自邸二条院へ向かった。

姫君（紫の上）は、たいそう美しく成長し、魅力《みりょく》の溢《あふ》れる可愛らしさで、利発《りはつ》な気立《きだ》ては格別である。

源氏（内心）「何一つ不足のない女方になるように、我が意のままに教え諭《さと》して育てよう」

と、思っている。

〈源氏の願いは、叶《かな》うに違いない〉

源氏（内心）「男手《おとこで》による教え（教育）であるから、少しは悪く世馴《よな》れてしまうところもあるかもしれない」

と、思うと気掛かりではある。

これまでの留守中の出来事を[redacted]り、お琴などを教えて過ごしているが、夜になると、出掛けてしまうので、

紫の上（内心）「いつもと同じ[redacted]

と、がっかりしているが、今[redacted]はすっかり慣らされて、分別《ふんべつ》なく恋《こ》い慕《した》って後《あと》を追ったり、纏《まつ》わり付くことはない。

［五］

源氏は、左大臣邸を訪れるが、正妻葵の上は、いつものように、直《す》ぐには対面しようとしない。源氏は、手持《ても》ち無沙汰《ぶさた》で、あれやこれやと考え事をしながら、箏《そう》の琴《こと》を慰《なぐさ》みにいじり、「やはらかに寝《ぬ》る夜はなくて」と催馬楽《さいばら》を唄っている。

左大臣が部屋にやって来た。先日の桜の宴《えん》の楽しかった様子を思い出しながら話を始める。

左大臣「私も随分《ずいぶん》と年を重ねました。これまで、賢明《けんめい》な帝の御世《みよ》に、四代お仕《つか》えして参りました。この度の桜の宴ほど、詩文の素晴らしさ、舞や雅楽、管弦の音色の調子の良さなど、命の延《の》びる思いをしたことはありません。それぞれの道を専門とする名人の多い昨今《さっこん》ですが、それも、源氏の君が、それらの道に詳《くわ》しく御存《ごぞん》じで、きちんと揃《そろ》えて準備されたからでございます。翁《おきな》（老人）である私も、もう少しで舞い出してしまいそうな気持ちでした」

と、言うので、

源氏「私が、特に準備をしたのではありません。ただ、公事《おおやけごと》の務《つと》めとして、その道の秀《ひい》でた名人達を、あちらこちら探し求めただけでございます。宴《うたげ》のすべてを通して、頭中将の柳花苑《りゅうかえん》の舞は、実に、後世の手本となるに違いないほど見事なものであると思いました。それに加えて、『さかゆく春に』の古歌のように、左大臣が、立って舞をされていましたならば、世にも稀《まれ》な名誉《めいよ》となっていたことでしょうに」

と、話をする。

左大臣の子息左中弁や頭中将などもやって来て、高欄《こうらん》に背中を押し当てながら、それぞれ、楽器の音色の調子を合わせて管弦の遊びとなる。

〈たいそう楽しく感じられる雰囲気である〉

［六］

あの有明《ありあけ》の君《きみ》（朧月夜《おぼろづきよ》）は、果敢無《はかな》い夢のような源氏との出会いを思い出すと、たいそう悲しい気持ちになってぼんやりと過ごしている。春宮には、四月頃、入内《じゅだい》すると決まっていることを思うと、心は乱れるばかりである。

（読者として……源氏と出会った際の情景と、口ずさんだ古歌から、女君は、有明の君、または朧月夜と呼ばれます。春宮への入内が決まっている様子の描写から、読者には、右大臣の娘六の君と知らされますが、一方で源氏は、まだ知りません）

男（源氏）も、女君を尋ね当てようと思えば、手掛かりがない訳ではないものの、右大臣家の姫君のうち、誰であったのか分からぬまま、わざわざ、自分に対して嫌悪感《けんおかん》を抱いている右大臣家の辺りに近づくことは、体裁《ていさい》も悪く、どうしたものかと思い悩んでいる。

三月二十日過ぎの頃、右大臣邸では、弓《ゆみ》の結《けち》（弓の試合）が行われ、上達部《かんだちめ》や親王達《みこたち》など、多くの人々が招《まね》かれ、それに引き続いて藤《ふじ》の宴《えん》が催《もよお》された。

〈桜の花盛《はなざか》りは過ぎていたが、「ほかの散りなむ」の古歌に教えられたかのように、宮中に遅れて、二本の桜が見事に美しく咲いている〉

右大臣邸は、新しく造られた御殿である。娘弘徽殿女御の姫宮の方々の裳着《もぎ》の日に合わせて、美しく飾り立てて、整えられている。華やかさを好む右大臣の邸《やしき》らしく、万事、今風《いまふう》に設《しつら》えられている。

右大臣は、先日、宮中で源氏に対面した際、藤の宴に招待したにも拘《かかわ》らず、やって来ないので、

右大臣（内心）「残念だ。源氏の君のお越《こ》しがなければ、華やかさに欠ける」

と、思い、息子の四位少将《しいのしょうしょう》を使いに遣《や》る。

右大臣 **わが宿の花しなべての色ならば何かはさらに君を待たまし**

（我が邸《やしき》の藤の花が、もし、ありふれた色ならば、どうして、いつまでも、源氏の君のお越しをお待ちするでしょうか。見応《みごた》えがありますので是非《ぜひ》ともお越しを）

と、伝えさせる。源氏は宮中にいるところだった。右大臣からの招きを帝にご報告する。

父帝「右大臣は、かなり得意顔《とくいがお》の様子であるな」

と、お笑いになり、

父帝「わざわざ、招待している様子であるから、早く出向くのが良いだろう。女御子達《おんなみこたち》（五の君、六の君）なども、成人したところであるから、其方《そなた》（源氏）を通《とお》り一遍《いっぺん》に扱うことはしないだろう」

などと、仰《おお》せになる。

源氏は、装束などを整えると、すっかり日の暮れる頃、先方の待ち侘《まわ》びる中、訪問する。桜襲《さくらがさね》の唐《から》の綺《き》の直衣《のうし》に、葡萄染《えびぞめ》の下襲《したがさね》の裾《すそ》を、たいそう長く引いている。

（読者として……直衣は、貴族の常用する平服で正装ではありません）

誰もが皆、袍衣《うえのきぬ》（正装）である中を、まるで、風流めいた大王《おおきみ》のような姿で、優雅に丁寧な振舞《ふるまい》で入って来る有様は、まったく格別な雰囲気である。花の美しさも源氏に気圧《けお》されて、却《かえ》って興醒《きょうざ》ましになってしまうほどである。

管弦の遊びなど、たいそう楽しく行われ、夜も少し更《ふ》けて行く頃、源氏は、ひどく酔って気分が悪い振りをして、人目に付かぬように席を立った。

寝殿には、女一の宮、女三の宮（弘徽殿女御の皇女、源氏の異母姉妹）がおられる。源氏は、東の戸口にやって来て長押《なげし》に寄《よ》り掛《か》かっている。藤の花は、寝殿の東端の辺りに咲いているので、御格子《みこうし》は、ずっと上《あ》げ渡《わた》され、女房達が部屋の端《はし》まで出て座っている。袖口などを、御簾《みす》の下から見せている華やかな様子は、正月の宮中行事、男踏歌《おとこどうか》の折「末摘花」［一七］を思い出す。わざとらしく見せている光景に、
源氏（内心）「相応《ふさわ》しくない振舞だ」

と、思いながら、まず何よりも、藤壺の控《ひか》え目《め》な様子を思い浮かべて比べている。

源氏「気分が悪いのに、酒をひどく勧《すす》められて困っております。恐れ入りますが、私をこちらの宮様の寝殿で、物陰にでも隠れさせて下さい」

と、言いながら、妻戸の御簾《みす》を上げて、被《かぶ》るようにして、くぐりながら入ろうとする。

女「まあ、困りますこと。身分の低い者が、高貴な女方との縁《えにし》を求めて入ろうとすることはあるようですが」

と、言う。その様子は重々しくはないものの、ふつうの女房達とは違い、優雅《ゆうが》で、趣《おもむき》のある雰囲気がはっきりと伝わってくる。

空薫物《そらだきもの》を、たいそう煙《けむ》たいほどに燻《くゆ》らせ、衣擦《きぬず》れの音を、殊更《ことさら》、華やかに聞こえるように振る舞っている。右大臣家は、奥ゆかしい深みのある風情には乏《とぼ》しく、今風《いまふう》な派手《はで》さを好む一族である。母弘徽殿女御の里邸で、高貴な女宮の方々が見物されるということで、皆、この戸口の場所に集まって来ているのだろう。

　源氏は、このような振舞《ふるまい》をすべきでないとは思いつつも、この場の雰囲気には、やはり興味を抱き、
源氏（内心）「あの有明の君（朧月夜）は、どの人だろうか」

と、胸《むね》の潰《つぶ》れる思いをしている。

源氏「『扇《おうぎ》』を取られて、辛い思いをしました」

と、催馬楽《さいばら》の一節を言い替えながら、大《おお》らかな声で、わざわざ言って、長押《なげし》に寄り掛かって座っている。

女「催馬楽の『帯』を『扇』に言い替えるなんて、珍しく変わった趣《おもむき》の高麗人《こまうど》ですこと」

と、答えた者は、源氏の内情を知らない者だろう。何も答えずに、ただ時々、溜息《ためいき》を吐《つ》いている女の方に、源氏は近寄り、几帳《きちょうご》越しに手を掴《つか》んだ。

源氏「**あづさ弓いるさの山にまどふかなほのみし月の影や見ゆると**
（梓弓《あずさゆみ》を射《い》るように、貴女は居《い》るかと、いるさの山に迷い込んでしまったようです。ちらりと見かけた有明の月のような貴女の姿を、また見たいものだと思いながら）

なぜ、名乗《なの》って下さらなかったのですか」

と、当て推量に言ってみると、女（朧月夜）は、黙っていられなくなったのだろう。

朧月夜　**心いる方《かた》ならませばゆみはりのつきなき空に迷はましやは**

（私を気に入《い》って下さった方ならば、弓のような月の無い空に、迷うことがあるかしら）

と、言う声は、正《まさ》に、あの有明の月の女（朧月夜）であった。

〈源氏は、たいそう、嬉しい気持ちを抱いたのであるものの〉

九　葵《あおい》

［二］

帝（父帝）の譲位により、時代は変わった。

（読者として……父帝は院となり、第一皇子［源氏の兄］が帝に即位《そくい》します。弘徽殿女御《こきでんのにょうご》が新帝の母君として皇太后《こうたいごう》［今后《いまきさき》］に立ち、右大臣方の勢力は強まる一方で、左大臣方は衰退《すいたい》します。源氏は左大臣方です。藤壺の皇子［源氏との秘事の罪の息子］が春宮《とうぐう》に就きます）

源氏は、何もかも億劫《おっくう》になる。昇進《しょうしん》はしたものの、身分の尊《とうと》さゆえの窮屈《きゅうくつ》さもあって、軽々しい忍び歩きは憚《はばか》られている。あちらこちらの女方も、源氏の訪れを待ち遠しく思いながら嘆きを募《つの》らせている。その報《むく》いであろうか。源氏は、依然《いぜん》として、我が身に冷淡《れいたん》な藤壺を思うと、尽きることなく悲嘆《ひたん》するばかりである。今では、ますます頻繁《ひんぱん》に、ただ人（臣下）のように振る舞って、藤壺の傍にばかり仕えている。今后《いまきさき》（弘徽殿皇太后）は、不審《ふしん》に感じている様子であるが、宮中の帝の傍で皇太后として並び立つ者も無く、ご機嫌《きげん》な様子である。

院は、季節の折ごとに、管弦の遊びなどを、世間の評判になるほど盛大に催《もよお》して過ごすなど、譲位をした今の暮《く》らしの方が、却《かえ》ってお幸せなご様子である。ただ、春宮については、傍にいないことを、たいそう恋しく思っておられる。春宮に、後見人のいないことを気掛かりに思い、大将の君（源氏）を、何事につけて頼りにされているので、源氏（内心）「決まりが悪いけれども、嬉しいこと」と、思っている。

［二］

〈まことや（そう言えば）〉

あの六条御息所《ろくじょうのみやすどころ》は、亡き夫との間に授《さず》かった姫宮が、斎宮《さいぐう》（伊勢神宮に奉仕《ほうし》する未婚の皇女）となったことで、

六条御息所（内心）「大将（源氏）の気持ちも、まったく頼りにならない有様であるから、幼さの残る姫宮を、一人で伊勢へ行かせることの心配に託《かこつ》けて、一緒に下《くだ》ってしまおうか」

と、前々から考えていた。

院にも、

供人「六条御息所は、このようにお考えのようです」

と、お耳に入れたので、父院は、源氏に、

父院「故宮《こみや》（父院の弟、前春宮）が、たいそう大切な妃《きさき》として寵愛《ちょうあい》していた六条御息所を、其方《そなた》（源氏）が、軽々しく並《なみ》の身分の者のように扱い、相手をしていることは、たいそう気の毒である。斎宮についても、私は、皇女達と同列に思っているのであるから、六条御息所と斎宮、お二人のどちらについても、其方は、失礼のない振舞をするのが良いだろう。気の向くまま、そ

のように色恋事に振る舞っていると、まったく世間でも悪い評判を被《こうむ》ることになる」

などと、機嫌《きげん》の悪いご様子である。

源氏（内心）「ごもっともなことで」

と、身に染《し》みて感じ、恐縮《きょうしゅく》しながら仕えている。

父院「相手に、恥ずかしい思いをさせることなく、誰に対しても波風《なみかぜ》を立てぬように振る舞い、女の恨みを負わぬようにせよ」

と、仰《おお》せになる言葉を聞きながら、
源氏（内心）「あってはならぬ、身の程も弁《わきま》えぬ藤壺との秘事《ひじ》の罪《つみ》を、父院が知ることになったならば、自分はどうなってしまうことか」

と、考えるだけでも恐ろしく、緊張した面持《おもも》ちで退出した。


やはり、このように父院の耳にも入って仰《おお》せ言《ごと》を頂いたことは、六条御息所にとっても、源氏にとっても不名誉で、浮気沙汰《うわきざた》めいた情けない話である。源氏は、六条御息所の高貴な身分を思えば心苦しくなるものの、未《いま》だに、表立った正式な結婚の意思は表《あらわ》していない。

女（六条御息所）の方も、源氏との不似合《ふにあ》いな年の差を恥ずかしく思い、気兼《きが》ねしているので、源氏は、それに託《かこつ》けて遠慮して振る舞い、相手に責任を押し付けるような態度を取っている。

父院の知るところとなり、世間でも二人の不仲は噂となって、知らぬ者はいないほどに知れ渡っている。それにも拘《かかわ》らず、源氏は薄情《はくじょう》な態度を取り続け、六条御息所は、たいそう思い悩み、嘆いているようであった。

［三］

このような、六条御息所《ろくじょうのみやすどころ》の噂を聞くにつけ、朝顔《あさがお》の姫君（式部卿宮《しきぶのきょうみや》の姫君、「帚木《ははきぎ》」［一四］初登場）は、

朝顔（内心）「何としても、自分は、同じ思いをしたくない」

と、強く決心して、源氏からの手紙に、ちょっとした返事も滅多《めった》にしなくなっている。とはいえ、朝顔は、憎らしさも相手を不愉快にさせることもない人で、

源氏（内心）「やはり、格別な方である」

と、思い続けている。

大殿《おおとの》（左大臣家、正妻葵の上）では、このように、落ち着きのない源氏の性格に、

左大臣家人々（内心）「不愉快なこと」

と、思ってはいるものの、あまりにも気兼《きが》ねのない振舞《ふるまい》に、言っても仕方がないと思うからか、甚《はなは》だしく恨みを言うこともない。

女君（葵の上）は、体調が優《すぐ》れず、気分も悪く、心細い思いをしていた。初めての懐妊《かいにん》であっ

た。源氏は、珍しさから、

源氏（内心）「何とも、嬉しいことだ」

と、思っている。

左大臣家では、誰もが皆、喜んでいるものの、一方では不吉にも思い、安産を願って、あれこれと、御つつしみ（物忌《ものい》みの祈禱《きとう》）などをされるように心遣いしている。

〈このような状況（正妻葵の上の懐妊）で、源氏は、ますます心の落ち着く暇《いとま》もない。忘れている訳ではないが、六条御息所への訪問は、途絶《とだ》えることが多くなっているようである〉

［四］

その頃、斎院《さいいん》（賀茂神社《かもじんじゃ》に奉仕《ほうし》する未婚の皇女）も交代となり、弘徽殿皇太后《こきでんこうたいごう》（大后《おおきさき》）の皇女、女三の宮が立たれた。院や皇太后が、格別大切に育てられている姫宮である。斎院になると、神事に奉仕し、独身でいる定めもあり、皇女とは異なる生活になる。院と皇太后は、たいそう辛く思われながらも、他に適当な方もおられず、儀式など、決まり事に基《もと》づく神事が、盛大に催《もよお》される。賀茂神社の祭（葵祭《あおいまつり》）には、公事《おおやけごと》としての行事の他に、付け加えられる祝い事も多く、この上ない見物《みもの》しなっている。この斎院のお人柄によるものと思われる。

御禊《ごけい》の日（葵祭の日以前に、斎院が賀茂川の河原で禊《みそぎ》の儀式《ぎしき》をする日）、上達部《かんだちめ》など、決まった人数の供人が仕える。評判の良い、立派な容姿の人々ばかりが選ばれて、下襲《したがさね》の色、上の袴《はかま》の紋《もん》、馬、鞍《くら》まで、すべて立派に整えられている。帝の特別な宣旨《せんじ》により、大将《たいしょう》の君（源氏）も仕えている。

世間の人々は、前々から御禊の行列を見物《けんぶつ》するために、物見車《ものみぐるま》の準備をしている。一条大《いちじょうおお》路《じ》は、隙間《すきま》も無いほどの混雑で、恐ろしいまでの騒ぎとなっている。あちらこちらの桟敷《さじき》（見物用に作られた席）には、思い思いに趣向《しゅこう》を凝《こ》らした飾り付けがされて、女房達が、態《わざ》と御簾《みす》の下から袖口までも、はみ出して見せるように座っている。

〈色とりどりの光景は、それこそ、たいへんな見物《みもの》である〉

左大臣家の女君（源氏の正妻葵の上）は、このような外出でさえも、滅多《めった》にされない方である。気分も悪く、見物へ行くことなど思いもしていなかったのである。ところが、若い女房達「まったくもう。私達だけで、人目を避けながら、御禊《ごけい》の行列を見物《けんぶつ》するなんて、あんまりですわ。世間では、特に関係のない人までもが、今日の物見《ものみ》では、大将殿《たいしょうどの》（源氏の君）を是非《ぜひ》とも見たいと思って、山に住む人々までやって来ているのですよ。遠い国々から、妻子を引き連れて来ている者もいますのに、正妻葵の上がご覧にならないなんて、あまりにも残念ですわ」

と、言っている。大宮（葵の上の母）は、それを耳にすると、

大宮「今日は、ご気分が悪くはないようですね。女房達も、皆、つまらなさそうにしていますから」

と、言って、急遽《きゅうきょ》お触《ふ》れを出して、女君も見物されることになった。

［五］

日も高く昇《のぼ》ってから、女君（葵の上）は、外出の儀式を簡単に済ましてお出掛けになった。

一条大路は、物見車が隙間《すきま》も無いほど、どこまでも立ち並んでいた。葵の上一行《いっこう》は、立派に美しく仕立てた車で、列をなしたまま立《た》ち往生《おうじょう》している。

辺りには、身分の高い女房車が多くあった。葵の上の供人達は、従者《じゅうしゃ》のいない車に目を付けて、追《お》い払《はら》ったり、立ち退《の》かせたりしている。その中に、網代車《あじろぐるま》（牛車《ぎっしゃ》）の少し古びているもので、下簾《したすだれ》の様子などが、上品でありながら、たいそう控え目で、仄《ほの》かに見える袖口や裳《も》の裾《すそ》、汗衫《かざみ》など、色合いをたいそう綺麗《きれい》にしながらも、わざと質素に見せている車が二つあった。

車の供人「こちらは、まったく、そのように立《た》ち退《の》かされるべき方《かた》の車ではないぞ」と、強く言い張って、手を触れさせない。

どちらも、若い供人達が、酔《よ》っ払《ぱら》った勢《いきお》いで騒《さわ》いでいるので、互いに収《おさ》まりがつかない。年配の供人達は、「そんな乱暴《らんぼう》するな」などと言っているが、止《と》めることもできずにいる。

その車は、斎宮の母六条御息所《ろくじょうのみやすどころ》が、源氏の薄情《はくじょう》な態度に悩み、「心の乱れの慰《なぐさ》めにでもなれば」と思い、忍んでやって来た物見車だった。然《さ》りげなく振る舞っていたものの、自《おの》ずと身元が分かってしまった。

葵の上供人「そんな身分の車には、偉《えら》そうに言わせないぞ。大将殿（源氏の君）を、拠《よ》り所《どころ》に思っているのだろうが」

などと、言っている。葵の上の供人の中には、源氏に仕える供人も交《ま》じっているので、

供人（内心）「六条御息所には、お気の毒なことだ」

と、思いながら見ているが、お節介《せっかい》をやくのも面倒《めんどう》で、見て見ぬ振りをしている。

とうとう、葵の上一行の車が、何台も割《わ》り込《こ》んで来た。六条御息所の車は、葵の上の供人の牛車《ぎっしゃ》の奥に押しやられて、何も見えなくなってしまった。

六条御息所が、不愉快に思うのも当然である。このように忍んでやって来たことを知られてしまい、ひどく悔しい思いをしている。車の榻《しじ》（轅《ながえ》を乗せる台）なども、すっかり壊《こわ》されて、みっともないことである。車の平衡《へいこう》を保たせようと、轅《ながえ》を、他の車の筒《どう》（車輪の車軸の部分）に乗せ掛けている。六条御息所は、またとないほどの体裁の悪さを感じ、

六条御息所（内心）「悔しい。なぜ、見物に来てしまったのか」

と、思っている。

〈今更《いまさら》、甲斐《かい》のないことである〉

（読者として……この場面は、後に「御車《みくるま》の所争《ところあらそ》い」と言われます）

六条御息所（内心）「見物をやめて帰りたい」

と、思うものの、辺りは通りに出る隙間《すきま》も無いほどの混雑《こんざつ》である。往生《おうじょう》しているところへ、
人々「行列のお越しだぞ」

と、声が聞こえてくる。


〈六条御息所は、帰りたいと思っていたところだった。しかし、やはり薄情な源氏であっても、目前《もくぜん》を通り過ぎる姿を、一目見たいと思ってしまう。女心の弱さであった。しかし、源氏には「笹《ささ》の隈《くま》」の古歌のような影《かげ》さえも見えないのだから、目の前を、平然と通り過ぎてしまったことで、六条御息所は、却《かえ》って物思いの限りを尽《つ》くすことになるのだった〉

いかにも、この度の御禊《ごけい》の行列は、いつもより趣向《しゅこう》を凝《こ》らして飾り立てた物見車が多い。我《われ》も我《われ》もと乗り込んでいる女達の袖口が、下簾《したすだれ》の隙間《すきま》から、こぼれるように見えている。源氏は、

然《さ》りげない顔をしながらも、物見車の方へ、微笑《ほほえ》みを浮かべて、流し目を送ったりしている。

大殿《おおとの》（左大臣家、正妻葵の上）の車は、はっきりと目に付いて分かる。源氏は、真面目《まじめ》な面《おも》持《も》ちで通り過ぎる。供人達も恭《うやうや》しく振る舞って通り過ぎる。

その様子を見ていた六条御息所は、無視された我が身との格段の差を思わずにはいられない。

六条御息所　**影をのみみたらし川のつれなきに身のうきほどぞいとど知らるる**
（影を映しただけで流れ去る、御手洗川《みたらしがわ》のような貴方《あなた》の冷たさに、我が身の不幸を身に染みて感じます）
と、心の中で歌を詠む。涙を流す姿を人に見られるのは、みっともない思いであるが、
六条御息所（内心）「源氏の君の眩《まぶ》しいほどの美しいお姿が、晴れの場で一層輝いている時に、見もせずに終わったならば、それもそれで後悔したことだろう」
と、思っていた。

［六］

行列の人々は、身分に応じて、装束や振舞《ふるまい》などを立派に整えている。その中でも上達部《かんだちめ》は格別であるものの、やはり、一《ひと》ところの御光《おんひかり》（一人だけ輝いている源氏の君の美しさ）には、消されてしまったようである。大将（源氏）の仮《かり》（臨時）の随身に、殿上人の将監《ぞう》などが仕《つか》えることは通常ではあり得ず、特別な行幸などの際に限られたことであるが、今日の御禊《ごけい》の行列では、右近《うこん》の蔵人《くろうど》の将監《ぞう》が仕えている。その他の随身達も、容姿を目映《まばゆ》く装《よそお》って従い、源氏が世間から丁重《ていちょう》に扱《あつか》われ、人々のみならず、草や木に至るまで、従わぬものは無いような光景である。

壺装束《つぼしょうぞく》などと呼ばれる外出着姿の身分ある女房や、また、出家をして俗世を捨てた尼などが、興奮して倒れたり転んだりしながら、物見に来ている姿は、普段《ふだん》ならば、「逆上《のぼ》せて、みっともないこと」と言われるところである。しかし、今日の御禊の行列には、源氏の君が加わっているのだから、それも当然のことだろう。物見の中には、歯が抜けて口をすぼめ、長い髪を表着の中に入れ込んでいるような身分の低い人々が、合掌《がっしょう》した手を額《ひたい》に当て、拝《おが》むようにしながら源氏を見上げている。見苦しくも思える恰好《かっこう》の田舎者《いなかもの》の男まで、自分の顔がどのような有様であるかも知らずに、満面《まんめん》の笑みを浮かべて喜び、楽しんでいる。

どう見ても、源氏の目に留《と》まるはずのない怪《あや》しげな受領《ずりょう》の娘などまで、精一杯、飾り立てた車に乗って、源氏の君の気を引こうと、わざとらしく心化粧《こころげしょう》をして胸を弾《はず》ませている。物見の人々の様子《ようす》は様々で、それこそ面白い見物《みもの》であった。

まして、源氏が、あちらこちらに忍んで通っている先々の女達は、人知れず、ただもう、人数《ひとかず》にも入らぬ我《わ》が身《み》に、物見《ものみ》をしながらも嘆《なげ》きの募《つの》る者が多かった。

式部卿宮《しきぶのきょうみや》（朝顔《あさがお》の父親）は、桟敷《さじき》で見物をしていた。

式部卿宮（内心）「源氏の君は、たいそう眩《まぶ》しいほど、立派な容貌《ようぼう》になられたことだ。神などが目を付けられるのではないか」

と、不吉にも感じていた。姫君（朝顔）は、何年もの間、源氏から寄せられる思いが尋常《じんじょう》ではなかったので、
朝顔（内心）「平凡な男の人からの恋文ならばともかく、言うまでもなく、これほど素晴らしい源氏の君が、どうして私に（気持ちを寄せられるのか）」

と、源氏の姿を見ると、気になるばかりだった。それでも、これまでにも況《ま》して、こちらから

心を許そうとは思っていない。若い女房達は、聞き苦しいほど、源氏の君を互いに誉《ほ》めそやしている。

［七］

葵祭《あおいまつり》の当日、左大臣家は、祭の見物をしない。

大将の君（源氏）に、御禊《ごけい》の日の「御車《みくるま》の所争《ところあらそ》い」の一件を、詳《くわ》しく伝える者がいた。

源氏（内心）「まったく気の毒なことだ。情けないことをしたものだ」

と、思いながら、

源氏（内心）「やはり残念なことになってしまった。女君（正妻葵の上）は、重々しく落ち着いた人であっても、物事についての情け深さに欠けて無愛想《ぶあいそう》であるあまり、ご自分では、それほど気にされていなかったのだろうが、六条御息所との仲については気を配り、思《おも》い遣《や》りを互いに交《か》わして頂きたかった。そのような思いにも至らず、思慮《しりょ》に欠けているから、次々と、供人達が騒ぎを起こしてしまったのだろう。

六条御息所は、こちらの方《ほう》が、たいそう気恥《きは》ずかしくなるほど、趣深《おもむきぶか》い方であるから、どれほど不快な思いをされたことか」

と、気の毒で、六条御息所の邸を訪ねることにした。

ところが、今のところ、娘の斎宮が、まだ自邸にいるとのことで、榊《さかき》の憚《はばか》り（不浄《ふじょう》を避ける行い）を理由に、気安く対面されない。

源氏（内心）「ごもっともなこと」

と、思いながらも、

源氏「何としたことか。このように、互いにいがみ合わず、穏やかに、お付き合いして頂きたいものよ」

と、つい、独《ひと》り言《ごと》を呟《つぶや》いている。

（読者として……源氏は、「御車《みくるま》の所争《ところあらそ》い」について、葵の上の配慮《はいりょ》の無さが原因であると考えて、情けなく思っています。しかし実際のところ、葵の上と六条御息所は、どちらも源氏との関係に悩み、我が身を慰《なぐさ》めるつもりで、御禊《ごけい》の行列《ぎょうれつ》の見物に出掛けたのでした。

紫式部の視点に立って物語を読むと、源氏の身勝手さに振り回されて悩む女性達の関係性が見えてきます。

読者は、主人公である源氏に感情移入するのではなく、全ての登場人物に思いを寄せながら、立場を転換する感覚で、紫式部の描写力を感じることが大切になります。『源氏物語』の世界を味わう醍醐味《だいごみ》は、「紫式部の眼」を感じることであると考える所以《ゆえん》です）

［八］

今日は、葵祭《あおいまつり》の日である。源氏は左大臣邸を退出して、自邸二条院に戻り、祭の見物に出掛けようとしている。西の対《たい》（紫の上の部屋）へ行き、惟光《これみつ》に車の用意を命じている。

源氏「女房の皆さんも、出掛けますか」

と、紫の上に仕える幼い女童達《めのわらわたち》に冗談を言いながら、姫君（紫の上）が、たいそう可愛らしく身支度《みじたく》を整えている様子を、笑みを浮かべながら見ている。

源氏「君（紫の上）は、こちらへいらっしゃい。私と一緒に見物するのですよ」

と、言うと、いつもより美しく見える姫君の御髪《みぐし》を掻《か》き撫《な》でながら、

源氏「久《ひさ》しく、髪の先を切り揃《そろ》えていないようですね。今日は、削《そ》いでも良い吉日《きちじつ》だったと思いますよ」

と、言うと、暦《こよみ》の博士を呼び寄せ、時刻の吉凶《きっきょう》を調べさせている。その間に、

源氏「まず、女房の皆さんは、先に出掛けなさい」

と、言いながら、女童達の愛《あい》らしい姿を見ている。たいそう可愛らしく髪の先を華やかに切り

揃えて、浮紋《うきもん》の表袴《うえのはかま》（童女の晴れ着）に髪のかかる辺りが、くっきりとして見える。

源氏「君（紫の上）の御髪《みぐし》は、私が削《そ》いで差《さ》し上《あ》げましょう」

と、言う。

源氏「なんと、これほど多い御髪とは。これから先、どれほど豊かになるでしょう」

と、言いながら、削ぎにくそうにしている。

源氏「どれほど御髪の長い人でも、額髪《ひたいがみ》は、少し短めにしているようですよ。まったく後《おく》れ毛《げ》の無いのも、あまり風情がないですよ」

と、言っている。削ぎ終わると、
源氏「千尋《ちひろ》」

と、祝いの言葉を言う。

少納言乳母（内心）「しみじみと有り難く、もったいないお言葉」

と、思いながら見ている。

源氏　**はかりなき千尋《ちひろ》の底の海松《みる》ぶさの生ひゆく末は我のみぞ見む**
（測《はか》りようもない、千尋に広がる海の底の海松《みる》ぶさ［海藻］が伸びて行くように、貴女の御髪の伸《の》びる将来の姿は、私だけが見守りましょう）

と、歌を詠む。

紫の上　**千尋ともいかでか知らむさだめなく満ち干る潮《しほ》ののどけからぬに**

（千尋に広がる海松《みる》ぶさのように、私の行く末を、見守って下さると言われましても、どうして、信じることができるでしょうか。貴方は、いつも定めなく、満ち干《ひ》を繰り返す潮のように慌《あわ》ただしい方ですのに）

と、何かに歌を書き付けている姿は、利発《りはつ》ながらも子供らしい可愛らしさで、

源氏（内心）「めでたし（喜ばしいことだ）」

と、思いながら、紫の上を見ている。

（読者として……源氏は、相変わらず紫の上の外見ばかりを見て、思い通りの成長を喜んでいます。紫の上が歌に込めた意味を考えようともせず、源氏に不信感を募《つの》らせている気持ちにも、思いは及《およ》んでいません）

［九］

葵祭《あおいまつり》の当日、この日も、先日の御禊《ごけい》の日と同様、一条大路は物見車が所狭《ところせま》しと立ち並んでいた。

源氏「上達部《かんだちめ》の車が数多くて、何とも騒がしいことだ」

と、源氏の車が立ち止まっていると、見た目の悪くはない女車《おんなぐるま》（女房などの乗る牛車《ぎっしゃ》）から、たいそう袖口をこぼれるように見せながら、扇《おうぎ》を差し出して、源氏の供人を招き寄せている者がいる。

女車の女「ここに車を止めませんか。場所をお譲《ゆず》りしましょう」

と、言うのである。

源氏（内心）「女から声を掛けるとは、どれほど色好《いろごの》みの者だろうか」

と、思う。確かに、場所は良い辺りなので、車を近づけさせて、

源氏「どのようにして、このような良い場所を取ることができたのですか。憎《にく》いですね」

と、声を掛けると、洒落《しゃれ》た扇の端を折って、

女車の女「はかなしや人のかざせるあふひゆゑ神のゆるしの今日《けふ》を待ちける
（虚《むな》しいことです。貴方は、他の女方が、かざしてしまった葵《あおい》です。神に許される、今日の逢《あ》う日《ひ》を待っていました）注連縄の内には、入り兼ねますが」

と、書いて渡して来た。その筆跡を思い出すと、あの源典侍《げんのないしのすけ》「紅葉賀」［一三］であった。

源氏（内心）「驚いた。年齢も考えず、若々しいことよ」

と、見苦しく思うものの、周囲の目を思うと体裁《ていさい》が悪いので、素《そ》っ気《け》なく歌を詠む。

源氏　かざしける心ぞあだに思ほゆる八十《やそ》氏人《うぢびと》になべてあふひを
（男に逢うために葵をかざすとは、浮《うわ》ついた心に思われます。今日は、八十《や そ》氏人《うじびと》、諸々《もろもろ》の氏《うじ》の人々に、誰彼《だれかれ》の区別なく逢う日なのですから）

典侍（内心）「恨めしいこと」

と、思っている。

典侍　くやしくもかざしけるかな名のみして人だのめなる草葉ばかりを
（お逢いしたい思いで葵をかざしていたのに、悔しいことです。葵とは名ばかりでした。人に期待をさせるだけの草の葉にすぎませんでした）

と、歌を詠んで返す。

源氏が、誰か（紫の上）と一緒に車に乗りながら、簾《すだれ》さえも上げないので、不愉快に思っている人は多かった。

人々「先日の、御禊の日の行列でのお姿は、たいそうご立派であったのに、今日は、すっかり寛《くつろ》いだ恰好《かっこう》で出歩いておられることよ。何方《どなた》なのかしら。ご一緒に乗っておられるのですから、それなりの身分の女方に違いないのでしょうねえ」

と、推《お》し量《はか》りながら話している。

源氏（内心）「典侍だったとは、張り合いのない、『かざし争い』になってしまったものだ」

と、「御車《みくるま》の所争《ところあらそ》い」を、もじりながら、面倒に思っている。

〈典侍ほどの厚かましさが無ければ、恐らく、誰かと相乗りしている源氏には遠慮して、ちょっとした返事を気軽にするなんて、恥ずかしくてたまらないことだろう〉

［一〇］

（読者として……葵祭《あおいまつり》の御禊《ごけい》の日、六条御息所《ろくじょうのみやすどころ》が行列の見物へ出掛けることになった理由と、その結果、「御車《みくるま》の所争《ところあらそ》い」に巻き込まれてしまった際の心境を解説する場面です）

六条御息所は、物思いに苦しむあまり、この数年、取り乱すことがますます多くなっていた。源氏の薄情《はくじょう》な態度に、もはや諦《あきら》めはついていたものの、

六条御息所（内心）「今となっては、源氏の君と関《かか》わりを断《た》ち、伊勢に下ってしまおうと思うけれども、それも、たいそう心細いことに違いない。世間でも噂となり、物笑《ものわら》いの種にもなるだろう」

と、思っている。

六条御息所（内心）「そうかと言って、京の都に留《とど》まったならば、これまでにも増して、世間から見下《みくだ》されるに違いなく、それはそれで、心穏やかではいられない。『釣《つり》する海人《あま》のうけなれや』の古歌のように、釣り人の浮きのように、浮いたり沈んだりする我が身になってしまうだろう」

と、寝ても覚めても思い悩んでいた為《ため》か、心が宙に浮かぶような感覚となって、心身ともに具合が悪くなり、病となってしまっていた。

大将殿（源氏）は、六条御息所の伊勢への下向《げこう》について無関心な態度を装い、「とんでもないことである」などと引き止めることはなかった。それどころか、

源氏「私は、人数《ひとかず》にも入らぬ身ですから、貴女が私を見るのも嫌で、見捨てて伊勢へ下《くだ》ってしまうお気持ちも当然のことでしょう。しかし今は、頼りがいの無い私であっても、末永く、最後まで見届ける思いを抱《いだ》いて下さってこそ、浅くはないお気持ちというものではないですか」

などと、ややこしい言い方をしてくる。それで、

六条御息所（内心）「伊勢への下向《げこう》を決め兼《か》ねている我が身の気持ちを、慰《なぐさ》めることができるかもしれない」

と、思い立って、御禊《ごけい》の行列の見物に出かけたのだった。それなのに、そこで御禊河《みそぎがわ》の荒《あら》かりし瀬《せ》とも言える「御車の所争い」に巻き込まれたのであるから、いよいよ何もかもが辛《つら》くなり、思《おも》い詰《つ》めてしまったのである。

（読者として……六条御息所の苦しみの心が、宙に浮かぶ様《よう》に身体から抜《ぬ》け出て行ってしまいます）

［一二］

大殿《おおとの》（左大臣家）では、女君（葵の上）が物《もの》の怪《け》に取り憑《つ》かれたように、ひどく苦しまれ、誰もが皆、心配して嘆いている。源氏も、忍び歩きをしている場合ではなく、自邸二条院へも、時々帰る程度である。源氏と女君の夫婦仲は、冷めたものであったとは言え、やはり正妻として、特別な方であり、「めづらしきこと」とさえ言われる、懐妊《かいにん》の徴候《ちょうこう》による苦しみもあるので、源氏は心配でたまらず、加持祈祷《かじきとう》など、何やかやと左大臣邸の自室で、多くの行《おこな》いをさせている。

物《もの》の怪《け》や生霊《いきすだま》などというものが数多く現れて、様々に名乗《なの》りをする中に、憑坐《よりまし》（神霊《しんれい》や悪霊《あくりょう》を乗り移らせる人）に乗り移らず、ただ葵の上の身体《からだ》に、じっとくっついたまま、特に気味悪く苦しめる様子はないものの、片時も離れない物の怪が一つあった。立派な修験者《しゅげんしゃ》達の加持祈祷でも、調伏《ちょうふく》（悪行に打ち勝つこと）できない。

人々「執念深《しゅうねんぶか》い様《さま》で、普通の物の怪ではないな」

と、思っている。

左大臣家人々「大将の君（源氏）の忍んで通われている女方を、あちらこちら思い浮かべてみますと、噂になっているのは六条御息所と二条院に迎えられた女方（紫の上）などばかりです。源氏の君が並々ならぬ特別な思いを抱いている様子ですから、正妻である女君（葵の上）に対する恨みの心が深いのではないでしょうか」

などと、ひそひそと囁《ささや》いている。修験者に尋ねさせてみても、はっきりと誰の物の怪か言い当てることができない。

〈物の怪と言っても、必ずしも、取り立てて言うほどの敵ということではない。昔、乳母だった人や、あるいは、親代々その家に取り憑いて伝わっている物の怪が、弱《よわ》り目《め》を狙《ねら》って出て来ることもある。しっかりしていない時に、騒がしく心が乱れて平静さを失うと、現れるのである〉

女君（葵の上）は、ただ、ずっと、声を上げて泣くばかりである。時々、胸を咳《せ》き上げる発《ほっ》作《さ》も起こり、ひどく苦しそうにして、耐《た》え難《がた》い有様なので、

左大臣家人々「どうして差し上げれば良いものか」

と、不吉なことまで思い浮かべながら、悲しい気持ちで狼狽《うろた》えている。

院（源氏の父、父院）からも、見舞いの使者が絶え間なくやって来て、祈《き》祷《とう》の事まで、心遣いして下さることに、左大臣家では畏《おそ》れ多《おお》く思っているが、それだけ、女君が、たいそう惜《お》し

まれる大切な方ということである。

世間の人々も、誰もが女君（葵の上）の病状を心配し、大切な方であると思っている。六条御息所は、それを噂で耳にすると、平静ではいられない。

これまで何年もの間、まったく、ここまでの思いはしたこともなかったほどの敵対心が、あの、つまらない「御車《みくるま》の所争《ところあらそ》い」の一件で、芽生《めば》えてしまったのである。しかし、一方の左大臣家では、六条御息所が、これほどまで心に傷を負ってしまっているとは、思いもしていなかった。

［一二］

六条御息所は、このような物思いから、ますます心は乱れ、いつもとは違う自分になるばかりに思われて、他所《よそ》に場所を変え、修法《ずほう》（加持祈祷《かじきとう》）などをさせている。大将殿（源氏）は、それを耳にすると、

源氏（内心）「どのような、ご様子だろうか」

と、気の毒になり、気持ちを奮《ふる》い立《た》たせて出掛けることにした。いつもとは違う場所であるから、たいそう目立たぬ恰好《かっこう》をして忍《しの》んで訪ねる。

源氏は、六条御息所に、

源氏「心ならずも、ご無沙汰している罪を許して頂きたく」

と、話し続け、病に臥《ふ》している女君（正妻葵の上）の様子が心配であることを説明する。

源氏「私は、思い詰《つ》めるほどまでは心配しておりません。女君の親達（左大臣と大宮）が、たいそう大袈裟《おおげさ》なほど狼狽《うろた》えて心配しておられます。気の毒な有様で、このように具合の悪い時は、放《ほう》っておくのもどうかし思いまして。貴女が、万事《ばんじ》、穏《おだ》やかな気持ちでいて下さるならば、

たいそう嬉しく思います」

などと、語り掛ける。六条御息所は、いつもより辛《つら》そうな面持《おもも》ちである。

源氏（内心）「もっともなことで、お気の毒に」

と、思いながら見ている。


源氏と六条御息所は、心を通わすことのないまま夜明けを迎える。源氏が帰る姿は、素晴らしく美しい。

六条御息所（内心）「やはり、この方を振り捨ててまで、離れて行くなんて」

と、伊勢への下向《げこう》を考え直さずにはいられない。

六条御息所（内心）「そうではあるが、女君（正妻葵の上）が、お子様を出産されたならば、源氏の君は、あちらにばかりいて、落ち着いてしまわれるだろう。一方の私は、このように、待ち続けるばかりならば、心の尽《つ》き果《は》てる思いだろう」

と、源氏の訪問によって、却《かえ》って、物思いの種に気付いた心境だった。

源氏から、手紙だけが、夕暮れ時に届けられた。

源氏（手紙）「この数日、少し快方《かいほう》に向かっている様子でしたが、急に、たいそうひどく、苦しみ出しまして、放っておけませんので」
と、女君の様子が書かれているのを見て、
六条御息所（内心）「いつもの言い訳ばかり」
と、思うので、
六条御息所（手紙）「**袖《そで》ぬるるこひぢとかつは知りながら下《お》り立つ田子《たご》のみづからぞうき**
（涙で袖の濡《ぬ》れる、泥《こいじ》のような恋路《こいじ》と分かっていながらも、泥《どろ》の中に入る農夫のように、恋の路《みち》に迷い込んで、私は苦しんでいます）
『山の井の水』の古歌の意味は、道理に適《かな》っています。貴方の気持ちの浅さゆえに、私の袖は涙で濡れるのです」
と、書かれてあった。
源氏（内心）「六条御息所の筆跡は、やはり、多くの女方の中でも、格別であることよ」
と、思いながら見ていると、
源氏（内心）「どうすれば良いのか、分からないのが、男女の仲というものだろうか。性格も、容姿も、人それぞれで、見捨てたくなるような取り柄《とりえ》のない人もいなければ、また、この人こそはと、思い定めることのできる人もいないのだから」

と、辛い思いになってくる。源氏から、六条御息所への返事は、すっかり暗くなってから届けられた。

源氏（手紙）「涙で、袖ばかりが濡《ぬ》れるとは、どういうことですか。貴女の私への思いが、深くはないという意味なのでしょう。

浅みにや人は下《お》り立つわが方は身もそぼつまで深きこひぢを

（浅い場所に貴女は立っているのでしょうか。私は、全身が、ずぶ濡れになるほどの深い泥《こいじ》、恋《こい》路《じ》に、はまってしまっていますのに）

並一通りの思いで、このお返事をしているのではありませんよ」

などと、書かれてあった。

（読者として……源氏は、相変《あいか》わらず六条御息所の筆跡ばかりに興味を抱き、歌に込めた意味には心を寄せることができません。六条御息所の気持ちをはぐらかして、返歌をしています。これまでも、自分の立場を優位《ゆうい》にする身勝手な狡《ずる》さが、六条御息所を苦しめて来ました。この場面で、更に憎しみを増長《ぞうちょう》させたと感じます。その苦しみの思いから、再び、物の怪となってしまうのです）

［一三］

左大臣家では、物の怪が荒々しく現《あらわ》れて、女君（葵の上）が、ひどく苦しみ出した。世間の人々「物の怪は、六条御息所《ろくじょうのみやすどころ》の生霊《いきすだま》か、六条御息所の故父大臣の霊《れい》だ」と、噂している。六条御息所は、それを耳にして思いを巡らすと、六条御息所（内心）「我が身には、辛く悲しい思いをしているからと言って、他人の不幸を願う気持ちは無い。けれども、物思いに悩み苦しんでいる我が魂が、もしかしたら身体を抜け出して、物の怪になっているのかもしれない」と、自分の心の中では思い当たるのだった。

この何年もの間、六条御息所は、あらゆる物思いの限りを尽くして過ごしてきた。しかし、これほどまで自分の心を見失うことはなかった。つまらない出来事である「御車《みくるま》の所争《ところあらそ》い」で、女君（葵の上）の一行《いっこう》が六条御息所を無視《むし》し、まるで、そこにいないかのような扱《あつか》いをしたのである。六条御息所は、あの御禊《ごけい》の日から、物思いによる心が宙に浮かぶような抑《おさ》えることのできない感覚になってしまったのだろう。ほんの少し、微睡《まどろ》む夢の中でさえも、あの姫君

（葵の上）と思われる、たいそう美しい姿をしている人の所へ行き、色々なものを引《ひ》っ掻《か》き回し、まったく違う自分となって、荒々しい言葉を浴びせかけ、乱暴を働き、掴《つか》んで引っ張り、揺《ゆ》するなどしている姿を見ることが度重《たびかさ》なっていたのだった。

六条御息所（内心）「ああ、なんて情けないことか。いかにも噂の通り、我が魂が、物の怪となってこの身を捨てて、離れて行ってしまったのだろう」

と、正気《しょうき》の失《う》せる思いになることも、しばしばであった。

六条御息所（内心）「これほどでなくても、人の良い点については決して言わず、噂にしないのが世の常であるから、まして、私のこの酷《ひど》い有様については、たいそう面白い話の種となってしまうに違いない」

と、思うと、

六条御息所（内心）「まったく、世間の噂となってしまうだろう。死んだ後であっても、どこまでも恨みの残るのが、人の世の常である。他人の身の上であっても、悪い話を聞けば、罪深く、忌《い》まわしく思うものであるのに、現《うつつ》に生きている我が身のままで、このように、『物の怪となっている』と不気味な噂をされることは、何と辛《つら》い宿命《しゅくめい》か。今後一切《こんごいっさい》、あの薄情《はくじょう》な人（源氏）には、何としても思いを懸《か》けるのは止《や》めよう」

と、改めて、決心している。

〈「思ふものを」（思うまいと思うことが、実は思っている証《あかし》である）〉

斎宮《さいぐう》は、伊勢《いせ》へ下《くだ》るまでの一連の行事が遅れている。昨年、宮中に移り、潔斎《けっさい》（心身を清めること）に入るべきところであったが、様々な不都合により、この秋に入られる。九月（長月《ながつき》）には、直《す》ぐに、野宮《ののみや》（斎宮・斎院になる皇女が身を清める仮の宮殿）に移る予定で、「二度《ふたたび》の御祓《はらえ》」（野宮に入る前の禊《みそぎ》）の準備が、引き続いてされるべきところであるものの、母六条御息所が、ただもう、心許《こころもと》ない状態で、考えることもできず、ぼんやりとして病《やまい》に臥《ふ》しているので、斎宮に仕える人々は、「一大事《いちだいじ》である」と祈祷《きとう》などを様々に行《おこな》っている。

六条御息所は、容態《ようだい》が重いと言う程《ほど》の様子ではないが、はっきりしないまま月日を過ごしている。

大将殿（源氏）の方も、六条御息所に、常に見舞いを伝えてはいるものの、一方で、もっと大切な方（正妻葵の上）が、たいそうひどく患《わずら》っているので、心の落ち着く暇《いとま》もない様子である。

［一四］

左大臣家では、「まだ、女君（葵の上）の出産の時期ではない」と誰もが油断していたところ、急に産気《さんけ》づいて苦しみ出された。祈禱《きとう》を、今まで以上に数を尽《つく》して盛大に行わせるが、あの例の執念深《しゅうねんぶか》い物の怪一つだけは、一向《いっこう》に動かない。尊《とうと》い修験者達《しゅげんじゃ》も、

修験者達「滅多にないことである」

と、困っている。それでも物の怪は、さすがに調伏《ちょうぶく》されて正体《しょうたい》を現《あらわ》すと、辛《つら》そうに泣きながら、

葵の上（物の怪）「少し祈禱を緩《ゆる》めて下さい。大将（源氏の君）に申し上げるべきことがあります」

と、言う。

（読者として……物の怪は、葵の上に取り憑《つ》いて口を借りて言っていますが、周りの人々は、葵の上自身の言葉であると思っています。修験者は、物の怪の言葉として、受け止めているようです。これからの場面は、葵の上と物の怪が、一体となって展開します）

修験者「それならば。何か訳《わけ》があるのだろう」

と、言うと、源氏の君を、女君（葵の上）の寝ている傍《かたわ》らの几帳《きちょう》の所にお入れした。女君は、まるで、これが最期《さいご》ではないかと思われる様子である。

左大臣と大宮「源氏の君に、お伝えしたい話があるのかもしれません」

と、言って、少し後ろに下がった。加持祈祷《かじきとう》の僧侶《そうりょ》達が、声を静めて法華経《ほけきょう》を読む有様は尊《とうと》く感じられる。源氏は、几帳の帷子《かたびら》（垂《た》らしてある布）を引き上げて、女君の様子を見てみると、たいそう美しい姿ではあるが、お腹《なか》をかなり高くして横になっている。

〈他人であっても、女君（葵の上）を見れば、狼狽《うろた》えるに違いない。まして、源氏は夫であるから、愛《いと》しくも、惜《お》しくも、悲しくも思っているが、当然のことである〉

白い装束《しょうぞく》に、黒い御髪《みぐし》の色合いが映えて一層美しく見える。御髪は、たいそう長く豊かで、束《たば》ねて身体に添《そ》わせている。

源氏（内心）「このようなお姿こそ可愛らしい。優美さも加わって、美しい方であったのだと今になって分かる」

と、思いながら見ている。女君の手を取って、

源氏「ああ、悲しいことです。私に辛い思いをさせるのですか」

と、言うと、後《あと》は、何も言えなくなって泣くばかりである。

〈いつもならば、女君は、たいそう面倒そうに、こちらが恥ずかしくなるほどの眼差《まなざ》しで、ひどくだるそうに、じっと見上げながら見つめて来るのに、今日は、涙をこぼしている有様である。その姿を見ている源氏が、どうして、しみじみとした愛情を抱かずにいられようか〉

（読者として……いつもの葵の上とは違う様相《ようそう》です。物の怪の取り憑いた姿ですが、源氏は分かっていません）

女君（葵の上）が、あまりにひどく泣くばかりなので、

源氏（内心）「辛い思いをされている、親達（左大臣と大宮）の気持ちを察《さっ》して、その上、私まで、このように傍で見舞っているので、名残惜《なごりお》しく、悲しく思われているのだろうか」

と、推察《すいさつ》して、

源氏「何事につけても、そんなに思い詰《つ》めてはいけませんよ。いくら何でも、命に関《かか》わるほどではありませんから。万が一、死に別れることがあったとしても、必ず、逢《あ》う瀬《せ》（夫婦の縁《えにし》）で巡り合えるのですよ。左大臣と大宮などとも、深い縁の親子は、生まれ変わっても繋がって、再び会えると思って下さい」

と、慰《なぐさ》めていると、

葵の上（物の怪）「いいえ。そんな事ではないのです。私の身が、たいそう苦しいので、暫《しばら》くの間、祈禱を緩《ゆる》めて頂きたいとお伝えしたいと思いまして。このように、こちらに来ようとは、まったく思いもしていませんでしたが、物思いに悩み、苦しむ者の魂は、本当に身から抜け出て、さ迷うものの様《よう》でした」

と、源氏を懐《なつ》かしむように言う。

葵の上（物の怪）**なげきわび空に乱るるわが魂《たま》を結びとどめよしたがひのつま**

（嘆き悲しむあまりに、我が魂は、心が宙に浮かぶ有様で、空を乱れるように、さ迷っています。衣の下前の褄《つま》［端《はし》］に結んで、繋《つな》ぎ止《と》めて下さい）

と、歌を詠む声や雰囲気は、女君（葵の上）とはまったく違う、別人になってしまっている。

源氏（内心）「まったく奇妙なことだ」

と、あれこれ考えてみると、まさに、あの六条御息所だったのである。

源氏（内心）「何と、驚いたことだ。人々が、あれこれと噂しているのを耳にして、『口さがない者達の勝手気儘《かってきまま》な冗談《じょうだん》だ』と不快に思いながら聞き流していたが、目の前に、物の怪を実際に見ているのだ。この世には、このような事が本当にあるのか」

と、気味が悪くなってくる。

源氏（内心）「ああ、嫌なことだ」

と、思い、物の怪に向かって、
源氏「そのようなことを言っても、誰なのか分からぬ。はっきりと名乗《なの》れ」

と、言いながらも、源氏の目には、明らかに、「その人（六条御息所）である」と分かる有様であった。

〈あさましとは世の常なり（驚《おどろ》き呆《あき》れるどころの話ではない）〉


女房達が、近くにやって来るだけで、源氏は、はらはらする思いで決まりが悪い。

［一五］

葵の上（物の怪）の声が、少し静まった様子である。

大宮「今が良いでしょう」

と、言いながら、薬湯《やくとう》を持って傍へ行った。女君（葵の上）は、抱き起《お》こされる。間もなくして、御子《みこ》が誕生した。

（読者として……当時の女性は、後《うし》ろから抱《だ》き抱《かか》えられて、座ったままの姿勢で出産したようです。源氏の長男夕霧《ゆうぎり》の誕生です）

人々「喜ばしいことですね」

と、この上ない嬉しさであるが、加持祈祷《かじきとう》に追い立てられて、憑坐《よりまし》に乗り移った物の怪らが、女君（葵の上）の出産を妬《ねた》み、狼狽《うろた》える様子は、たいそう騒がしく、後産《あとざん》のことも、一方では気掛かりである。

言葉では言い尽くせぬほどの願《がん》を立てた効験《こうけん》か、後産も無事に終わった。加持祈祷を行った山の座主《ざす》（比叡山延暦寺《ひえいざんえんりゃくじ》の高僧）やその他の貴い僧侶達は、誇《ほこ》らしい顔付きで、汗を押《お》し拭《ぬぐ》いながら、急いで退出した。多くの人々が、物思いの限りを尽《つく》して女君を心配し、看病《かんびょう》したので、日頃の病についての心配はまだあるものの、少し一休《ひとやす》みして、人々（内心）「今となれば、もう安心。まさか危《あぶ》ないことはないだろう」と、思っている。

御修法《みずほう》などが、再び、新《あら》たに始められて、女君に付き添っている。とりあえず、楽しい雰囲気である。珍しくもある御子の誕生に、誰もが皆、気を緩《ゆる》めている。

院をはじめとして、親王達、上達部などが一人残らず、産養《うぶやしない》（誕生の祝宴）を、数々盛大に催すので、毎晩、大騒ぎとなっている。誕生した御子が男の子で、お祝いは、ますます賑《にぎ》やかなものとなって喜びに満ちている。

一方で、あの六条御息所は、このような左大臣家女君（源氏の正妻葵の上）の様子を耳にすると平静ではいられない。一時は危篤《きとく》との噂もあったので、六条御息所（内心）「無事に出産したとは、なんとまあ」

と、つい、思っていた。

六条御息所は、奇妙にも、自分が、自分ではなかったような感覚を思い返してみると、装束《しょうぞく》などにしっかりと、修法《ずほう》（加持祈祷《かじきとう》）の護摩《ごま》で焚《た》く芥子《けし》の香りが、染み付いているのだった。気味が悪くて、御髪《みぐし》を泔《ゆする》（洗髪の湯水）で洗い、着替えをしてみるものの、匂いは消えず、やはり同じままである。我が身でさえも気持ちが悪いのに、まして、世間の人々が何を言い、何を思っているかと思うと気になるものの、人に尋ねることはできない。自分の心の内だけで思い嘆いていているうちに、ますます平常心を失って、心の乱れは、ひどくなるばかりであった。

大将殿（源氏）は、女君（葵の上）が無事に御子を出産されたことで、少しは気持ちも落ち着いた。しかし、あの驚くばかりの物の怪の問《と》わず語《がた》り（人から尋《たず》ねられもせずに話すこと）を思い出すと不気味である。六条御息所に、ご無沙汰《ぶさた》していることは気掛かりであるが、源氏（内心）「間近《まぢか》で対面したならば、どのような気持ちになるだろうか。気味悪くなるに違いない」

と、思う。六条御息所にも気の毒なので、あれこれと考えを巡らして、手紙だけを届けることにした。

女君（葵の上）は、ひどく病《やまい》を患《わずら》っている中での出産であったから、産後の経過《けいか》は気掛かりなことであった。

人々「油断《ゆだん》せぬように」

と、誰もが思っていた。それは当然のことであり、源氏も外出を控《ひか》えている。

女君（葵の上）は、産後も依然《いぜん》として、たいそう具合の悪い様子である。源氏は、これまでのような余所余所《よそよそ》しい対面でさえも、未《いま》だにできていない。

若君（夕霧）は、恐ろしいほどに美しい御子で、源氏は、既《すで》に今から、たいそう格別な思いで可愛がり、世話をしている。その姿は並一通《なみひととお》りではない。

左大臣は、娘（葵の上）が源氏の御子を無事に出産し、思い通りに念願の叶《かな》った嬉しさを味わっていた。ただ、女君の様子が快方《かいほう》に向《む》かわないことを心配し、

左大臣（内心）「あれほど酷《ひど》い病《やまい》の中での出産だったのだから、その名残《なごり》なのだろう」

と、思い直している。

〈どうして、いつまでも、皆、そのように葵の上の病状ばかりを、心配していられようか。いられるものではない〉

【一六】

若君（夕霧）の目元《めもと》の美しさは、春宮《とうぐう》（皇太子、藤壺と源氏の秘事《ひじ》の罪の息子）に、たいそう似ている。源氏は、若君を見ていると、何はともあれ春宮を恋しく思い出し、会いたい気持ちを抑《おさ》えることができず、宮中へ参内《さんだい》することにした。

源氏「宮中などへも、たいそう長い間、参っておりませんので気掛《きが》かりでおります。今日、これから、久しぶりに参内いたしますが、貴女（正妻葵の上）と、もう少しお傍近くでお話をしたいものです。あまりにも、もどかしいです。心に隔てのある打《う》ち解《と》けないご様子で」

と、恨み言のように言うと、

女房「ごもっともです。ご夫婦なのですから、ただ、いつまでも、優美さばかりの体裁《ていさい》を繕《つくろ》っているような間柄ではありません。女君は、たいそう弱っておられますが、夫である源氏の君と物越しで対面するなど、あって良いはずありません」

と、言って、横になっている女君（葵の上）の寝床《ねどこ》の傍《そば》に御座所を作った。源氏は、そこへ入ると女君に話し掛ける。女君は、時々、返事をするものの、やはりまだ、たいそう弱々しい有様である。しかし源氏には、「もはや、亡き人となってしまうのではないか」と、心配した時のご様子を思い出すと、夢のような嬉しい気持ちである。危篤《きとく》であったことなどを話しながらも、あの、すっかり息絶《いきた》えてしまったような姿から、一変、物の怪に取り憑かれて、くどくどと話していたことなどは、思い出すだけでも憂鬱《ゆううつ》になる。

源氏「さあ、もう良いです。お話したいことは沢山《たくさん》あるのですが、まだ、たいそう辛《つら》そうに思われますので」

と、言うと、

源氏「薬湯《やくとう》を持って参れ」

などと、世話までするので、

女房達「何時《いつ》、このような事、覚えられたのかしら」

と、皆、しみじみと嬉しく思っている。

たいそう美しい女君（葵の上）が、すっかり弱々しくやつれてしまい、生きているのかどうかという有様で横になっている姿は、たいそう果敢無《はかな》く労《いたわ》しく見える。御髪《みぐし》が、一筋《ひとすじ》も乱れずに、はらはらと掛かる枕の辺りは、滅多《めった》にない美しさである。

源氏（内心）「長年、我が身は、この方（葵の上）の、どこに満足できないと思っていたのだろうか」

と、自分でも、不思議なまでに、じっと見つめてしまう。

源氏「父院の御所などに参上致しましたら、直《す》ぐに戻って参ります。今日のように、もどかしい思いをせずにお会いできるならば嬉しいことです。母宮が、ずっと付き添っておられたので『分《ふん》別《べつ》に欠《か》ける』と思われぬように遠慮して過ごし、辛《つら》い思いをしておりました。やはり少しずつ気持ちを強く持つようにして、いつもの御座所でこそ、お会いしたいものです。あまり子供のように振る舞っておられるから、ある意味、このように、いつまでもお身体が優《すぐ》れないのですよ」

などと、言い聞かせると、たいそう優美に、さっと身支度《みじたく》を整えて、宮中へ出掛けて行った。女君（葵の上）は、常《つね》より（いつもよりも）源氏の姿を、じっと注意深く見つめると、その本性を見抜いて横になっている。

（読者として……「常より」に物の怪の気配を感じます。葵の上と物の怪、どちらの描写であるのか、想像力が試されるような場面です）

秋の司召除目《つかさめしじもく》（在京の諸官の人事異動による任命儀式）が行われることになっている。大殿《おおとの》（左大臣）も参内《さんだい》する。子息達《しそくたち》も功労《こうろう》を申し立て、官位の昇進を望んでいるので、父左大臣の傍を離れる訳にはいかず、皆、一緒に、参内してしまった。

［一七］

左大臣邸は、人の数が少なくなって、ひっそりとしていた。その時、急に、女君（葵の上）は、あの胸を咳《せ》き上げる発作《ほっさ》を起こし、ひどく激しい苦しみに襲《おそ》われた。宮中に、知らせる間もなく、亡くなってしまった。

足が地に着かない有様で、誰もが皆、宮中を退出して来た。司召除目《つかさめしじもく》の夜であったが、これは、もはやどうにもならぬ辛《つら》い事情であるから、すべての行事は中止になったようである。

大騒ぎとなったのは夜半《やはん》過ぎのことで、山の座主《ざす》やその他の僧侶達に、請《こ》い願って招くこともできない。「今となれば、もう安心」と油断していたので、驚くばかりの事態である。邸内では、人々が、物にぶつかるほど慌《あわ》てふためいている。

あちらこちらの方々《かたがた》から、見舞いの使いなどが次々とやって来る。しかし女房達は、取次《とりつ》ぎもできず、邸は、悲しみに満ちて、揺れるような有様である。

〈人々が、ひどく動転《どうてん》する有様は、たいそう恐ろしく思われる〉

人々は、女君（葵の上）が、物の怪に、度々、取り憑かれた際のことを思い出し、枕《まくら》の向きもそのままにして、二、三日、様子を見ていた。しかし、だんだんと変わる姿に、「もはや、これまで」と諦《あきら》める時には、誰もが皆、悲しみに暮れていた。

（読者として……枕を、北向きに枕がえしすると、蘇生《そせい》［生き返ること］はできないと考えられていました）

大将殿（源氏）は、女君（葵の上）との悲しい別れに、物の怪の件も重なり、男女の仲をたいそう厭《いと》わしく身に染みて感じていた。深い付き合いの女の方々からの弔問《ちょうもん》にも、源氏（内心）「嫌《いや》な気分だ」

と、すべて、そのようにばかり思っている。

院も悲嘆して弔問《ちょうもん》を送られる。左大臣は、却って面目《めんぼく》が立ち、嬉しい気持ちではあるものの、涙は暇《いとま》なしの有様である。

周りの者の言葉に従って、壮大《そうだい》な加持祈祷《かじきとう》などを、左大臣（内心）「もしや、生き返ることもあるだろうか」

と、あれこれ余すところなく試してみる。一方で、女君の亡骸《なきがら》が傷《いた》んで行くのを見れば見るほど、悲しみは尽きず、取り乱す思いである。何の甲斐《かい》も無く、葬儀の頃となる。

左大臣「もはや、どうにもならない」

と、鳥辺野《とりべの》（平安京の葬送の地）に亡骸を移すことにする。その時ほど辛く、悲しみの深まることはなかった。

あちらこちらからやって来た、野辺送《のべおく》りの人々や数多くの寺の念仏僧《ねんぶつそう》などで、辺り一帯の広い野原は埋《う》め尽くされている。院はもちろんのこと、后《きさい》の宮《みや》（藤壺）や春宮《とうぐう》などの使いの者の他にも、数多くの方々が、入《い》れ替《か》わり立《た》ち替《か》わりやって来て、終わりのないほど丁重《ていちょう》な弔問《ちょうもん》がされている。左大臣は、立ち上がることもできない。

左大臣「このような晩年になって、若い盛りの娘に先立《さきだ》たれ、這《は》い回《まわ》るほどの悲しみに暮れることになるとは」

と、決《き》まり悪《わる》くも泣いてしまう姿を、周りの人々は悲しい思いで見ている。荼毘《だび》（火葬）は、一晩中、念仏を盛大に行う儀式であるものの、たいそうあっけなく骸骨《かばね》だけが残り、暁近《あかつきちか》く（夜明け前）、帰途《きと》につく。

〈人の死は、世の常のことであるものの、源氏がこれまで直《じか》に見たのは一人（夕顔）だろうか。多く経験することでもないからか、女君（正妻葵の上）を類《たぐい》ない人であったと思い焦《こ》がれている〉

八月二十日過ぎの有明月《ありあけづき》の頃であった。空の景色も心に染《し》みる風情である。左大臣が、娘（葵の上）の死去で、子ゆえの親心《おやごころ》の闇の中を途方《とほう》に暮《く》れて苦しむ姿に、源氏は、「当然の悲しみである」と思いながらも悲しくて、空ばかりを眺めている。

源氏　のぼりぬる煙《けぶり》はそれと分かねどもなべて雲居《くもゐ》のあはれなるかな

（荼毘《だび》に付《ふ》し、空へ昇って行った煙は、どの雲になったのか。分からないけれども、すべての雲が、しみじみと愛《いと》しく思われることよ）

（読者として……源氏が空を眺める描写に、物語を読む当時の人々は、『古今和歌集』の歌を思い浮かべたと思われます。

「大空は恋しき人の形見かは物思ふごとにながめらるらむ」

空を形見として見る発想から、火葬の煙が雲となって行く、空全体を哀《かな》しみの情景とした歌です。

紫式部の文章には、多くの文献からの引用や引歌が見られます。教養に裏打ちされた文体には、複雑ながら無駄な語彙《ごい》がなく、とても洗練されたもので、紫式部の思考の奥深さに圧倒される思いになります）

［一八］

左大臣邸に戻ってからも、源氏は、まったく微睡《まどろ》むことさえできない。長年の女君（正妻葵の上）の姿を思い出しながら、

源氏（内心）「どうして、私は、女君の方から、いずれ、しぜんと心変《こころが》わりされるだろうと気長《なが》に思い、その場限りの慰《なぐさ》みの女遊びをしていたのか。女君は、辛く思われていたことだろう。長い歳月、ずっと私を疎《うと》ましく思い、気詰《きづ》まりな夫と思ったまま、とうとう亡くなってしまったのだ」

などと、後悔することが多く、あれこれと思い出している。

〈今となっては、どうにも甲斐《かい》の無いことである〉

鈍色《にびいろ》（喪服《もふく》の色）の装束を身に付けながらも、現実とは思えぬ悪い夢を見ているような心地である。

源氏（内心）「もし、私が先に旅立っていたならば、女君は、夫の私を思い、もっと深い色に喪服を染めただろうに」

と、思うことさえ悲しくて、

源氏　**限りあれば薄墨衣《うすずみごろも》あさけれど涙ぞ袖《そで》をふちとなしける**

（定《さだ》めにより、薄墨色の衣を着ているが、溢《あふ》れる涙で袖が濡《ぬ》れ、深い淵《ふち》のような藤《ふじ》色に変わってしまったことよ）

と、歌を詠み、念誦《ねんず》をしている姿は、ますます、優美さが増して見える。経文《きょうもん》を、静かな声で読みながら、「法界三昧普賢大士《ほうかいざんまいふげんだいじ》」と唱える姿は、勤行《ごんぎょう》に慣れている法師よりも一段と優《まさ》っている。

源氏は、若君（夕霧）を見るにつけても、「何に忍《しの》ぶの」と古歌を思い浮かべ、露《つゆ》のように湿《しめ》っぽく、涙に濡《ぬ》れているが、

源氏（内心）「このような形見の子（若君）までも、いなかったとしたら」

と、気持ちを慰《なぐさ》めている。

大宮は、すっかり悲嘆に暮れて、そのまま寝込《ねこ》んでしまい、起き上がることもできない。命さえ危《あや》うく見えるので、再び、邸《やしき》の中は大騒ぎとなり、加持祈祷《かじきとう》などをさせている。

時は果敢無《はかな》くも過ぎて行き、大宮は、法事《ほうじ》（死者の追善供養《ついぜんくよう》、四十九日まで七日毎《ごと》に行う）

の支度《したく》をさせるものの、思い掛けない事の成り行きに、悲しみは尽きることのない様子である。〈出来《でき》の悪い頼りない子であったとしても、親が我が子《わこ》を思う気持ちは計《はか》り知れないものだろう。まして、女君（葵の上）は、素晴らしい娘であったのだから、深い悲しみは当然である。他に娘がいないのさえ心寂しく思われて、「袖《そで》の上の玉の砕《くだ》けたりけむ」という昔の言葉よりも、もっと嘆かわしい有様である〉

大将の君（源氏）は、自邸二条院にさえ、まったく帰らず、しみじみと女君の死を心から深く悲しみ、嘆き、勤行《ごんぎょう》を真面目《まじめ》にしながら、日々を過ごしている。あちらこちらの忍び歩きの女方達には、手紙だけを送っている。

あの六条御息所《ろくじょうのみやすどころ》は、娘斎宮が左衛門府《さえもんのつかさ》（宮中の役所）に入り、たいそう厳《きび》しい潔斎《けっさい》をする身となったことを口実《こうじつ》にして、手紙を交《か》わすこともしない。

源氏は、「辛《つら》い」と思うばかりの人生が、身に染《し》みてすっかり嫌になり、

源氏（内心）「このような絆《ほだし》さえ無ければ、出家の願いを果《は》たすこともできるのに」

と、まず、最初に、

源氏（内心）「今頃、対《たい》の姫君（紫の上）は、寂しくしているだろう」

と、その姿を、ふと思い浮かべている。

夜は、御帳《みちょう》の中で独《ひと》り寝《ね》をしている。宿直《とのい》の女房達が、近くで周りを囲むように控《ひか》えているが、直《す》ぐ傍《かたわ》らは寂しくて、「時しもあれ」（よりによって秋に悲しい別れとは）と古歌を思い浮かべながら、何度も目を覚ましている。

声の良い僧侶ばかりを選んで、念仏を唱《とな》えさせている。暁方《あかつきがた》（夜明け前の暗い頃）の時分、その声は、耐《た》え難《がた》い悲しみをそそる。

［一九］

源氏（内心）「深まる秋の風情に、ますます風の音も身に染みることよ」

と、慣れない独り寝になかなか眠れず、長い夜である。

夜明け頃、辺り一面、霧の立ち込める中、菊の花の咲き始めた枝に、濃い青鈍色《あおにびいろ》の文《ふみ》（手紙）を結び付けて、そっと置いて行った者がいた。

源氏（内心）「洒落《しゃれ》たことを」

と、思いながら見てみると、六条御息所の筆跡である。

六条御息所（手紙）「ご無沙汰しておりますが、その間の私の気持ち、お分かり頂けるでしょうか。

人の世をあはれと聞くも露けきにおくるる袖を思ひこそやれ

（人生は無常ですが、女君［葵の上］の亡くなられたことを聞き、涙がちでおります。後《あと》に残された貴方の袖が、どれほど涙で濡れていることかと思うばかりに案じておりまして）

ただ、今、目の前の空を見るだけでも、貴方への思いが溢《あふ》れます」

と、書かれている。

源氏（内心）「いつにも増して、優雅《ゆうが》に書かれていることよ」

と、やはり、そのまま置くこともできずに見ているが、

源氏（内心）「素知《そし》らぬ顔での弔《とむら》いであるな」

と、物の怪を思い出すと不愉快《ふゆかい》になる。しかし、だからと言って、まったく返事をしないのも気の毒で、六条御息所の名を穢《けが》すことにもなり兼《か》ねず、思案に暮れている。

源氏（内心）「故女君（正妻葵の上）は、どちらにしても、亡くなる運命だったのだろう。しかし、どうしてあのようなもの（六条御息所の物の怪）をはっきりと見て、声を聞くことになったのだろうか」

と、悔しくもなる。

〈六条御息所は、源氏の言動に苦しみ、物の怪となってしまったのである。しかし源氏は、依然として気が付きもせず、思い直すこともできない様子である〉

源氏（内心）「斎宮の潔斎《けっさい》の最中《さなか》、畏《おそ》れ多《おお》いことではないだろうか」

などと、長いこと思案に暮れていたが、

源氏（内心）「六条御息所から、わざわざ届いた手紙に返事をしないのは、やはり、情《なさ》け知らずと思われるだろう」

と、思い、紫の鈍色《にびいろ》がかった紙に、

源氏（手紙）「たいそう長い間、ご無沙汰しておりました。いつも、貴女のことを思いながらも、服喪中であり、お手紙を頂けないのは、それをお分かり頂いているからであると思っておりました。

とまる身も消えしも同じ露の世に心おくらむほどぞはかなき

（この世に残された者も、消えて亡くなった者も、同じ露のような命です。思い詰めて執着する「取り憑《つ》く」のは虚《むな》しいことです）

恨みを抱いておられるようですが忘れて構いません。ご覧頂けないかもしれませんので、私も、しるしだけのお返事を」

と、六条御息所の物の怪を仄《ほの》めかす歌を詠んで返事とした。

六条御息所は、里邸（六条京極辺り）で源氏からの返事を受け取った。こっそりと見てみると、源氏が物の怪について仄《ほの》めかしている。心《こころ》の鬼《おに》（良心の呵責《かしゃく》）もあるだけに、はっきりと読み取り、

六条御息所（内心）「思った通りだった。自分が物の怪になっていたのだ」

と、思うだけでも、ひどく苦しくなる。

六条御息所（内心）「やはり、我が身は、どこまでも辛《つら》い運命だったのだ。このような噂が立ったならば、院（源氏の父）は、どのように思われることか。故前坊《こぜんぼう》（院の弟、前春宮、六条御息所の夫）とはご兄弟で、お二人は、たいそう親しい仲であったから、娘の斎宮のことについても、生前、心から頼りにされて、ご遺言《ゆいごん》を託《たく》されたのだ。院は『故前坊の代わりに、私が引き続いて、貴女（六条御息所）のお世話をしよう』などと、常々仰《つねづねおお》せ下さり、『そのまま、宮中の後宮で暮らすように』とも、度々お話を頂いたことさえ、私は、『まったく、とんでもないことで』とご辞退申し上げていたのに、このように、思いがけない方（源氏の君）から言い寄られ、大人げなく恋の物思いを抱え、挙句《あげく》の果《は》てには、浮き名（悪い噂）まで流すことになってしまったとは」

と、思うと、心は乱れるばかりで、やはり平常心ではいられない。

六条御息所は、心の中では悩みを抱えているものの、一方で、世間では、だいたいのところ、奥ゆかしく、風情のある方と噂され、昔から評判の高い方である。娘斎宮が、野宮《ののみや》へ移る際にも、趣深く、今風のお洒落《しゃれ》を多く取り入れたりしていたので、世間の人々「殿上人《てんじょうびと》の中でも、風流好きの者達は、朝に夕に、草の露を踏み分けながら、六条御息所を目当てに野宮を訪れて、まるで、それが役目であるかのように振る舞っているようだぞ」

などと、噂している。それを、大将の君（源氏）は耳にして、源氏（内心）「それも、当然のことだろう。風情については、どこまでも、人の心を惹《ひ》き付ける方であるからな。もし、世間での男女の仲に飽《あ》き飽《あ》きして、伊勢へ下ってしまわれたならば、それはそれで、心寂《こころさび》しくなるに違いない」

と、そのようにも、思っているのだった。

［二〇］

故女君（葵の上）の七日毎《ごと》の法事は過ぎているものの、正日《しょうにち》（四十九日）までは、やはり左大臣邸に籠《こも》って過ごしている。

中将（内心）「源氏の君は、慣れない日々が続いて、寂しく物思いに沈んでいるのではないか」

と、三位中将《さんみのちゅうじょう》（故葵の上の兄）が、始終《しじゅう》やって来ては世間話などをしている。真面目な話もあれば、また、いつもの好色めいた話などを話題にして慰《なぐさ》めている。

〈その中でも、あの源典侍《げんのないしのすけ》を取り合った話は、笑いの種《たね》になるようである〉

源氏「ああ、何と気の毒な。祖母殿《おとど》（典侍、老女の敬称）の身の上を、そんなに軽々しく馬鹿にしてはいけないぞ」

と、諌《いさ》めながらも、いつも、

源氏（内心）「面白かったな」

と、思い出している「紅葉賀」［一三］～［一五］。

あの春の十六夜月《いざよいづき》の頃「末摘花」［三］、暗闇の中で、はっきりとは見えなかった末摘花との出会いや、その後の秋の思い出、その他の様々な色恋事の話など、互いに、何もかも隠さずに話している。挙句《あげく》の果《は》てには、この世の無常をあれこれと言い合って、泣き出してしまう場面もあったようである。

時雨《しぐれ》（晩秋から初冬に急に降り出す冷たい雨）が降って、しみじみとした風情の夕暮れ時、中将の君（三位の中将）は、鈍色《にびいろ》の直衣《のうし》や指貫《さしぬき》を薄い色に衣替《ころもが》えして、たいそう男らしく、美しく立派な姿でやって来た。

（読者として……中将の君は、喪服の色を、濃い色から薄い色に着替えています。衣替えは、十月一日です）

源氏は、西の端の高欄《こうらん》に寄り掛かり、霜枯《しもが》れした前栽《せんざい》（庭の植え込み）を眺めているところだった。風が荒々しく吹いて、時雨がさっと降り始めると、涙も先を争うように流れ落ちる心地である。

源氏「『雨となり雲とやなりにけん、今は知らず』」（『全唐詩』）

と、独り言のように呟《つぶや》いて、頬杖《ほおづえ》をついている姿に、

中将（内心）「もし、自分が女ならば、この人を後《あと》に残して死んだとしても、魂は、必ずや傍《かたわ》

らにいるだろう」

と、色好みの性分から、目を奪われながら近づいて、傍《そば》に座る。源氏は、ゆったりとだらしない恰好《かっこう》をしながらも、直衣《のうし》の紐《ひも》だけは差し直している。源氏の方は、中将よりも、もう少し濃い色の夏の直衣で、紅《くれない》の潤《うるお》いのある色の下襲《したがさね》を重ねた喪服《もふく》姿は、見ていて飽《あ》きることのない風情である。

（読者として……源氏は、まだ衣替えをしていません。軽い服喪の際、紅色《くれないいろ》を用いることがあります）

中将も、たいそう趣深《おもむきぶか》い眼差《まなざ》しで空を眺めた。
中将 **「雨となりしぐるる空の浮雲《うきぐも》をいづれの方とわきてながめむ**
（雨が降り、時雨模様《しぐれもよう》の空の浮雲の、どれを女君［妹葵の上］であると思って眺めれば良いのであろうか）
行方《ゆくえ》は分からないままで」
と、独り言のように言う。
源氏　**見し人の雨となりにし雲居《くもゐ》さへいとど時雨にかきくらすころ**
（亡き人［正妻葵の上］が雨となる空の雲まで、すっかり時雨に閉ざされてしまった。悲しみの

涙で何も見えない今日この頃であることよ）

と、歌を詠む。源氏の表情からは、故女君への愛情の浅くはなかった様子が、はっきりと見受けられる。

中将（内心）「これは、一体どういうことだろうか。長年、源氏の君の女君（源氏の正妻葵の上、中将の妹）への愛情は薄いように思われて、院（源氏の父）は、心配のあまり言葉を掛けておられた。左大臣（中将の父）が、源氏の君を丁重《ていちょう》にもてなす様子も労《いたわ》しく、大宮（中将の母）も源氏の叔母《おば》として血縁ゆえの繋がりを大事にしていた。それだからこそ、源氏の君は、女君を振り捨てることができず、憂鬱《ゆううつ》な気持ちを抱えながらも連れ添っているのだろうと、私には気の毒に思えることが度々あった。実際のところ、源氏の君は、女君を大切な正妻として、格別な思いを持っておられたのか」

と、今になって分かると、女君の死が、ますます悲しくて残念に思う。万事につけて、光を失ったような気持ちになり、塞《ふさ》ぎ込んでしまった。

源氏は、冬枯れした下草の中に、竜胆《りんどう》や撫子《なでしこ》などの顔を出して咲いている花を、女房に折り取らせる。中将の帰った後、若君（夕霧）の乳母、宰相《さいしょう》の君《きみ》を使いにして、大宮への手紙に添えて届けさせる。

源氏（手紙）「**草枯れのまがきに残るなでしこを別れし秋のかたみとぞ見る**

（草の枯れた垣根に残る撫子のような若君を、過ぎ去った秋に亡くなった女君の形見として、大切に思っております）

若君は、女君の美しさには劣ると、思われるでしょうか」

と、書かれていた。

本当に、若君の無邪気《むじゃき》な笑顔は、とても可愛らしい。大宮は、風が吹くだけで、木《こ》の葉《は》が落ちるよりも先に涙を流しているほどであるから、まして、源氏の君からの手紙を手に取ることさえもできない様子である。

大宮　**今も見てなかなか袖《そで》を朽《くた》すかな垣ほ荒れにし大和《やまと》なでしこ**

（今も、若君を見ながら、ますます袖は涙で濡《ぬ》れるばかりです。荒れ果てた垣根《かきね》の大和撫子《やまとなでしこ》のような若君です）

［二一］

源氏は、ますますひどく物寂しい思いとなって、朝顔の宮に手紙を書いた。

源氏（内心）「今日の時雨《しぐれ》の風情の中ならば、いくら何でも、私の気持ちを分かって下さるだろう」

と、相手の気持ちを察することのできる朝顔の人柄に期待して、暗い時分ではあったが、手紙を届けた。久しぶりではあったものの、元々そのような間柄で、朝顔は特に気にすることもなく手紙を見ている。時雨の空模様の色をした唐《から》の紙に、

源氏（手紙）「**わきてこの暮こそ袖は露けけれもの思ふ秋はあまたへぬれど**

（とりわけ今日の夕暮れは、袖が涙に濡れるばかりです。物思いに沈《しず》む秋は、これまでにも多く経験してきたのですが）

いつもの時雨は、これほどまでには」

と、書かれている。筆跡などを見ると、念入りに書かれている様子で、いつもよりも見応《みごた》えのある手紙である。

朝顔の女房達「見過ごすことは、できない折でございます」

と、源氏が服喪中であることを慮《おもんぱか》って言っている。朝顔もそのような思いになる。

朝顔（手紙）「喪に服し、籠《こも》っておられるだろうと思いを馳《は》せながら、ご遠慮致しておりまして、**秋霧に立ちおくれぬと聞きしよりしぐるる空もいかがとぞ思ふ**

（秋の霧が立ち込める頃、女君［葵の上］は亡くなられたとお聞きしました。今日のような時雨の空を、どのようなお気持ちで眺めておられるかとお察し致しております」

と、それだけが、薄い墨の色で書かれている。源氏には、朝顔への思い込みがあるせいか、心惹かれてしまう。

〈何事につけても、実際に会ってみると、思っていた以上に優《すぐ》れているということは、滅多《めった》にないのが世の常だろう。しかし、相手が冷たい人であればあるほど、心惹かれてしまうのが源氏の性分《しょうぶん》である〉

源氏（内心）「そ知らぬ振りをしながらも、然《しか》るべき時々には、細《こま》やかな気配《きくば》りを忘れることのない、このような人（朝顔）こそ、人生の最後まで、互いに情《なさ》けを交《か》わすことができるのだ。やはり、風情《ふぜい》や情趣《じょうしゅ》ばかりが行き過ぎて、人目に付くばかりの人は、度《ど》を超《こ》すあまり欠点も目立ってしまうのだろう。対の姫君（紫の上）を、そのようには育てたくないものだ」

と、思っている。

源氏（内心）「姫君は、退屈して、私を恋しく思っているだろうな」

と、忘れる時はない。

それは、ただ、母親のいない子供を、女房に任せて家に置いて来ているような心境で、会わずにいても、気が咎《とが》めることも、「どうしているだろうか」と心配することもない。源氏には、気楽な相手の姫君（紫の上）であった。

［二二］

源氏は、引き続き左大臣邸で過ごしている。日はすっかり暮れて、灯火を近くに用意させ、嗜《たしな》み深い女房ばかりを召《め》して、傍《かたわ》らで物語（世間話）などをさせている。

中納言の君と呼ばれる女房は、長年、源氏がこっそりと情《なさ》けを掛けていた人である。この度《たび》の喪中《もちゅう》、源氏は、そのような筋合《すじあ》いのことは慎《つつし》んでいるので、

中納言の君（内心）「故女君（葵の上）への深いお気持ちゆえのことよ」

と、思いながら見ている。

源氏は、目の前の女房達に、優しく語り掛けている。

源氏「このように、喪に服す間、故女君の生前にも増して、皆と一緒に過ごし、見慣れて親しくなってきたが、いつまでも、こうしてはいられない。恋しくならないはずはないだろうな。この度の悲しみ（葵の上の死）は言うまでもないが、ただ、あれこれと考えてみると、人生は耐《た》え難《がた》い悲しみばかりであるな」

と、言うので、その場の女房達は、皆、激しく涙を流し、
女房「どうにもならない、この度の悲しみ（葵の上の死）は、ただもう涙に暮れるばかりで、それは、もっともなことではありますが、源氏の君まで、名残《なごり》の無い様子で疎遠《そえん》になられたらと、思うだけでも悲しくて」
と、言葉が続かない。
源氏（内心）「可哀想に」
と、思いながら皆を見渡して、
源氏「どうして、名残の無いことがあろうか。私を薄情《はくじょう》な者と見なしているようだな。気長《きなが》な人さえいれば、私の行く末を見て、分かってもらえると思うのだが。しかし、人の命は何時《いつ》どうなるか分からず、果敢無《はかな》いものであるからな」
と、言いながら、灯火を、ふと眺める目元《めもと》が、涙で濡《ぬ》れている様子は本当に素晴らしく美しい。
　故女君（葵の上）が、とりわけ可愛がっていた幼い女童《めのわらわ》がいる。両親もなく、たいそう心細そうにしている。源氏は、もっともなことに思い、
源氏「あてき（女童の呼び名）、これからは、私を頼りにして主人と思うのだよ」
と、言うと、激しく泣いてしまう。小さな衵《あこめ》（女童の上着）を誰よりも黒く染めて、黒い汗衫《かざみ》

（表着）、萱草《かんぞう》（黒みを帯びた黄色）の袴《はかま》などを着ているのも可愛らしい姿である。

源氏「昔を忘れずにいてくれる者は、寂しさを堪《こら》えてでも、幼い若君（夕霧）を見捨てずに仕《つか》えてやってもらいたい。故女君（葵の上）の生前《せいぜん》の名残《なごり》も無くなって、女房達まで去って行ったならば、ますます頼る者がいなくなってしまうだろうからな」

などと、女房達が、気長に、気持ちを変えずにいてくれることを願いながら話している。〈さて、どうだろうか。女房達は、「源氏の君の訪れは、今後、ますます少なくなって、待ち遠しい思いをすることになるのでしょう」と、いよいよ心細くなっている〉

大殿《おおとの》（左大臣）は、女房達に、身分によって差を付けながら、故女君（葵の上）の遺《のこ》したちょっとした小物の類《たぐい》や、本当に形見となるような物などを、仰々《ぎょうぎょう》しくならないように気を遣いながら、すっかり配《くば》っていた。

［一二三］

源氏（内心）「このように、左大臣邸に籠《こも》ってばかりいて、ぼんやりと過ごしているのもどうか」

と、思い、父院のもとへ参上する。

　供人達が牛車《ぎっしゃ》を用意して、源氏の前に集まると、まるで、その時に合わせるかのように、時雨《しぐれ》がさっと降った。木《こ》の葉《は》を散《ち》らす風も、慌《あわただ》しく吹き渡ってゆく。

　源氏に仕えている左大臣邸の女房達は、何とも心細く、寂しい思いをしている。故女君（葵の上）の死去から少し時間が経ち、悲しみの紛《まぎ》れていたところで、再び、源氏との別れである。衣の袖を、皆、涙で濡らしている。

供人「今夜、源氏の君は、そのまま二条院にお泊りになる」

と、言うと、他の仕える人々は、
供人達「それでは、二条院の方《ほう》でお待ち申し上げよう」

と、先に、向かう者達もいるようである。

　左大臣邸では、供人達が、それぞれ邸《やしき》を後《あと》にするので、今日を限りに、源氏との縁が切れるはずもないのに、この上ない悲しみに覆《おお》われている。左大臣も、大宮も、今日の源氏の君のお出掛けには、再び、新たな悲しみを抱いている。源氏は、大宮のもとへ手紙を届けた。

源氏（手紙）「父院が、私のことを、どうしているかと心配されているご様子により、本日、参上致します。ほんの少し、出掛けるだけではありますが、『故女君（葵の上）の死の悲しみから、今日までよく生き長らえて来たものよ』と心は掻《か》き乱《みだ》れるばかりの思いです。ご挨拶に伺《うかが》うと、却《かえ》って悲しくなりますので、そちらへは参りません」

と、書かれてあった。大宮は、あまりにも悲しく、涙で目も見えず、落ち込んで、返事を書くこともできない。左大臣が、直ぐに源氏のもとへやって来た。まったく耐えられない悲しみで、涙を拭《ぬぐ》う袖を顔に押《お》し当《あ》てたままである。周りで見ている女房達も、皆、悲しみに暮れている。

〈大将の君（源氏）が、この世の無常など、思いを巡らしている事は様々である。泣いている姿は、しみじみとした深い悲しみを湛《たた》えながらも、周囲の者の目には、優美にも見える〉

　左大臣は、暫《しばら》くの間、何も言えずにいたが、

左大臣「だんだんと年を取ると、それほど大《たい》した事《こと》でなくても、涙もろくなるものです。まし

て、娘（葵の上）の死には、涙の乾《かわ》く間もないほどの悲しみで、途方《とほう》に暮《く》れて、落ち着くこともできずにいます。周りの者の目には、たいそうみっともなく、気弱な姿に見えるでしょうから、院（源氏の父院）などにも参上できずにおります。何かの序《つい》でがありましたら、そのようにお伝え下さい。あと、どれほども生きることのない晩年に、子に先立《さきだ》たれた悲しみは、耐《た》え難《がた》いものでございます」

と、どうにか心を静めて話をしている姿は、何とも辛《つら》そうである。

源氏も、何度も鼻をかみながら、

源氏「『後《おく》れ先立つほどの定《さだ》めなさは世の性《さが》』と古歌にもありますように、先立たれて、後《あと》に残される無常の悲しみは、人の世の習《なら》いであると分かっていながらも、実際にこの身で経験してみると、途方《とほう》もない悲しみです。院にも、左大臣のご様子をお伝え致します。推察《すいさつ》されることでしょう」

と、言う。

左大臣「それでは、時雨《しぐれ》も止《や》みそうにありませんから、日の暮れぬうちにご出立《しゅったつ》を」

と、急ぐように勧《すす》めている。

［二四］

出立の前、源氏が左大臣邸の部屋の中を見渡すと、几帳《きちょう》の後ろや襖障子《ふすましょうじ》の向こう側の開け放たれた場所などに、女房達が三十人ほど、身を寄せ合うようにしている。濃い鈍色《にびいろ》や薄い鈍色などの喪服《もふく》を着て、皆、たいそう心細そうに涙を流しながら集まっている。

源氏（内心）「まったく、可哀想《かわいそう》なことだ」

と、思いながら見ている。

左大臣「源氏の君にとっては、見捨てることのできない若君（夕霧）が、こちらの邸《やしき》には残っておられますから、何かの折にも、お立ち寄りにならないことはないと、私は、自らの気持ちを慰《なぐさ》めております。まったく、分別《ふんべつ》に欠ける女房達などは、今日を限りに、源氏の君が、こちらの邸を、すっかり忘れ去ってしまう古里《ふるさと》のように思われるのではないかと気落ちしております。故女君（娘葵の上）との永遠の別れの悲しみよりも、ただ時々ではありましたが、源氏の君に慣れ親しみ、仕えてきた年月の名残《なごり》までもが無くなってしまうことの方を、嘆き悲しんでいる様子です。それも当然のことです。女君の生前、源氏の君が、こちらの邸に打ち解けて通われることはありませんでしたが、それでも、何時《いつ》の日にか、女君と仲睦《なかむつ》まじくなることを、当《あ》てもないのに期待《きたい》しておりました。今日こそ本当に、心細い夕暮れ時でございます」

と、話しながら泣いてしまった。

源氏「まったく浅い考えから、皆、悲嘆《ひたん》に暮れているようですね。実際のところ故女君（葵の上）が、どのようなお気持ちであったとしても、私は悠長《ゆうちょう》にしておりましたから、しぜんとお会いすることの少ない時期もあったかもしれません。却って、今となっては、他に何を頼りにすれば良いものか。こちらにご無沙汰することがありましょうか。そのうちに、私の気持ちをお分かり頂けることでしょう」

と、言って、退出する。左大臣は、源氏を見送ると部屋に戻って来た。調度品をはじめとして、女君の生前と何も変わっていないのであるが、まるで蟬《せみ》の抜《ぬ》け殻《がら》のような虚《むな》しさである。

　源氏と故女君（葵の上）の使っていた御帳台《みちょうだい》の前には、硯《すずり》などが散《ち》らかしたままで、手習《てなら》いの紙も、ほったらかしであった。左大臣は、それらを手に取ると、目を閉じて、涙を絞《しぼ》るように流しながら見ている。

〈左大臣の姿に、若い女房達の中には、悲しみの雰囲気の中にも笑《え》みを浮かべている者もいるに違いない〉

（読者として……「手習い」は、慰《なぐさ》みに和歌などを思いつくままに書くこと、または、その書のことです）

手習いの紙には、しみじみとした風情の古事《ふるごと》（古人の詩歌や昔話）の数々が、唐《から》の漢詩もあれば、大和《やまと》の和歌なども書き散らされて、草《そう》（草書《そうしょ》あるいは、草仮名《そうがな》）や、真字《まな》（漢字の楷書《かいしょ》）など、様々な書体を取り混ぜて、目新《あたら》しい雰囲気で書かれていた。

左大臣（内心）「素晴らしい書《か》き振りであることよ」

と、思いながら、空を仰《あお》いで、眺《なが》めている。

〈これからは、源氏の君を、娘婿《むすめむこ》ではなく他人として見なければならないことを、残念に思っているに違いない〉

手習いの中に、「旧《ふる》き枕《まくら》、故《ふる》き衾《ふすま》、誰と共にか」（『長恨歌《ちょうごんか》』）と一文《いちぶん》の書かれた横に、

源氏（手習い）**亡《な》き魂《たま》ぞいとど悲しき寝し床《とこ》のあくがれがたき心ならひに**

（故女君［葵の上］の魂を思うと悲しくてたまらない。共寝《ともね》の床を、いつも離れ難《がた》く思っていたのだから）

と、書かれている。また、「霜華《しものはな》白し」と書かれた横に、

源氏（手習い）「君なくて塵《ちり》積もりぬるとこなつの露うち払ひいく夜寝《ね》ぬらむ

（貴女［葵の上］が亡くなり、塵の積もってしまった寝床《ねどこ》。常夏《とこなつ》［撫子《なでしこ》］の花の露を払いながら、私は、幾夜《いくよ》、独り寝を過ごすのだろうか）

と、書かれている。

〈おそらく、先日、源氏から大宮へ贈られた、あの撫子の花だろう。枯れて一緒に置かれていた「葵」［二〇］〉

左大臣は、妻大宮に手習いを見せながら、

左大臣「女君（娘葵の上）の死の悲しみは、どうにもならないものの、『この類《たぐい》の話は、この世にない訳ではない』と思うようにしながらも、『もともと、親子の縁《えにし》が長いものではなく、このように心を悩ます宿命だったのだろう』と思うと、却《かえ》って辛い前世の縁を思います。気持ちを静めつつも、ただ、日が経つにつれて、恋しさは募《つの》るばかりで堪《こら》えきれません。

この大将の君（源氏）が、今日こそ、他所《よそ》の人になってしまうように思うのも、名残惜《なごりお》しく、ひどく辛《つら》くてならないことだ。女君の生前、一日、二日と訪れが無く、途絶《とだ》えがちの通《かよ》いでさえも物足《ものた》りず、心の痛む思いであったのに、朝夕の光のような源氏の君と疎遠《そえん》になったならば、今後、どのように生き長らえれば良いものか」

と、声を抑《おさ》えることもできずに泣いてしまっている。傍で仕えている年配の女房達なども、本当に悲しくて一斉《いっせい》に泣き出している。

〈人々の悲しみとともに、辺りは、何とも寒々とした夕暮れ時の情景である〉

一方で若い女房達は、あちらこちらに集まって、それぞれ互いの心配事を語り合っている。

若い女房「殿《との》（源氏の君）の言われるように、若君（夕霧）にお仕えしてこそ、心も慰められるのだろうとは思いますが、まだ、何とも頼りない形見（赤ん坊）ですから」

と、言っている。人生は、人それぞれで、

若い女房「ほんの暫《しばら》く、里に下がって、また参上いたします」

と、言う者もいる。

〈互いに別れを惜《お》しむ時ほど、各《かく》門《や》、自分の人生について、しみじみと身に染《し》みて考えることが多いものである〉

［一一五］

源氏は、左大臣邸から父院のもとへ参上した。

父院「源氏は、たいそうひどく面《おも》やつれしたではないか。服《ふく》喪中《もちゅう》、精進《しょうじん》をして過ごしていたからだろうか」

と、心配されて、御前《ごぜん》で食事をさせて、あれやこれやと世話を焼くご様子に、

源氏（内心）「身に染《し》みて、畏《おそ》れ多《おお》いこと」

と、恐縮《きょうしゅく》している。

源氏が、中宮の御方（藤壺）の元へ参上すると、女房達は、源氏の久々の訪れを喜んでいる。

藤壺は、命婦《みょうぶ》の君（王命婦《おうみょうぶ》）を介《かい》して、

藤壺（伝言）「悲しみの尽きぬことでございます。時の経《た》つほどに、どれほど深いお悲しみかと」

と、伝えられた。

源氏「この世の無常について、だいたいのところ分かっているつもりでしたが、間近《まぢか》で女君（正妻葵の上）の死の悲しみを見ましてからは、この世を嫌《いや》に思うことも多く、あれこれと思い悩

んでおりました。度々《たびたび》頂きました弔慰《ちょうい》の便《たよ》りを慰《なぐさ》めにして、今日まで生き長らえて」

と、返事をする。

〈女君（葵の上）の死の悲しみが無かったとしても、源氏は秘事《ひじ》の罪の苦しみを抱えているのであるから、藤壺への思慕《しぼ》も加わり、たいそう痛々《いたいた》しい有様である〉

源氏の装束は、無紋《むもん》（文様《もんよう》のない袍《ほう》）に鈍色《にびいろ》の下襲《したがさね》、纓《えい》を巻いている喪服姿で、日常の華やかな装いよりも、上品な美しさが優《まさ》っているように見える。

源氏は、藤壺に、春宮（藤壺と源氏の秘事の息子）にも長い間ご無沙汰し、気掛かりに思っている旨《むね》を伝えると、夜更けに退出した。

［二六］

源氏の自邸二条院では、邸《やしき》を隅々まで掃除《そうじ》して美しく飾り、男も女も源氏の君のお帰りを待っていた。

上﨟《じょうろう》（身分の高い）の女房達が、皆、里などから二条院に参上し、我も我もと装束《しょうぞく》を着飾《きかざ》って化粧している。源氏はそれを見ると、左大臣邸で、女房達が居並《いなら》んで、気落ちして塞《ふさ》ぎ込《こ》んでいた様子を悲しく思い出す。

源氏は、装束を着替えると、西の対（紫の上の部屋）へ行った。部屋の中は、季節の衣替《ころもが》えを済ませ、調度品《ちょうどひん》も明るく鮮《あざ》やかに見える。美しい若女房や女童《めのわらわ》の身なりや姿も感じ良く整えられている。少納言乳母《しょうなごんのめのと》（紫の上の乳母）の気配りに至《いた》らぬところはなく、

源氏（内心）「嗜《たしな》みのある人だ」

と、感心しながら見ている。

姫君（紫の上）は、たいそう美しく、きちんと身づくろいをして座っている。

源氏「長いこと、お目にかからないうちに、たいそう、すっかり大人らしくなられましたね」と、言いながら、小さな几帳《きちょう》の帷子《かたびら》を引き上げて中を覗《のぞ》く。ちょっと横を向いて、恥ずかしそうにしている姿には、非《ひ》の打《う》ち所《どころ》が無《な》い。

源氏（内心）「灯火《とうか》に照らされた横顔や髪の形など、まったく、心から慕《した》うあの方（藤壺）に違いがないほど、そっくりに成長しているではないか」

と、思うと、見れば見るほど嬉しくてたまらない。姫君の近くに寄って、服喪中《ふくもちゅう》に会うことができず、気掛かりに思っていたことなどを話して聞かせる。

源氏「会えずにいた日々の物語（世間話）をゆっくりとお話したいのですが、服喪から戻ったばかりで、忌《い》み慎《つつし》まねばなりません。暫《しばら》く、東の対で休んでから、また、こちらに参りましょう。これからは、絶えず一緒にいるのですから、私のことを煩《わずら》わしいとさえ、思うでしょう」

と、言う。少納言乳母は、嬉しく思いながら聞いているものの、一方では、やはり不安も感じている。

少納言乳母（内心）「源氏の君には、人目を忍んで通う女方も多いのだから、また、いずれ、姫君にとっては厄介《やっかい》な方が、正妻になるのではないだろうか」

と、思っている。

〈少納言乳母は、憎《にく》いほどあっぱれな、思慮《しりょ》深い人であることよ〉

源氏は、東の対の自室へ行くと、中将の君という女房に足などをさすらせながら、眠りについた。翌朝、若君（夕霧）のいる左大臣邸へ手紙を送る。しみじみとした思いの込められた返事を見るにつけても、尽きることのない悲しみばかりである。

［二七］

源氏は、二条院で、することもなく退屈《たいくつ》で、ぼんやりと過ごしている。気儘《きまま》な忍び歩きも億劫《おっくう》で、出歩くこともしない。一方で姫君（紫の上）は、何もかも源氏の思い通りに成長し、たいそう素晴らしい女方に成人していた。

源氏（内心）「結婚相手として、不似合いではない年齢になった」

と、思うと、何とも育て上げた気持ちになっている。それとなく仄《ほの》めかし、時々、気を引いてみるものの、姫君は何も気が付かない様子である。

源氏は、ぼんやりと過ごしながら、ただ、こちらの西の対で碁《ご》を打ち、偏《へん》つぎ遊び（文字を当てる遊戯《ゆうぎ》）などもしながら、日々を過ごしている。姫君は、利発《りはつ》で可愛らしく、ちょっとした遊び事の中からも器量《きりょう》の良さが感じられる。これまでの年月は、ただ、あの方（藤壺）のゆかりとして、可愛らしさばかりを感じていたのだった。

〈源氏は、もはや、我慢できなくなる。姫君には、気の毒なことであると思いながらも、一体、何があったのだろうか。これまでも、源氏と姫君の仲が、どのような間柄であるのかは、誰にも分からぬことであったものの、男君（源氏）は朝早く起き出して、女君（紫の上）は、いつまでも起きて来ない朝があった〉

（読者として……源氏と紫の上の結婚の場面です）

女房達「姫君は、どうして、このように、いつまでも寝ておられるのでしょうか。お身体の具合が悪いのでしょうか」

と、様子を見ながら心配していると、源氏は、「東の対へ戻る」とのことである。硯箱《すずりばこ》を御帳《みちょう》の中に差し入れて、部屋を出て行った。

　姫君は、周りに人のいなくなった折、何とか頭を持ち上げてみると、引き結んだ手紙が枕元《まくらもと》に置かれていた。

（読者として……手紙は結《むす》び文《ふみ》で、結婚した翌日、男性から女性へ送られる後朝《きぬぎぬ》の文《ふみ》です）

　姫君は、何気《なにげ》なく手に取って開《ひら》いてみる。

源氏　**あやなくも隔てけるかな夜《よ》を重ねさすがに馴《な》れし夜《よる》の衣《ころも》を**

（どうしてこれまで、貴女を子ども扱いして隔てていたのか分からない。夜を共に過ごし、馴《な》れ

親《した》しみながら、衣《ころも》［夜具《やぐ》］まで共にしていたのに）

と、心のままに書いた様子の歌である。

紫の上（内心）「源氏の君が、心の中で、このようなことを考えていたとは」

と、思いも寄らぬことであった。

紫の上（内心）「どうして、これほど嫌《いや》な性格の人を、私は疑いもせず、頼りにしていたのだろうか」

と、嘆《なげ》かわしい思いをしていた。

昼近くになり、源氏が、西の対に戻って来た。

源氏「姫君（紫の上）の具合が悪いそうですね。どのような様子ですか。今日は、碁《ご》も打たず、つまらないですね」

と、言いながら、部屋の中を覗《のぞ》くと、姫君は、ますます衣を頭から被《かぶ》り、臥《ふ》している。女房達は、後ろに下がりつつ仕えている。源氏は、姫君に近寄ると、

源氏「どうして、このように、私に不快な思いをさせるのですか。貴女は、思いの外《ほか》、嫌な性格の人だったのですね。女房達も、どれほど不審《ふしん》に思っていることでしょう」

と、言いながら、衾《ふすま》（夜具）を引《ひ》き除《の》けると、姫君は、汗をびっしょりとかいて、額髪《ひたいがみ》もたい

そう濡《ぬ》れていた。

源氏「ああ、何てことだ。これは、本当に大変だ」

と、言って、あれこれ機嫌《きげん》を取《と》って、なだめているが、
紫の上（内心）「まことにいとつらし（本当に辛《つら》くてたまらない）」

と、思っているので、まったく一言《ひとこと》の返事もしない。

源氏「まあいい。もうお会いすることはできませんね。まったく気分が悪いですよ」

などと、恨《うら》み言《ごと》を言《い》いながら硯箱《すずりばこ》を開けてみるが、何の返事も入っていない。

源氏（内心）「まだまだ、幼い若君であることよ」

と、可愛らしく思いながら、一日中、ずっと一緒に部屋で過ごしながら慰《なぐさ》めている。

〈源氏は、姫君（紫の上）の機嫌《きげん》の直らぬ有様こそ、たいそう可愛らしいと思っているのである〉

［二八］

その日の夜、女房が、亥《い》の子餅《こもち》（旧暦十月の初亥の日に作る餅。万病を祓《はら》い、子孫繁栄《しそんはんえい》を願って食べる）を源氏の御前に差し上げた。源氏が服喪中《ふくもちゅう》のため仰々《ぎょうぎょう》しくはせず、姫君（紫の上）に差し上げる程度である。風情のある檜破子《ひわりご》（檜《ひのき》の薄板で作った折箱）ほどで、餅が色とりどりに詰《つ》められている。

源氏は、それを見ると、西の対の南面へ出て行って、惟光《これみつ》を呼び出している。

源氏「この餅についてだが、このように数多く詰めるのではなく、明日の夕暮れ時、こちらに用意するように。今日では、都合が悪いのだよ」

と、少し微笑《ほほえ》みながら言われる様子に、惟光は察《さっ》しの早い人なので、源氏と姫君（紫の上）の間柄に、はっと気が付いた。

（読者として……源氏は、結婚三日目の夜に食べる、白一色の三日夜餅《みかよのもち》を用意するようにと、惟光に暗《あん》に命じています）

惟光は、細かい事まで確かめもせず、

惟光「いかにも。愛敬《あいぎょう》の初め（結婚）には、日を選んで召し上がるべきですね。子《ね》の子餅《こもち》は、幾《いく》つお作りすればよろしいでしょうか」

と、真面目な顔をしながら、明日の子《ね》の日に合わせて冗談めかして言うと、

源氏「三《み》つが一《ひと》つ（三分の一）ぐらいで、良いだろう」

と、言うので、惟光は承知《しょうち》して退出した。

源氏（内心）「物馴《ものな》れたものよ」

と、思っている。

惟光は、誰にも相談せず、自分に与えられた仕事であると思っている。自分の家で、手作《てづく》りしているのだった。

源氏の君は、姫君（紫の上）の機嫌《きげん》を取《と》れず、困り果てながらも、まるで、今初めて姫君を盗んで来たかのような気持ちにもなって、たいそう面白く感じている。

源氏（内心）「これまでの年月、姫君を可愛らしく思ってきたが、今の思いに比べれば、片端《かたはし》にもならない。人の心ほど厄介《やっかい》なものはない。今となっては、一晩たりとも、姫君と会わずにいるのは、どうしようもなく辛いことだ」

と、思っている。

源氏の命《めい》による餅《もち》（三日夜餅《みかよのもち》）を、惟光が人目《ひとめ》を忍びながら、夜遅く、持ってやって来た。

惟光（内心）「少納言乳母は年配であるから、取次《とりつ》ぎにすると、姫君は恥ずかしく思われるかもしれないな」

と、慎重《しんちょう》に気遣《きづか》いをして、少納言乳母の娘、弁《べん》という者を呼び出した。

惟光「これを、内密《ないみつ》にお渡し下さい」

と、言うと、香壺《こうご》の箱（薫物《たきもの》の香を入れる壺《つぼ》を幾《いく》つか入れる箱）を一つ、差し入れた。

（読者として……惟光は香壺の箱に、三日夜餅を入れて、周りの者に気付かれないようにしています）

惟光「間違いなく御枕上《おんまくらがみ》（源氏の君の枕元）に差し上げるべき祝いの品です。決して、徒《あだ》（いい加減）に扱ってはならぬぞ」

と、言うと、

弁（内心）「怪《あや》しいこと」

と、思うが、

弁「徒《あだ》（浮気）なんて、まだ、よく分かりませんが」

と、言葉の意味を勘違《かんちが》いしているので、

惟光「まったく、今は、そのような言葉は慎《つつし》みなさい。決して使わぬように」と、言っている。弁は若い女房で、惟光の様子から深く察することはできない人であるが、言われた通りに、香壺の箱を持って行き、源氏の君の枕元の几帳から、中に差し入れた。

〈源氏の君は、例によって、姫君（紫の上）に、三日夜餅《みかよのもち》の意味を教えたことだろう〉


源氏と姫君（紫の上）の結婚について、誰も知るはずはないが、翌朝、源氏が、この箱を片付けさせたことから、身近に仕える女房達には、色々と思い当たる節《ふし》があるのだった。餅を載《の》せた皿など、いつの間に用意されたのか。華足《けそく》（花などを彫刻した皿の脚）は、とても気品のある美しいもので、餅の風情も格別で、たいそう心を込めて用意されている。

少納言乳母（内心）「まさか、このようなこと（源氏の君と姫君の結婚）になるとは」と、思っている。しみじみと有難い気持ちになり、源氏の行き届いた心遣いに、まずは、涙を流して喜んでいた。

女房達「それにしても、内々に、私達に三日夜餅《みかよのもち》の用意を託《ことづ》けて頂きたかったですね。あの人（惟光）も、どのように思ったことでしょう」

と、囁《ささや》き合っている。

［二九］

このようにして、源氏と姫君（紫の上）は、結婚して夫婦になった。源氏は、宮中や父院のもとへ、ほんの暫《しばら》く参上する時でさえも心は落ち着かず、姫君の面影《おもかげ》が恋しくて、

源氏（内心）「妙《みょう》な気持ちだ」

と、我ながら思っている。

これまで遊《すさ》びの忍び歩きをしていた、あちらこちらの女方からは、恨みがましく気を引く手紙が届く。

源氏（内心）「気の毒だな」

と、思う女方も中にはいるが、新手枕《にいたまくら》（新婚の姫君）を思うと気掛かりでならず、

源氏（内心）「一夜《いちや》たりとも会わずにいられようか」

と、思うばかりで、他の女方とのことは面倒になり、気分が悪いかのように見せかけている。

源氏（返事）「世の中を、たいそう厭《いと》わしく思いながら過ごしています。服喪《ふくも》を過ぎましたら、

また、お目に掛かりましょう」

と、それだけを書いて、言《い》い逃《のが》れをしながらやり過ごしている。

弘徽殿皇太后《こきでんこうたいごう》は、妹女君（六の君、朧月夜《おぼろづきよ》）が、御匣殿《みくしげどの》（帝の装束《しょうぞく》を調達《ちょうたつ》する役所の女官）となっても、今なお、この大将（源氏）にばかり心を寄せていることについて、父右大臣が、右大臣「なるほど。それはそれで、このように源氏の君の正妻（葵の上）は、亡くなられたのだから、娘六の君が結婚したとしても、どうして残念なことがあろうか。良いではないか」などと、言っているので、

弘徽殿皇太后（内心）「まったく腹の立つこと」

と、思っている。

弘徽殿皇太后（内心）「宮仕《みやづか》えをしっかりしてさえいれば、身分も高くなるのに、どうして不満があるのか」

と、妹六の君を、息子である帝に入内《じゅだい》させようと懸命になっている。

一方、源氏は、六の君（朧月夜）を、ありふれた女君とは思っていないので、

源氏（内心）「女君が入内されたら、それは悔しいことだ」

と、思ってはいるものの、今となっては、姫君（紫の上）と結婚し、他の女方に心を向ける気

持ちも無くなり、

源氏（内心）「いや、何。これほど、人生は短い世の中であるのだから、このまま、姫君（紫の上）に落ち着きたいものだ。女方からの恨みは、もう受けたくはない」

と、女方との関係については、たいそう危《あや》うさを感じて、懲《こ》り懲《ご》りの様子である。

源氏（内心）「あの六条御息所《ろくじょうのみやすどころ》には、たいそう気の毒に思うが、正妻として頼みにする方としたならば、自分の方が、必ずや気兼《きが》ねすることになるだろう。これまでのような、お付き合いのままならば、季節の折《おり》などに話し合える相手として、相応《ふさわ》しいだろうが」

などと、思っている。物《もの》の怪《け》の件はあったものの、さすがに無縁の方としては、見放《みはな》せない。

源氏（内心）「この姫君（紫の上）について、これまで世間には、何処《どこ》の誰であるのか知られないようにしてきたが、このままでは一人前《いちにんまえ》として見られない。やはり、父親である兵部卿宮《ひょうぶきょうのみや》には、時機《じき》を見て知らせよう」

と、思い至っている。

姫君の御裳着《おんもぎ》（女子の成人式のこと。十二〜十四歳。初めて裳を着ける）について、世間の人々に広く知らせることはしないものの、格別な儀式になるように、予《あらかじ》め準備をしている様子は、滅多にないほどである。

女君（紫の上）は、源氏をひどく疎《うと》んじている。

紫の上（内心）「これまでの年月、何事につけて源氏の君を頼り、お傍《そば》から離れずに親しんでいたとは、何と、我ながら情けない心構《こころがま》えであったことか」

と、悔しい気持ちばかりで、源氏とは、まともに目も合わせない。源氏が話し掛けて、冗談を言っても、女君は、たいそう苦しいばかりで、どうしようもなく辛く、気は塞《ふさ》ぐばかりである。

これまでとは、すっかり様子が変わってしまった。

しかし、一方の源氏は、その女君の様子を見ながら、可愛らしくも、愛しくも思っている。

源氏「これまでの年月、私が、貴女を大切にしてきた願いを余所《よそ》にして、馴れ親しんで下さる様子のないことには、がっかりします」

と、恨み言を言っているうちに、年も明けた。

（読者として……源氏は、突然の一方的な結婚について、姫君［紫の上］がどれほど悲嘆し、裏切られた思いでいるかを理解していません。原文では、紫の上の心情を「つらし」「疎《うと》む」「あさまし」「悔《くや》しう」「苦《くる》しう」「わりなし」などと、強い感情表現の言葉を繰り返すことで、胸の内が表現されています。物語上、二人の心のすれ違いは、結婚当初から始まっていることが分かります）

［三〇］

朔日《ついたちのひ》（元日）、源氏は例年通りに、まず父院のもとへ参上し、宮中の帝（兄帝）、春宮などにも参上する。その後、退出して大殿《おおとの》（左大臣邸）を訪れた。

左大臣は、新年の祝いの時にも拘《かか》わらず、昔のことばかりを思い出し、大宮と話をしながら、左大臣（内心）「物足りず、悲しくてならない」と、思っていた。丁度そこへ、源氏が訪れたので、気を取り直そうとしているが、ますます我慢できなくなっている。

（読者として……左大臣は、未《いま》だに娘［葵の上］の死の悲しみが癒《い》えず、悲嘆しています。婿《むこ》であった源氏と対面し、悲しみが増しています）

源氏の君は、新年を迎え、年を一つ重ねたからだろうか。堂々とした風格《ふうかく》まで加わり、前よりも一層、気品に満ちて美しく見える。立ち上がると、故女君（葵の上）の部屋へ行く。女房達は、久しぶりの源氏のお越《こ》しに、涙を堪《こら》えることができない。

源氏は、若君（夕霧）を見ると、すっかり大きくなって、よく笑う様子に、しみじみと愛《いと》しさを感じる。目元《めもと》、口元《くちもと》が、まったく春宮《とうぐう》（藤壺と源氏の秘事《ひじ》の息子。内実、春宮と夕霧は異母兄弟）と同じである。

源氏（内心）「誰か人が見て、怪《あや》しむのではないか」

と、心配しながら見ている。

部屋の中の調度品などは以前と変わらず、御衣掛《みぞかけ》の装束《しょうぞく》などが、これまでの新年と同様に調《ととの》えられている。その横に、故女君（葵の上）のものが並んでいないことは、何とも言えず心寂しいことであった。

大宮が、源氏に挨拶《あいさつ》をする。

大宮（伝言）「今日は、新年の祝いの時ですから、懸命《けんめい》に涙を堪《こら》えておりますが、源氏の君のお越《こ》しの嬉しさで、却《かえ》って涙の止まることとなく」

などと、伝える。

大宮（伝言）「これまで通り、用意させて頂きました装束《しょうぞく》です。この数か月の間、涙ばかりで、目もよく見えず、色合いの見立てが良くないと思われるかもしれません。今日ばかりは、どうか、お召《め》しになって下さい」

と、言うと、たいそう心を込めて作られた装束の数々を、御衣掛《みぞかけ》の他にも次々と差し上げている。

大宮（内心）「これだけは、今日、必ずお召しになって頂きたい」

と、思っていた下襲《したがさね》は、色合いも織り方も、滅多にないほど格別な出来栄《できば》えで、
源氏（内心）「ご厚意《こうい》を無にしてはならない」

と、思い、着替えている。

源氏（内心）「もし、今日、左大臣邸に立ち寄らなかったならば、左大臣と大宮は、さぞかし悲しみ、残念に思ったことだろう」

と、思うと労《いたわ》しい。返事として、
源氏（伝言）「春を迎え、まず、私の姿をご覧頂きたくてやって参りましたが、思い出すことも多く、何も申し上げられません。

あまた年今日《けふ》あらためし色ごろもきては涙ぞふる心地する
（長い年月、新年には、今日のように美しい色の装束を、新たに着させて頂いておりました。それを思うと、涙の降《ふ》り落《お》ちる思いです）

気持ちを抑《おさ》えることができません」

と、伝える。

その返事に、

大宮（伝言）「新しき年ともいはずふるものはふりぬる人の涙なりけり

（新しい年とも言えず、降《ふ》り落《お》ちるものは、年老いて古《ふる》びた私の涙でございます）

〈大宮の涙は、決して疎《おろそ》かにすることのできない、悲しみの表れである〉

（読者として……筆者紫式部は、「物語」全般、人が涙を流す場面を多く描いています。涙の理由と、その意味の違いについて、人間の心情を細《こま》かく解《と》き明《あ》かし、鋭く描写しながら、物事の真実を語っていると感じます。この場面では、源氏と大宮の涙を流す心情の違いが、対比になっています）

十　賢木《さかき》

［一］

斎宮《さいぐう》（六条御息所《ろくじょうのみやすどころ》の娘）の伊勢《いせ》への下向《げこう》の日が近づくにつれて、母六条御息所は、何とも心細い思いをしている。身分が高く、目障《めざわ》りに思っていた左大臣の娘（源氏の正妻葵の上）が亡くなった後《のち》、
世間の人々「今まではともかく、これからは、六条御息所が、源氏の君の正妻になるだろう」
と、噂をして、宮《みや》の内《うち》（野宮《ののみや》、下向前の仮宮殿）で仕える人々も、心を弾《はず》ませて期待していたのである。ところが、その後、源氏の訪れは、まったく無くなってしまい、源氏の冷たい態度を目《ま》の当《あ》たりにして、
六条御息所（内心）「心から、私を嫌《いや》に思うことがあったのだろう」
と、源氏の本心を知るに至り、一切《いっさい》の情《なさ》けを捨て去って、ただ一途《いちず》に、娘斎宮と共に伊勢へ向かう決意をしている。

斎宮の下向に親の付き添う前例は、特に無いのであるが、斎宮が幼く、手放《てばな》しにくい様子であることを口実《こうじつ》にして、

六条御息所（内心）「この辛く苦しみの多い世の中から去って行こう」

と、思っている。

一方で、大将の君（源氏）は、やはり、いよいよ六条御息所が去って行ってしまうのは残念でならず、手紙だけは、しみじみとした情を込めて何度も送り届け、やり取りをしている。直《じか》に会うことについて、

六条御息所（内心）「今更《いまさら》、とんでもないこと」

と、思っている。

六条御息所（内心）「源氏の君は、私を嫌な女だと思い込んでいる様子であるから、もしお会いしたならば、私は、これまで以上に、あれこれと思い悩むに違いない。お会いしてもつまらないこと」

と、強く決心しているようである。

［二］

六条御息所《ろくじょうのみやすどころ》は、六条京極《ろくじょうきょうごく》の自邸に、ほんの暫《しばら》くの間、帰る折《おり》はあるものの、たいそう忍んでのことで、大将殿（源氏）は知り得なかった。野宮《ののみや》は神域《しんいき》で、気軽に訪れることのできる場所ではなく、源氏は、もどかしい思いを抱えたまま、月日は流れて行った。

その頃、院の上（父院）が、特に酷《ひど》い病《やまい》ではないものの、いつになく、時々、具合の悪くなることがあった。源氏は、心の休まる暇《いとま》も無いのであるが、一方で、源氏（内心）「六条御息所に、薄情者《はくじょうもの》と見限られてしまうのも悔《くや》しいことである。世間の評判も情けないものになるだろう」

と、気を取り直して、野宮へ出掛けることにする。

九月七日頃のことで、いよいよ伊勢への出発が、今日か明日かと迫《せま》り、女方（六条御息所）は、気忙《きぜわ》しくしている。そのような折に源氏の君から、「立ったままでも対面を」と度々《たびたび》手紙が届くのである。

六条御息所（内心）「まったく、もう」
と、面倒《めんどう》に思いながらも、あまり引っ込み思案過《じあんす》ぎるのもどうかと思い、
六条御息所「物越《ものご》しほどの対面ならば」
と、返事をするが、内心では源氏の訪れを、心密《こころひそ》かに待っているのだった。

野宮《ののみや》へ向かう源氏は、はるばると広がる野原に分け入るやいなや、しみじみとした風情を感じている。秋の花は、すっかり萎《しお》れ、浅茅《あさじ》が原（丈《たけ》の低い茅萱《ちがや》の生えた野原）の枯《か》れ枯《が》れとした風景の中、嗄《か》れ嗄《が》れとした虫の音《ね》に合わせるかのように、松風が、ぞっとする音を立てて吹いている。何の楽曲か聞き分けることのできないほど、微《かす》かな管弦《かんげん》の音色が、途《と》切《ぎ》れ途切れに聞こえてくる。たいそう優艶《ゆうえん》な光景である。

供人には、親しく仕える御前駆《ごぜんく》（先払《さきばら》い）十人余《あま》りほどと随身《ずいじん》で、仰々《ぎょうぎょう》しくならない程度である。源氏も、たいそう忍んだ恰好《かっこう》をしているものの、格別に気を遣って、身なりを整えているので、たいそう立派な姿に見える。供人の中でも風流好みの者達は、風情ある場所ゆえに、身《み》に染《し》みながら見とれている。源氏自身も、
源氏（内心）「なぜ、これまで、頻繁《ひんぱん》に通わなかったのだろうか」

と、過ぎてしまったことを後悔している。

（読者として……源氏は、六条御息所の物の怪を嫌悪したことも忘れて、執着する癖から未練を感じています。軽薄な性分の描写と分かります）

野宮《ののみや》は、簡素《かんそ》な小柴垣《こしばがき》を外囲《そとがこ》いにして、板葺《いたぶ》きの家が、そこかしこ、仮初《かりそめ》（一時的）に作られているようである。黒木《くろき》（皮のついたままの丸太）の鳥居《とりい》が幾つかある。神聖な場所として、源氏は、さすがに厳《おごそ》かな佇《たたず》まいを感じながら見渡している。忍び歩きの憚《はばか》られる雰囲気ではあるが、神官《かんづかさ》らが、あちらこちらで、咳払《せきばら》いをしながら互いに何やら言葉を交わしている様子などを、他所《よそ》にはない光景に見える。火焼屋《ひたきや》（警護の衛士《えじ》が篝火《かがりび》をたく小屋）から、微《かす》かな光が見えて、人の気配も少なく、ひっそりとしている。源氏は、この野宮で、物思いを抱えている人（六条御息所）が、下向《げこう》までの月日、世間から離れて過ごしている様子を推《お》し量《はか》ると、たいそう悲しく、気の毒で、心の痛む思いになる。

源氏が北の対《たい》（正殿北側の建物）の然《しか》るべき物陰に隠れて、来意《らいい》を告げると、管弦《かんげん》の音《ね》は、ぴたりと止《や》んだ。奥ゆかしい立居振舞《たちいふるまい》の物音が数多《あまた》聞こえてくる。それでも、あれやこれやと女房の取次《とりつ》ぎばかりで、六条御息所自身が対面する様子はない。

源氏（内心）「まったく、不愉快だ」

と、思い、
源氏（伝言）「こうした忍び歩きも、今では相応《ふさわ》しくない身分になりましたこと、お分かり頂けますならば、このような注連《しめ》の外《ほか》（神域の外《そと》）の客としての扱いではなく。気掛かりに思い続けていることがありまして、お話をして、心を晴らしたい思いなのです」

と、真面目《まじめ》な様子で申し入れをする。

女房達「本当に、はらはら致します。源氏の君が立ったままで困っておられるのですから、気の毒で」

などと、取り持つので、
六条御息所（内心）「どうしたものか。女房達に見られていることは、みっともないが、源氏の君の考えていることも、年甲斐《としがい》のないことだろう。今更、対面なんて気が引けること」

と、思うと、まったく気の重いことではあるが、対面を断るほどの薄情《はくじょう》な振舞《ふるまい》をする気丈《きじょう》さもなく、あれこれと溜息《ためいき》をついては嘆きながら、躊躇《ためら》いがちに、膝《ひざ》をついて部屋から出て来る。

源氏は、その気配に、たいそう奥ゆかしさを感じている。

源氏「こちら側の私は、簀子《すのこ》（廂《ひさし》の外側の板敷《いたじき》）ぐらいは、許して頂けるでしょうか」

と、言うと、上《うえ》に上《あ》がって座った。美しく輝きはじめる夕月夜《ゆうづくよ》（夕方に出ている月、上旬の月）の中、源氏が何気なく振る舞う姿は、譬《たと》えようもない素晴らしさである。この数か月間、疎遠《そえん》になっていた言い訳を、もっともらしく申し上げるのも、決まりが悪いほどの御無沙汰で、榊《さかき》の枝を、少しばかり折り取って持っていたのを、御簾《みす》の下から差し入れて、

源氏「榊の色のように、変わらぬ私の思いを導《しるべ》（手引き）にして、斎垣《いがき》（神聖な垣根）も越えてやって参りました。それなのに貴女は、このような情けない応対《おうたい》で」

と、言うと、

六条御息所　**神垣はしるしの杉もなきものをいかにまがへて折れるさかきぞ**

（野宮《ののみや》の神垣《かみがき》には、三輪神社《みわじんじゃ》の杉のような目印もなく、私は、貴方を招いてもいませんのに、どうして間違えて、榊を折ってまで、訪ねて来られたのでしょうか）

と、返事をするので、

源氏　**少女子《をとめご》があたりと思へば榊葉《さかきは》の香《か》をなつかしみとめてこそ折れ**

（神に仕える少女《おとめ》である斎宮の傍に、貴女がいると思うゆえ、榊の葉の香りに心惹かれて、久しく思い続ける貴女を探し求めながら、折り取って、持ってやって来たのです）

辺り一帯の雰囲気は神聖で、源氏は、憚《はばか》られる思いにもなるが、御簾《みす》をすっぽりかぶるような恰好で、首を部屋の中に入れて、長押《なげし》に寄り掛かりながら座っている。

［三］

源氏は、当初、心に任《まか》せる気儘《きまま》さで、六条御息所《ろくじょうのみやすどころ》と会っていたに違いない。六条御息所が源氏を慕《した》って思いを寄せていた頃は、源氏の方は、ゆったりと構《かま》えていい気になって、六条御息所の心情に、それほど思いを寄せることはなかった。そして、そのうちに心の中で、どうしても感心できない瑕《きず》（物の怪となる欠点）があることを知ると、すっかり情愛は冷めてしまい、このような疎遠《そえん》の仲になってしまったのである。

今夜は、久しぶりの対面である。源氏は、昔を思い出している。しみじみと込み上げる思いに、心の乱れる様子は甚《はなは》だしい。来《き》し方行《かたゆ》く先《さき》（過去と未来）に次々と思いを巡らすと、気弱になって泣いてしまっている。

女（六条御息所）も、「気弱な態度は見せまい」と源氏への思いを包み隠してはいるものの、我慢できない様子である。源氏は、ますます辛くなり、「やはり、伊勢への下向を思い止《とど》まるようにに」と語り掛けているようである。

月も沈んでしまったのか、寂しい風情の空を、源氏は眺めながら、六条御息所に恨み言を言っているようである。六条御息所にとっては、長い歳月、心に溜《た》まっていた恨みが、消える思いになったに違いない。やっとのことで、「今こそ、伊勢へ」と源氏との別れを決意していたのに、「やはり、思った通りだった」と源氏との対面により、却《かえ》って決意は鈍《にぶ》り、心も動揺《どうよう》して思い乱れている。

風流好きな殿上人の若者達が連れ立ってやって来て、とにかく、立ち去り難《がた》くなるほどの庭の風情である。いかにも優艶《ゆうえん》で、恋を語り合う場としては、申し分のない有様である。〈源氏と六条御息所は、物思いの限りを悩み尽くした仲であるから、互いに語り合った話について、筆者である私が、そのまま語り伝えられるはずもない〉

だんだんと明けてゆく空の景色は、源氏と六条御息所の為に、わざわざ作り出されたかのような風情である。

源氏　あかつきの別れはいつも露けきをこは世に知らぬ秋の空かな

（暁《あかつき》［夜明け前のまだ暗い時分］の別れは、いつも涙に濡《ぬ》れながら、朝露の中を帰りました。今朝《けさ》は、これまでにないほどの悲しい秋の空です）

立ち去り難いあまりに、六条御息所の手を取って躊躇《ためら》う様子は、たいそう魅力的な心惹かれる有様である。

〈風がたいそう冷たく吹いて、松虫の鳴き嗄《か》らした声も、まるで、二人の仲を知っているかのようである。たいした物思いのない人でさえも、聞き流すことのできないような風情であるから、まして、耐え難い思いを抱えて心の乱れている二人にとっては、途方に暮れる思いだろう〉

六条御息所　**おほかたの秋の別れもかなしきに鳴く音《ね》な添へそ野辺《のべ》の松虫**
（ふつうの時であっても、秋の別れは悲しいものであるのに、悲しい鳴き声を添えないでほしい。野辺の松虫よ）

源氏は、後悔することが多いものの、どうにも仕様がない。明るくなる空を見ると、周りの目にも体裁が悪いので野宮を出立する。道中《どうちゅう》は、涙と露で、たいそう濡《ぬ》れるばかりであった。

女（六条御息所）も気丈《きじょう》ではいられず、源氏の君の名残《なごり》を惜《お》しみ、ぼんやりとしている。ほのかに見えた月明かりに照らされた源氏の姿や、今なお、部屋に残る装束の香りなどを、若い女房達は、身に染《し》み込ませて、男女の道を外《はず》しそうな雰囲気で誉《ほ》めちぎっている。

女房達「どれほど大切な伊勢への旅路であったとしても、これほど立派な源氏の君を見捨てて、別れて行かれるなんて」

と、ただもう、互いに涙を流している。

〔四〕

源氏から届く手紙は、いつにも増して親《した》しげに書かれている。六条御息所は、心惹かれる思いにもなるが、一方で、下向《げこう》の決意を取り止《や》めることもできず、まったく、どうしようもない。

〈男（源氏）は、それほど真剣に思っていなくても、恋の情《なさ》けのためならば、女心をくすぐる言葉を、巧《たく》みに言い続ける性分のようである。言うまでもなく、六条御息所については、ありきたりの身分とは思っていない仲であるから、このように、六条御息所の方から別れを告げて、去って行こうとされることが悔《くや》しくて、愛《いと》しくもあり、思い悩んでいるに違いない〉

源氏は、六条御息所の伊勢への下向の旅支度《たびじたく》に、装束をはじめとして、女房達の分《ぶん》まで、あれやこれやと調度品なども合わせて、盛大に素晴らしく整えて贈る。しかし六条御息所の方は、何の思いも感じていない。軽々しくも源氏との浮名《うきな》ばかりを世間に流し、今更ながら、下向の日が近付《づ》くにつれて、寝《ね》ても覚《さ》めても、情《なさ》けない我が身を嘆く思いである。

〈読者として……六条御息所にとって、源氏からの贈り物は、親切心と思えば嬉しいはずですが、別れを受け入れられていると思うと、恨めしくなってしまいます。考え込む性分から、どちらの気持ちにもなれず、何も感じないようです〉

娘の斎宮《さいぐう》は、子供心にも、母六条御息所が、迷いを感じていた伊勢への下向の同行を、いよいよ決心している様子に嬉しく思っていた。

〈世間の人々は、母親を伴う異例の下向について、非難したり、同情したり、様々に噂をしているようである。何事においても、人に非難や噂をされない身分は、気楽なものである。むしろ、世の中で抜《ぬ》きん出《で》た人の方が、窮屈《きゅうくつ》な思いをすることが多いものである〉

［五］

九月十六日、伊勢《いせ》への下向《げこう》の日である。桂川《かつらがわ》で御祓《おはらい》をする。通例《つうれい》の儀式に比べると盛大で、供人としては、長奉送使《ちょうぶそうし》（勅使《ちょくし》）などやその他の上達部に、身分の高い人望のある者達ばかりが選ばれている。院（源氏の父院、斎宮は院の姪《めい》）の配慮《はいりょ》によるものだろう。

出立《しゅったつ》の時分《じぶん》、大将殿（源氏）から、例によって、尽きることのない思いの数々が伝えられた。

源氏（手紙）「かけまくもかしこき御前にて（申すも畏《おそ》れ多《おお》い御前《おんまえ》に）」と、神事にちなんだ言葉を木綿《ゆふ》（楮《こうぞ》の繊維から作った紐《ひも》）につけて、

源氏（手紙）「天空を鳴る神でさえも、恋仲を裂くことはできないと言いますのに、

八洲《やしま》もる国つ御神《みかみ》もこころあらば飽かぬわかれのなかをことわれ

（八洲［日本国］を守る国つ神［斎宮］に、もし思い遣りの心があるならば、名残惜《なごりお》しい別れをしなければならない私共の仲について、判定して下さい）

どのように考えても、納得できないのですよ」

と、書かれてあった。たいそう忙しくしている時分《じぶん》ではあるが、源氏のもとに返事が届いた。歌

は、女別当《にょべっとう》（女官）に書かせたものだった。
斎宮（如別当の代作）国つ神空にことわるなかならばなほざりごとをまづやたださむ
（国つ神［地上の神］が、空からお二人の仲を判定するならば、貴方様の実意のない言葉を、まず初めに糺《ただ》すことでしょう）

大将（源氏）は、斎宮と母六条御息所の出立《しゅったつ》の儀式を見たくてたまらず、宮中に参上したい思いであるが、「六条御息所に見捨てられたのに見送っている」と世間の人々から思われると体裁も悪いので、思い止《とど》まって、ぼんやりと物思いに耽《ふけ》って過ごしている。


源氏は、斎宮からの返事を女別当の代作とも知らず、たいそう大人びた書き振りに、笑みを浮かべながら見ている。

源氏（内心）「お年の割に、美しく成長されているに違いない様だ」

と、心穏やかではいられない。

〈このように、源氏には、普通とは違う身の上の女方に、必ず心を動かされて、執着する癖がある〉

源氏（内心）「斎宮の幼い頃、気兼《きが》ねなく会うこともできたのに、会わずにいたとは、残念でならぬ。しかし、世の中は定め無きものであるから、きっといつの日か、対面することもあるに違いないだろうよ」

などと、思っている。

［六］

六条御息所は、奥ゆかしく、気品のある人なので、伊勢へ下向《げこう》される装いを、見たいと思う人々の物見車《ものみぐるま》（見物の牛車《ぎっしゃ》）が多く繰《く》り出《だ》している。中の刻《さるのこく》（午後四時〜六時）に参内《さんだい》される。六条御息所は、御輿《みこし》に乗ると、それだけで、昔、故父大臣が娘の自分に、この上ない皇后の位を望み、大切に世話をして下さったことを思い出す。この度、一変《いっぺん》してしまった末の世（晩年）に、再び、内裏《だいり》（宮中）へ参上し、辺りを見渡すと、見るもの全てに尽きることのない悲しみが込み上げてくる。十六歳で宮《みや》（故前坊）に入内《じゅだい》し、二十歳で先立《さきだ》たれた。三十歳になり、今日、再び、九重《ここのえ》（宮中）を目にしているのだった。

六条御息所（内心）**そのかみを今日はかけじと忍ぶれど心のうちにものぞかなしき**（昔のことを、今日は、思い出すまいと我慢しているが、やはり心の中では、悲しくてたまらない）

斎宮は、十四歳になっていた。たいそう可愛らしい容姿である。斎宮として、装《よそお》いを麗《うるわ》しく整えた姿は、まったく不吉なまでに美しく見える。帝（源氏の兄）は、心を動かされて、恋心を抱き、別れの櫛《くし》を挿《さ》す儀式の際には、悲しみを感じて涙を流されていた。

（読者として……斎宮は、帝の譲位の際に交代します。その時まで、再会することはできず、帝は、それを悲しんでおられるようです）

［七］

斎宮《さいぐう》と六条御息所《ろくじょうのみやすどころ》の出立《しゅったつ》を待ち受けて、八省院《はっしょういん》（役所）の前に立ち並んだ出車《いだしぐるま》（女官や女房が簾《すだれ》から装束の袖口などを出している牛車《ぎっしゃ》）から見えている袖口の色合いは、目新《めあたら》しく、心の惹《ひ》きつけられる趣《おもむき》で、殿上人達も、それぞれに付き合いのあった女房との別れを惜《お》しんでいる者が多かった。

暗くなる頃に出立し、二条《にじょう》通《どお》りから洞院《とういん》の大通りを曲がったところが、ちょうど、二条院（源氏私邸）の前である。大将の君（源氏）は、たいそうしみじみとした思いになり、榊《さかき》に文を挿《さ》して、

源氏　**ふりすてて今日《けふ》は行《ゆ》くとも鈴鹿《すずか》川八十瀬《やそせ》の波に袖はぬれじや**

（私を振り捨てて、今日、伊勢へ向けて出立されますが、鈴鹿川の八十瀬の川波で、貴女の袖は濡れないでしょうか。私との別れを悔《く》いる涙とともに）

と、歌を詠み掛ける。たいそう暗く、何かと気忙《きぜわ》しくしている折だったので、翌日、逢坂《おうさか》の関の向こう側から返事が届いた。

六条御息所　**鈴鹿川八十瀬の波にぬれぬれず伊勢まで誰《たれ》か思ひおこせむ**

（鈴鹿川の八十瀬の川波に、私の袖が、濡れるか濡れないか。伊勢まで、誰が、思いを寄せて下さると言うのでしょうか。忘れられると思っています）

と、さらりと書かれていた。筆跡は、たいそう趣があって優美であるが、

源氏（内心）「優しい気持ちを、もう少し歌に詠んで下されば良いのに」

と、思っている。霧がたいそう深く立ち込めて、趣深い朝ぼらけ（夜明け）の中、源氏は、ぼんやりと辺りを眺めながら、独り言を呟《つぶや》いている。

源氏　**行《ゆ》く方《かた》をながめもやらむこの秋は逢坂《あふさか》山を霧なへだてそ**

（六条御息所と斎宮の行方に思いを馳《は》せて、遠くを眺めていよう。今年の秋は、逢坂山《おうさかやま》を、霧よ、隔《へだ》てないでおくれ）

源氏は、西の対（紫の上の部屋）へも行かず、自分の心からの思いではあるが、何とも寂しい気持ちでぼんやりと過ごしている。

〈言うまでもなく、六条御息所は、旅先の空を眺めながら、どれほど物思いの限りを尽くしたことだろう〉

［八］

院（父院）の病《やまい》が、十月（神無月《かんなづき》）に入るとたいそう重くなられる。世の中で、惜《お》しみ申し上げぬ者はいない。内裏《だいり》でも、帝（兄帝）は嘆く思いで心配し、見舞いの行幸《ぎょうこう》をされる。

院は、弱々しくなりながらも、帝に、春宮（皇太子、藤壺の皇子）の事を繰り返し繰り返し託《たく》し、その次に、大将（源氏）についても述べられる。

院「私の生前と変わらず、大小に拘《かかわ》らず何事においても、大将を後見人と思いなさい。年齢の割には、世を治める政《まつりごと》について、ほとんど差《さ》し障《さわ》りになる心配はないと思われる。間違いなく、世の中を治めることのできる相《そう》のある人である。それだからこそ、面倒事にならぬように、親王にもせず、ただ人として臣下の立場に下《くだ》し、朝廷の後見をさせようと考えたのである。この私の思いに背《そむ》かぬようにしなさい」

と、胸に染《し》みる御遺言が多かった。

〈女である筆者の私が、ありのままを語るのはとんでもないことで、ここに物事の一端《いったん》を書き記《しる》すことさえも気の咎《とが》める思いである〉

帝（内心）「本当に、悲しいことである」

と、思いながら、決して父院の御遺言に背かぬ思いであることを、繰り返し繰り返し誓っている。院は、帝の容貌がたいそう立派に成長したことを、嬉しくも、頼もしくも思いながらご覧になっている。

〈帝の行幸《ぎょうこう》は、公《おおやけ》の儀式である。決まり事により、急ぎお帰りになる。却《かえ》って心残りの多いことであったと思われる〉

［九］

春宮は、帝とご一緒に、院（父院）へのお見舞いを望まれたものの、帝の行幸《ぎょうこう》に、春宮の行啓《ぎょうけい》が加わると、たいそうな騒《さわ》ぎになるので、日を変えて、院のもとへお出掛けになった。

春宮（五歳）は、お年の割に大人びて、可愛らしいご様子である。院を恋しく思う気持ちが募《つの》っていたのか、ただ無心に、「嬉しい」と思いながら対面している。その姿は、たいそういじらしい。

（読者として……実際のところ、春宮の実母は藤壺で、実父は源氏です。春宮は、院を父親と思っていますが、実際は祖父です。真実を知るのは、院［父院］、藤壺、源氏、そして女房の王命婦です。しかし源氏は、院が御存《ごぞん》じであるとは思っていません。真の関係性について、読者だけには知らされていますが、物語の中で他の人は誰も知りません。藤壺は、帝位を譲位した院とともに別の御所《ごしょ》で暮らし、春宮は、宮中で暮らしています）

中宮（藤壺）は、涙を流して沈み込んでいる。院は、その様子を見ると、あれやこれやと心は乱れ、たまらない思いをされている。

院は、春宮に、あらゆる事を話して伝えておきたいとは思うものの、まだ幼い年頃で、分かるはずもない。

院（内心）「心許《こころもと》なく、悲しいことだ」

と、思いながらご覧《らん》になっている。

院は、大将（源氏）にも、朝廷に仕《つか》える上での心構えや、春宮の後見人として果《はた》すべき役割など、繰り返し繰り返し話している。

（読者として……源氏は、春宮の行啓《ぎょうけい》に供人として同行しています）

夜が更けて、春宮は、お立ちになる。宮中に残った殿上人は誰もいなかったと思えるほど大勢仕えているので、大変賑《にぎ》やかな様子で、行幸に劣るとも思えない有様である。

院は、名残惜《なごりお》しく、春宮の帰る様子を見ながら、ひどく悲しい思いをされている。

（読者として……院［父院］は、今生《こんじょう》の別れを覚悟《かくご》されて、悲しみを抱《いだ》かれています）

［一〇］

大后《おおきさき》（弘徽殿皇太后）も、院のお見舞いに参上しようとしていたものの、中宮（藤壺）が、このように院の傍に付き添っていることを気に掛けて、躊躇《ためら》っているうちに、院は、ひどく苦しむ様子もなく御隠《おかく》れになった（崩御《ほうぎょ》）。

悲しみのあまり足は地に着かず、途方《とほう》に暮《く》れる人が多かった。

これまで、院は、譲位をされたと言っても形だけのことで、世《よ》の政《まつりごと》（政治）の安定のために、在位中と同じように司《つかさど》っていた。今上《きんじょう》の帝（源氏の兄帝、二十六歳）は、まだ若く、祖父右大臣は、ひどく気短《きみじか》な性格である。世間では、人々「その意のままになったならば、世の中は、どうなってしまうのだろうか」と、上達部《かんだちめ》、殿上人《てんじょうびと》など、誰もが皆、心配して嘆いていた。

〈中宮（藤壺）、大将殿（源氏）などは、言うまでもなく、まったく分別のつかない有様《ありさま》である〉

後々の法事など、源氏が御子として、追善供養《ついぜんくよう》する様子は、院の他の親王達の中でも、際立《きわだ》って優《すぐ》れていたゆえに、それも、当然のことではあるものの、「たいそう、お労《いたわ》しいこと」と世の人々は思いながら見ていた。
源氏が、藤色の喪服に身を包み、質素《しっそ》にしている姿は、この上なく気品のある美しさながらも、痛々しい有様である。昨年の葵の上の死去に引き続いて、今年は父院である。源氏は、人の死を間近《まぢか》に見て、たいそう世の中を虚《むな》しく思っている。このような序《つい》でに、真っ先に思い立つのは出家であるが、一方で、あれやこれやと、それを阻《はば》む絆《ほだし》も多いのだった。
四十九日《しじゅうくにち》の御法事までは、女御《にょうご》、御息所《みやすどころ》などの女方も院の御所に集まっていた。しかし、それを過ぎると、皆それぞれ散《ち》り散《ぢ》りに、実家に退出して行く。十二月二十日のことである。ふつうであっても、年の瀬で、世を閉じるかのような空の景色の頃である。〈言うまでもなく、晴れる間の無い、中宮（藤壺）の心の内である〉
中宮（藤壺）は、大后《おおきさき》（弘徽殿皇太后）の性格を思うと、
藤壺（内心）「今後、その意のままに振る舞う世の中になったならば、自分の立場は、肩身《かたみ》の狭《せま》い、生《い》き辛《づら》いものになるだろう」
と、思っている。しかし、そのことよりも、親しくお仕えし、長年、傍で拝見していた院のお

姿を、思い出さない時もないほどであるのに、このまま、ここにいることもできず、女方達が、皆、退出して行く姿を見ながら、果てしない悲しみに襲われている。

中宮（藤壺）は、三条宮（里邸）に移る。迎えには、兄兵部卿宮《ひょうぶきょうのみや》が参上した。雪の舞い散る中で、風も激しく吹いている。院の御所の中は、次第に人の数が少なくなり、ひっそりとしている。そこへ大将殿（源氏）もやって来た。父院の生前を懐かしむ思い出を話し始める。御《ご》前《ぜん》の五葉《ごよう》の松は、雪に萎《しお》れて下葉《したば》も枯れている。親王《みこ》（兵部卿宮）が眺めながら歌を詠む。

兵部卿宮　**かげ広みたのみし松や枯れにけん下葉散りゆく年の暮かな**

（広い木陰が頼りの松は、枯れてしまったのだろうか。下葉が散っている。院の崩御により、仕えていた人々が、散り散りに去って行く、年の暮であることよ）

たいした歌でもないのに、院の死の悲しみから心に染みて、大将（源氏）は、袖を涙でひどく濡《ぬ》らしている。池の面《おもて》が隙間《すきま》なく凍《こお》り付いているのを見ながら、

源氏　**さえわたる池の鏡のさやけきに見なれしかげを見ぬぞかなしき**

（冷《ひ》え切《き》った池の面《おもて》は、鏡のように澄《す》んでいるのに、見慣れていた父院の面影《おもかげ》を拝見することができず悲しくてならない）

と、思いのままに歌を詠む。

〈あまりにも、大人気《おとなげ》ない詠みぶりであることよ〉

王命婦　**年暮れて岩井の水もこほりとぢ見し人かげのあせもゆくかな**

（年が暮れて、岩井の水［岩の間から湧《わ》き出る清水《しみず》］も凍《こお》り付いてしまい、これまで、顔を合わせていた人々の姿も、少なくなって行きますこと）

〈この場において、更に多くの歌が詠み交わされたけれども、筆者の私が、それらを、そのまま書き記すべきだろうか。いや、書くべきではないだろう〉

〈中宮（藤壺）が、院の御所を退出し、里邸（三条宮）へ戻る儀式は、慣例通りである。筆者の私の気の所為《せい》かもしれないが、藤壺はしみじみと寂しい気持ちで、却って、里邸を旅先のように感じておられるようである。入内《じゅだい》してから里帰りもせず、過ごしてこられた長い歳月のことを、あれもこれもと思い出されているのだろう〉

［一一］

年は改まったものの、亡き院の喪《も》（諒闇《りょうあん》）であり、宮中は、新春の華やかな儀式もなく、静かである。まして、大将殿（源氏）は、心が晴れず、部屋に閉じ籠《こも》ってばかりいる。

除目《じもく》（官吏任命式《かんりにんめいしき》）の頃には、院の在位中は言うまでもなく、譲位後も、この数年変わることなく、御門《みかど》の辺りは隙間《すきま》の無いほど馬や車で立て込んでいた。それが、今では数も少なくなり、宿直物《とのいもの》（宿直用夜具）の袋も、仕える者が減って、滅多に見なくなった。親しく仕えている家司達《けいしたち》だけがいて、特に、急ぎの仕事も無い様子で控えている。それを見ると、源氏（内心）「今後も、ずっと、このような有様になるのだろう」と、推《お》し量《はか》り、何とも寒々しい気持ちになっているようである。

［一二］

御匣殿《みくしげどの》（朧月夜《おぼろづきよ》、右大臣の娘）は、二月に尚侍《ないしのかみ》になった。院の寵愛を受けていた前尚侍が、故院を慕《した》って尼になった代わりであった。高貴に振る舞う人で、人柄はとても良く、帝（源氏の兄）に仕える大勢の女方の中でも、特に寵愛を受けている。

弘徽殿大后《こきでんのおおきさき》（帝の母、朧月夜の姉）は、里邸（右大臣邸）で過ごすことが多くなっていた。参内《さんだい》の際の局《つぼね》は、梅壺《うめつぼ》（凝花舎《ぎょうかしゃ》）を使い、弘徽殿に、尚侍の君《かんのきみ》（朧月夜）が住むことになった。これまで登花殿《とうかでん》で埋《う》もれるように暮らしていたので、晴れ晴れとした気持ちになっている。女房なども数え切れないほど多く集まり、今時《いまどき》の華やいだ風情の中で過ごしている。しかし、心の中では、源氏との思い掛けない出会いを忘れることができず悲嘆していた。人知れず、こっそりと手紙を交《か》わしているのは、これまでと同じようである。源氏の方《ほう》でも、噂になれば、「どうなってしまうことか」と右大臣家の権勢に不安を感じながらも、いつもの執着《しゅうちゃく》する癖《くせ》を抑《おさ》えることができず、今になって、却《かえ》って、思いを募《つの》らせているようである。

院の生前《せいぜん》、弘徽殿大后は、さすがに遠慮していたのであるが、もともと気性の激しい人である。

弘徽殿大后（内心）「これまで、あれこれと思い詰めてきたが、何もかも仕返《しかえ》しをしよう」

と、思っているようである。

源氏は、何事につけても、苦しい立場に置かれるばかりで、時勢の変化を覚悟してはいたものの、経験したことのないこの世の辛さに、人前に立つ気にもなれない様子である。

【一三】

左《ひだり》の大殿《おおいどの》（左大臣）も、寒々《さむざむ》しい気持ちになっていた。いちだんと内裏《だいり》へ参上しなくなっている。左大臣が、姫君（娘葵の上）の生前、帝からの入内《じゅだい》の所望《しょもう》を断《ことわ》り、大将の君（源氏）に嫁《とつ》がせたことを「桐壺」［一五］、弘徽殿大后（帝の母）は、今でも根に持って、左大臣を快《こころよ》く思っていない。左大臣と右大臣の仲は、元々《もともと》、余所余所《よそよそ》しい。故院の御代《みよ》、左大臣は、我《わ》が意《い》のままに権勢を握《にぎ》っていた。しかし、時世《じせい》は変わり、今では右大臣が、得意顔になっている。〈左大臣が、苦々《にがにが》しく思うのも、当然の有様である〉

大将（源氏）は、昔と変わらず左大臣邸へ通い、故正妻（葵の上）に仕えていた女房達に、却《かえ》って以前よりも、細《こま》やかな気遣いをしている。若君（源氏と葵の上の息子、夕霧）を大切に可愛がる様子はこの上ない。

左大臣（内心）「しみじみと有り難い、源氏の君のお気持ちよ」

と、ますます、あれこれとお世話をしている様子は、葵の上の生前と同じである。

〈故父院の源氏への寵愛は格別であった。源氏は、いつも帝の傍に仕えていたので、暇もなく見えたものである。当時通っていた、あちらこちらの女方とも、今では疎遠《そえん》になり、軽々しい忍び歩きをつまらなく思うようになっている。特に出歩くこともなく、たいそう、のんびりと静かに過ごしているが、時勢に遅れた今こそ、理想の暮らしとも言える有様である〉

［一四］

西の対の姫君（紫の上）の幸《さいわ》いを、世の人々は盛《さか》んに誉《ほ》めている。少納言乳母《しょうなごんのめのと》なども人知れず、心の中では、故尼上《あまうえ》（紫の上の祖母）の祈りのしるし（効験《こうけん》）によるものと思っている。手紙を交《か》わしている。兵部卿宮《ひょうぶきょうのみや》（紫の上の父）にも真相《しんそう》が伝えられ、今では姫君と思いのままに、手紙を交わしている。嫡腹《むかいばら》（正妻の子）の幸せを限りなく願いながらも、思い通りにはならず、そちらの方は捗々《はかばか》しくない。北の方（兵部卿宮の正妻、紫の上の継母）は、姫君を憎らしく思うばかりに、穏《おだ》やかな気持ちではいられない様子である。

〈昔話にある継子《ままこ》いじめの物語を、そのまま作り上げているような、姫君（紫の上）の有様である〉

斎院《さいいん》（弘徽殿大后の皇女、女三の宮）「葵」［四］は、故院の服喪《ふくも》により退かれた。その代わりに、朝顔（式部卿宮《しきぶのきょうみや》の姫君）がお立ちになった。賀茂《かも》のいつき（斎《いつき》の皇女《みこ》、斎院）には、孫《そん》王《のう》（天子の孫）の就《つ》く例は、あまり多くないのであるが、適《てき》する皇女《おんなみこ》（内親王）が、おられなかったようである。

大将の君（源氏）は、長い歳月を経《へ》ても、今もなお、朝顔への思いが心から離れなかった。このように、神に仕《つか》える斎院になられると、恋愛は、あってはならないことで、源氏（内心）「残念なことだ」と、思っている。

〈源氏は、朝顔に仕える中将（女房）に宛《あ》てて、これまでと同様《どうよう》に便りをしているので、朝顔への手紙は続いているに違いない。

時勢の変化により、すっかり身の上が変わってしまったことについては、特に、気にもしていない。しかし、ちょっとした恋愛事で、気を紛《まぎ》らわすことができず、あれやこれやと心を悩ましているようである〉

［一五］

帝（源氏の兄）は、故父院の遺言《ゆいごん》に背《そむ》く気持ちはなく、源氏の不遇《ふぐう》な身の上を可哀想に思いながらも、まだ年が若い上に、優し過ぎるほどの性格で、意志の強い人ではないのだろう。母后《ははきさき》（弘徽殿大后《こきでんのおおきさき》）や祖父大臣（右大臣）が、あれやこれやと決める事について、反対することもできず、世の政《まつりごと》（政治）について、御心のままにはならないようである。

源氏は、気が重くなることばかり増えて行くものの、尚侍《かん》の君《きみ》（朧月夜《おぼろづきよ》）とは、人知れず心を通わしている。耐《た》え難《がた》いことはあっても、心細さはなかった。

五壇《ごだん》の御修法《みずほう》（帝や国家の重大事に行う修法）の初日、帝が謹《つつし》んで過ごしておられる、その隙《すき》を窺《うかが》って、源氏は、いつものように、朧月夜に夢見心地で言い寄っていた。

あの、昔を思い出す弘徽殿《こきでん》の細殿《ほそどの》の局《つぼね》（朧月夜に初めて出会った場所、「花宴」［二］）へ、中納言の君（女房）が、人目を憚《はばか》りながら、源氏を案内して中に入れる。御修法で、人の出入《ではい》りの多い頃である。源氏は、いつもより端近《はしぢか》（外に近い場所）に通《とお》されて、人目に空恐ろしさを感じている。

〈源氏の姿は、朝に夕に、眺めている人であってさえも、見飽《みあ》きることのないほど美しい。まして、ごくまれにしか叶《かな》わぬ対面を、どうして疎《おろそ》かにすることができようか。女（朧月夜）の様子も、本当に、素晴らしいほどの女盛りである。重々しい落ち着きについては、どうであろうか。美しく優雅《ゆうが》で、若々しい様子は、源氏にとって、いつまでも見ていたい方である〉

源氏（内心）「そろそろ、夜も明ける頃だろうか」

と、思っていると、すぐ近くで、
宿直人《とのいびと》「宿直奏《とのいもうし》の者でございます」

と、改まった声を立てている。

（読者として……宿直奏《とのいもうし》は、名対面《なだいめん》とも言われ、宮中で宿直をする者が、定刻、上官に自分の姓名を名乗《なの》ることとです。源氏が、ここに忍び込んでいることを知る者はいないはずです）

源氏（内心）「私の他に、誰か、近衛官《このえかん》（上官）が、この辺りに忍び込んでいるのだな。他人の忍び歩きの秘密を、意地悪《いじわる》にも暴《あば》いてしまいそうだな」

などと、思いながら聞いている。面白く思う一方で、我が身の危《あや》うさも感じている。宿直人は、
あちらこちら歩き回り、

宿直人「寅一《とらひと》つ（午前四時頃）」
と、上官を探し当てて、宿直奏をしているようである。

朧月夜　**心からかたがた袖《そで》をぬらすかなあくとをしふる声につけても**
（心から、あれやこれや思うと涙がこぼれ、袖を濡《ぬ》らしてしまいます。夜が明《あ》けると告げる、宿直奏の声を聞くにつけても、貴方［源氏の君］が私を飽《あ》きてしまうと聞こえまして）
と、歌を詠む姿は、源氏の目には心細そうに見えて、たいそう可愛らしい。
源氏　**嘆きつつわがよはかくて過ぐせとや胸のあくべき時ぞともなく**
（嘆きながらも、我が人生はこのように過ごせというのだろうか。夜は明《あ》けても、胸の思いは開《あ》ける時もないままに）
と、慌《あわただ》しく、部屋を出た。

夜更《よふ》けの暁月夜《あかつきづくよ》（月が空に残る夜明け頃）、何とも言えず趣深い霧の立ち込める風情《ふぜい》の中、源氏は、たいそう質素な身なりで忍び歩きをしているが、類《たぐい》ない姿には変わりない。承香殿《しょうきょうでんの》女御《にょうご》（帝の妃）の兄藤少将が、後宮の御殿である藤壺（飛香舎《ひぎょうしゃ》、この時の住人は不明）から出て来て、月の光が少し陰を作っている立蔀《たてじとみ》の下に立っていた。しかし源氏は、気が付きもせず、通り過ぎたのである。

〈それは、気の毒にも不幸なことであった。後に、源氏は、朧月夜と密会《みっかい》していたことを非難されることになるだろう〉

［一六］

源氏は、このように朧月夜《おぼろづきよ》と付き合いながらも、藤壺が、自分を遠ざけて冷たい態度をとる心強さには、立派な方であると思う一方で、

源氏（内心）「自分勝手な気持ちではあるが、やはり悲しくて辛い」

と、思う折も多かった。

藤壺は、宮中への参内《さんだい》は決まりが悪く、気後《きおく》れしている。それ故、春宮《とうぐう》（皇太子、藤壺と源氏の秘事《ひじ》の罪《つみ》の息子）に会えないことが気掛かりである。他に頼りにできる人もおらず、とにかく、この大将の君（源氏）を何事においても頼りにしているのに、未《いま》だに、源氏の見苦しい恋心の止《や》まないことに、どうかすると胸の潰《つぶ》れてしまいそうな思いになる。

藤壺（内心）「故院が、まったく表情にも出さず、知らない振りを通されていたことを思い出すだけでも本当に恐ろしいのに、今頃になって、さらに秘事の罪まで、世間で悪い噂となったならば、我が身はともかくとして、春宮の身に、必ずや良からぬ事が起こるに違いない」

と、思うと、恐ろしくてたまらず、祈禱《きとう》までさせている。

藤壺（内心）「源氏の君の執着心を、思い止《とど》まらせたい」と、できる限り用心をして、言い逃れていたのであるが、

〈源氏は、どのように機会を覘《うかが》ったのだろうか〉

嘆かわしいことに、藤壺の直《す》ぐ傍《そば》まで入り込んで来たのである。源氏が内心で企《たく》んでいることを知る者は誰もおらず、藤壺にとっては、悪夢のような恐ろしい思いだった。

〈筆者の私が、そのまま語ることのできないほどに、源氏は恋慕《れんぼ》の情《じょう》を語り続けている〉

しかし宮（藤壺）は、まったく相手にせず、心に隔《へだ》てを置いている。挙句《あげく》の果《は》て、藤壺は、胸の痛みに苦しみ出して、傍《そば》で仕えていた王命婦や弁などが驚いて介抱《かいほう》する。

男（源氏）は、辛くて悲しくてたまらない。来《き》し方行《かたゆ》く先《さき》（過去も未来も）、悲しみで真っ暗な思いになり、正気《しょうき》を失ってしまう。夜は、すっかり明けて、源氏は退出できないままとなってしまった。

藤壺の病に驚いて、女房達が近くに集まり、慌《あわただ》しく出入《ではい》りしている。源氏は、呆然《ぼうぜん》としたまま、塗籠《ぬりごめ》（小部屋）に押し込められた。源氏の装束を隠《かく》し持っている王命婦や弁は、まったく気が気ではない。

〈読者として……藤壺と源氏の秘事の罪の関係について、王命婦から弁にも、事情が伝えられて

いると想像できます）

宮（藤壺）は、何もかもが遣《や》り切《き》れない思いになり、興奮《こうふん》して取り乱し、ますます具合の悪くなる有様である。兄兵部卿《ひょうぶきょうのみや》宮や中宮大夫《だいふ》（中宮職長官）などが参上して、

兵部卿宮「僧を呼べ」

などと、騒いでいる。大将（源氏）は、塗籠《ぬりごめ》の中で切なく聞いている。

やっとのことで、夕暮れ時、藤壺の苦しみは治《おさ》まった。

源氏が、このように、塗籠《ぬりごめ》の中に隠れているとは、藤壺は思いもしない。しかも、王命婦と弁は、藤壺の気持ちを不安にさせてはならぬと考えて、話さなかったようである。

藤壺が、昼の御座所に膝をつきながら出て来ると、

兵部卿宮「ご気分が宜《よろ》しくなられたようですね」

と、言って、退出されるなど、御前《おんまえ》（お傍《そば》近く）は人の数が少なくなった。日頃《ひごろ》から、身近に仕える女房の数も少なく、あちらこちらの物の背後《うしろ》（物陰）などで控えている。

（読者として……静かな室内を想像します）

王命婦「どのようにして、源氏の君を、塗籠から出して差し上げれば良いものか。今晩も、ま

た、宮（藤壺）が取り乱してしまわれたら気の毒ですし」

などと、ひそひそと囁《ささや》きながら困り果てている。

（読者として……源氏は、王命婦や弁が困惑していることをよそに、勝手に行動します）


君（源氏）は、塗籠の戸の細目に開いている所を、そっと押し開けると、屏風《びょうぶ》の狭い隙間《すきま》を伝《つた》い歩きをしながら部屋の中に入って行った。藤壺の姿が目に入る。久しぶりで、嬉しくて、涙を流しながら見つめる。

（読者として……藤壺は、源氏に見られていることに、気が付いていません）

藤壺「ますます苦しくなるばかり。辛くてたまらない。このまま死んでしまいそう」

と、言って、部屋の外を眺めている横顔が、源氏の目には言いようのないほど上品な美しさに見える。

女房「せめて、果物《くだもの》（菓子）だけでも」

と、言いながら差し出している。箱の蓋《ふた》などを盆《ぼん》にして、美味《おい》しそうに盛《も》ってあるが、藤壺は見向《みむ》きもせず、苦しい境遇《きょうぐう》（源氏との秘事の罪）を、ひどく悩んでいる様子で、じっと外を見つめている。源氏には、その姿がとても愛《いと》しい。髪《かん》ざし（額《ひたい》の髪の生《は》え際《ぎわ》）、頭《かしら》つき（髪形《かみがた》）、髪の背にかかる様子など、果てしなく照り輝く美しい姿を見ていると、実に、あの対の姫君（紫の上）とそっくりである。この数年、直《じか》に対面できず、藤壺の顔を少し忘れてしまっていた。

源氏（内心）「驚くほど、姫君と似ているではないか」

と、藤壺を見つめながら、少しは、もの思いのはるけどころ（物思いの晴れるはけ口）として、姫君を手に入れた気持ちになっていた。


　藤壺には高貴な気品があって、こちらが恥ずかしくなるほどの容姿である。源氏には、藤壺と姫君（紫の上）が別人とは思えず、まったく見分けがつかない。しかし、やはり、この上ない方として、昔から恋い慕ってきた気持ちによる思い込みだろうか。

源氏（内心）「宮（藤壺）の方が、姫君（紫の上）よりも格別に素晴らしく、年を重ねるほどに美しくなられていることよ」

と、類《たぐい》ない人であると思えば思うほど、心は乱れて分別《ふんべつ》を失い、そっと御帳《みちょう》の中に入り込んでしまう。衣《ころも》の褄《つま》（端）を引いて衣擦《きぬず》れの音をさせた。薫物《たきもの》の香り（衣香《えこう》）が辺りにさっと匂《にお》って、藤壺には源氏の訪れと分かる。驚き呆《あき》れて恐ろしくなり、そのままうつ伏《ぶ》してしまった。

源氏「せめて、こちらを向いて下さい」

と、不満と寂しさから、藤壺を引き寄せた。藤壺は、衣を滑《すべ》らせるように脱ぎ捨てながら部屋を出ようとするが、源氏は、とっさに髪まで衣と一緒に掴《つか》んだ。藤壺は、まったく情けない思

いで宿命を思い知り、
藤壺（内心）「酷《ひど》い」
と、思っていた。

男（源氏）も、長い年月、恋心を抑《おさ》えていた分別《ふんべつ》がすっかり乱れてしまい、正気《しょうき》の様ではない。あれやこれやと泣きながら、恨《うら》み言《ごと》を言っている。

藤壺（内心）「真《まこと》に不愉快なこと」

と、思って、返事もしない。ただ、
藤壺「気分がたいそう悪くて苦しいです。これほどでない折があれば、お便りを差し上げしましょう」

と、言うが、源氏は、尽きることなく、恋慕の情をしつこく言い続けている。


藤壺は、情けない思いをしながらも、それでもやはり、源氏の言葉に嬉《うれ》しく思う事もあったのだろう。二人の秘事の罪は、無かったことにはできないものの、改めて、同じことを繰り返したならば、まったく情けないことになってしまうと思い、親しみを込めながら、たいそう上手《うま》く言い逃れている。今宵《こよい》も明けてゆく。

源氏は、執着心が過ぎるあまり、藤壺の言葉に従わずにいるのも畏《おそ》れ多《おお》くなる。気の引けるような藤壺の高貴な有様を前にして、
源氏「ただ、この程度でも、時々お目に掛かり、せめてこの深い悲しみを晴らしたいのです。身の程を弁《わきま》えぬ下心は何もありません」
などと、言っている。
〈源氏は、藤壺の気持ちを宥《なだ》めているに違いない。普通の男女の仲であってさえも、このように、愛することの許されぬ間柄は切ないものであるのに、藤壺と源氏は、秘事《ひじ》の罪《つみ》を抱えているのだから、その苦しみは譬《たと》えようもない有様である〉

夜が明けてしまった。王命婦と弁の二人が、たいそう周りの目を気にして、帰りを急ぐように言ってくる。宮（藤壺）の今にも死んでしまいそうな様子に、源氏は辛くてたまらず、
源氏「私が、まだこの世に生きていると宮の耳に入ることは、まったく恥ずかしいです。このまま死んでしまいたいとも思いますが、それもそれで、この世ではなく、来世の罪となってしまうことで」
などと、言いながら、不気味なまでに思い詰めている。

源氏「**逢《あ》ふことのかたきを今日《けふ》にかぎらずはいまいく世をか嘆きつつ経《へ》ん**

（貴女に逢うことの難しさが、今日だけでなく、これから幾世《いくよ》にもわたって続くならば、私は、後の世でも、嘆きを繰り返しながら、生きることになるのでしょう）

貴女の来世への絆《ほだし》にも、なってしまうでしょう」

と、言うので、さすがに、藤壺は嘆息《たんそく》を漏《も》らし、

藤壺　**ながき世のうらみを人に残してもかつは心をあだと知らなむ**

（長い幾世にもわたる恨みを私の所為《せい》にしても、それは、一面では、貴方の心の徒《あだ》、つまり移《うつ》り気《げ》で誠実さのない人柄によるものと知って頂きたいです）

然《さ》り気《げ》なく、藤壺が、本心を巧《たく》みに歌に詠む有様は、言いようのないほど素晴らしく見える。

しかし源氏は、藤壺の言葉から、我が身への痛烈な批判を思い知り、苦しくてたまらず、呆然《ぼうぜん》として部屋を後にした。

［一七］

源氏（内心）「何の面目《めんぼく》あって、再び、宮（藤壺）にお目に掛かることができようか。私のことを『気の毒に』と宮の方から身に染みてお感じになるのを待つだけのことだ」

と、思い、手紙も差し上げない。

源氏は、まったく、宮中へも、春宮のもとへも参上せず、部屋に籠《こも》ってしまった。寝ても覚めても、

源氏（内心）「宮（藤壺）は、ひどく冷たい心の方であったことよ」

と、悩む姿は、人目にも見苦しい有様である。恋しさと悲しさで、心魂《こころだましい》（気力）も失《う》せてしまったのだろうか。病人のような気持ちにまでなっている。何とも心細く、

源氏（内心）「どうして、このようなことになってしまったのか。この世を生きているから、辛さも増してゆくのだ」

と、思うと、出家を考える。しかし、この女君（紫の上）が、たいそう可愛らしい姿で、源氏を心から頼りにしているのを見ると、振り捨てることは容易ではない。

一方、宮（藤壺）も、源氏との気まずい別れの名残《なごり》から、いつものように落ち着いてはいられない。源氏は、わざとらしく引《ひ》き籠《こも》っている様子で、手紙もない。王命婦などは、双方《そうほう》を気の毒に思っている。宮（藤壺）は、春宮の将来を思うと、

藤壺（内心）「源氏の君が心に隔《へだ》てを置いたならば、春宮が可哀相《かわいそう》である。源氏の君は、この世を虚《むな》しく思ったならば、一途《いちず》に出家を思い立ってしまうかもしれない」

と、思うと、さすがに苦しくて、悩んでいるようである。

（読者として……藤壺は、源氏を春宮の唯一の後見人として考えています。それ故《ゆえ》に、源氏から見放《みはな》され、出家されてしまうことは、どうしても避けなければなりません。恋慕《れんぼ》の情を寄せる源氏に、嫌悪感を抱きながらも、春宮の母親として苦悩しています）

藤壺（内心）「源氏の君と、このような関係が絶《た》えることなく続くならば、ただでさえ、右大臣一族が権勢《けんせい》を奮《ふる》う世の中であるのだから、浮《う》き名《な》（悪い噂）までも流されてしまうかもしれない。弘徽殿大后が、『あってはならぬこと』と言われて、怒っておられる私の中宮の位を、いっその事《こと》、退《しりぞ》いてしまおう」

と、次第《しだい》に決心を固めて行った。

藤壺は、故院が生前、春宮の身を案じて、母である我が身に中宮の位を与え、春宮の頼《たよ》り所《どころ》とされた格別な心遣《こころづか》いを思い出している。

藤壺（内心）「万事、昔のままであるものはなく、変わり行くのがこの世なのだろう。戚夫人《せきふじん》（『史記』）のような悲劇にまではならなくても、私は、必ずや、世間の物笑いとなる身なのだろう」

などと、思うと、世の中が嫌《いや》になり、生《い》き辛《づら》く感じて、
藤壺（内心）「出家してしまおう」

と、決心したのだった。

春宮にお会いせず、このまま出家して姿を変えてしまうことは、さすがに切《せつ》なく、寂《さび》しいことであると思い、人目を忍《しの》んで参内《さんだい》することにした。

［一八］

大将の君（源氏）は、これまで、それほど重要な事柄でなくても、ただ人（臣下《しんか》）として手抜《てぬ》かりなく藤壺に仕えてきた。しかし、この度《たび》の藤壺の参内には、気分が悪いのを口実《こうじつ》にして、見送りにも参上しない。表向きのご挨拶《あいさつ》は、同じようにしている様子ではあるが、王命婦「源氏の君は、すっかり塞《ふさ》ぎ込《こ》んでしまわれた」と、事情を知っている弁《べん》とともに、気の毒に思っている。

春宮（六歳）は、たいそう可愛らしく成長し、母藤壺との久しぶりの対面を嬉しく思いながら、慕《した》っている。

藤壺（内心）「愛《いと》しくて、悲《かな》しいこと」と、思いながら見ている。

藤壺（内心）「出家することは、容易ではないけれども、宮中を見渡せば、右大臣一族が権勢を奮《ふる》っている。世の中の有様とは、悲しいほどに果敢無《はかな》いもので、移り変わることばかりである。弘徽殿大后《こきでんのおおきさき》が何を考えておられるかと思うと、それも、たいそう気詰《きづ》まりなこと。源氏の君が、これまでのように、ただ人として振る舞い、出入りするのも決《き》まりが悪《わる》い」
と、何かと苦しい思いになる。春宮の将来を考え合わせても、気掛かりなことばかりで恐ろしく、何もかもが心配で心は乱れている。

藤壺「これから暫《しばら》く、お目に掛かることができません。私が久しぶりに参上した際、これまでとは違う異様《いよう》な姿（出家姿）に変わっていたならば、どのように思われますか」
と、尋ねると、春宮は、母藤壺の顔をじっと見つめて、
春宮「式部（女房）のようになるのですか。どうして、あのような姿になるのですか」
と、笑いながら言っている。話の意味も分からぬほどの幼さに、
藤壺「式部は、年老いているから醜《みにく》いのですよ。そうではなくて、髪はそれよりも短くて、黒い衣《きぬ》などを着て、夜居《よい》の僧（加持祈祷に終夜詰めている僧）のようになろうとしているのです。お会いするのは、たいそう先になるでしょう」
と、言いながら泣いてしまう。春宮は、真剣《しんけん》な面持《おもも》ちで、
春宮「久しく訪れがないと、恋しくてなりませんのに」
と、言いながら、涙がこぼれ落ちる。
春宮（内心）「恥ずかしい」

と、思い、さすがに後ろを向いてしまう。御髪《みぐし》はゆらゆらと美しく、目見《まみ》（目もと、目つき）の愛《いと》しいほど照《て》り輝《かがや》く様子は、大きくなるにつれて、ただもう、あの方（源氏の君）に生き写しである。歯が少し抜けて、口の中を黒く見せながら、にこにこと笑い、香り立つような可愛らしさは、春宮を女として見上げたくなるような美しさである。

藤壺（内心）「まったくこれほどまで、源氏の君に似てしまうとは、心配でならない」と、玉の瑕《きず》と思わずにはいられない。世間に煩《うるさ》く取《と》り沙汰《ざた》されることが、何よりも恐ろしくてならなかった。

（読者として……父帝は、皇子について、誕生の際、「瑕《きず》なき玉《たま》」と表現されていました「紅葉《もみじ》賀《のが》」［九］。一方この場面では、藤壺が「玉《たま》の瑕《きず》」と表現し、源氏と生き写しであることに恐ろしさを感じています。父帝と藤壺の対照的な心理描写が印象に残ります。藤壺は、秘事の罪の恐ろしさを抱えながら生きています。常に、「周囲の人々が不審《ふしん》に思うのではないか」と気が気ではなく、人知れず出家の決意を固めて行きます。

筆者紫式部が、登場人物の女房「式部」に、自身を重ねて登場させているような可笑《おか》しさを感じます。『源氏物語』が世間で評判となり、女主人公「紫の上」に因《ちな》み、「紫式部」と呼ばれるようになったようです。当時の読者を笑わせているような、筆の走りを感じます）

［一九］

大将の君（源氏）は、宮（藤壺）をたいそう恋しく思うものの、源氏（内心）「私の心を徒《あだ》と歌に詠まれた冷たさ「賢木」［一六］を、時々は、ご自分でも身に沁《し》みて感じて頂けるように、こちらも振る舞うことにしよう」と、思い、参上もせず、我慢しながら過ごしている。しかし一方で、人目も気になり、手持ち無沙汰《ぶさた》に感じるので、秋の野を見るついでに、雲林院《うりんいん》（天台宗寺院）を参詣《さんけい》する。源氏（内心）「故母御息所《みやすどころ》（桐壺更衣《きりつぼのこうい》）の兄弟、律師《りし》が籠《こも》って修行をしている僧坊で、法文《ほうもん》（経文《きょうもん》）などを読んで勤行《ごんぎょう》しよう」と、思い、二、三日滞在する。しみじみとした風情を感じることも多かった。

紅葉《もみじ》が、だんだんと一面に色づいて、秋の野原は、たいそう風流な景色である。源氏は、眺めているうちに、古里《ふるさと》（京の都）のことを忘れてしまいそうな思いになる。法師達の中で、才《ざえ》（学問）のある者をすべて呼び集め、論議をさせて横で聞いたりしている。場所柄もあり、ますます世の無常について、どこまでも考えるが、一方で、やはり「うき人しもぞ」と昔の恋人を回想する古歌を口遊《くちずさ》み、冷たい態度を通す藤壺を思い出している。

明け方の月の光の下で、法師達が閼伽《あか》（仏に供える水）を用意しながら、からからと皿を鳴らし、菊の花や、濃いもの薄いものなど様々な色の紅葉を折り散らしている様子は、たわいなくも思えるが、このように仏道修行をしていると、この世を果敢無《はかな》く思う気持ちもなくなり、後《のち》の世《よ》（来世）にも、望みが持てそうである。

源氏（内心）「まったく、私は、つまらぬ我が身を悩んでいたものだ」

などと、思い続けている。


律師《りし》が、たいそう尊い声で「念仏衆生摂取不捨《ねんぶつしゅじょうせっしゅふしゃ》」と、声を伸ばして勤行《ごんぎょう》している姿がたいそう羨《うらや》ましくて、
源氏（内心）「なぜ、自分は出家できないのか」

と、考えると、まず姫君（紫の上）のことが気掛かりで思い出す。

〈まったく、紫の上を理由にするとは、悪い性分であることよ〉

源氏は、いつになく紫の上と離れて過ごしているので、数日とはいえ心配で、手紙だけは、頻《しき》りに届けているようである。

源氏（手紙）「生きながらにして、俗世を離れることができるかと、試しに仏道修行をしていますが、この世の果敢無《はかな》さを慰《なぐさ》めることは難しく、心細さは募《つの》るばかりです。僧侶の教えを途中まで聞いて、休んでいるところです。貴女（紫の上）は、いかがお過ごしですか」

などと、陸奥国紙《みちのくにがみ》（檀紙《だんし》、厚手の上質紙、雑用向き）に気楽に書いたものさえ、素晴らしく見える。

源氏　**浅茅生《あさぢふ》の露のやどりに君をおきて四方《よも》の嵐《あらし》ぞ静心《しづこころ》なき**
（浅茅生《あさじう》［草木の茂み］の露のような住処《すみか》に貴女を置いて、私は此処《ここ》に来ていますが、四方［東西南北］から吹きつける嵐の風に、貴女を心配し、落ち着かずにいます）
などと、愛情深い言葉で詠まれている。女君（紫の上）は泣いてしまった。返事は、白い色紙に、

紫の上　**風吹けばまづぞみだるる色かはる浅茅が露にかかるささがに**
（風が吹くと、私の心は真っ先に乱れます。浅茅が枯れて色の変わるように、貴方の心も変わるのではないかと思うからです。浅茅の露の掛かる蜘蛛《くも》の糸のように揺れるのです）

と、それだけが書かれている。

源氏「筆跡は、たいそう上手になったことよ」

と、独り言を言い、

源氏（内心）「可愛らしいことよ」

と、思いながら、笑みを浮かべている。

源氏（内心）「いつも手紙のやり取りをしているからか、私の筆跡に、よく似てきたな。少しずつ優美な女らしさも備《そな》わってきた書き振りだ。何事においても不足《ふそく》のない人に、我ながら良く育て上げたものだ」

と、思っている。


（読者として……源氏は、相変《あいか》わらず、紫の上の筆跡だけを見て、成長を喜んでいます。一方の歌に込められた、悲痛な気持ちについては、思いが及んでいません。筆者紫式部は、紫の上の生き様の象徴として、「涙」を「露」に譬《たと》えて表現し、涙を流す理由を明らかにしながら、物語を展開させて行きます）

［二〇］

雲林院《うりんいん》は、斎院から、吹き通う風も同じほどの近い場所にある。源氏は、朝顔（斎院）にも手紙を送った。中将の君（朝顔の斎院付《づき》の女房）に、

源氏（手紙）「このような旅先で空を眺めていると、姫君（朝顔）への物思いから、魂が、身体を抜け出てさ迷ってしまいます。お分かりではないと思いますが」

などと、恨み言を書いている。御前《おまえ》（斎院）には、

源氏（手紙）「**かけまくはかしこけれどもそのかみの秋思ほゆる木綿《ゆふ》欅《だすき》かな**

（言葉に出して言うのも畏《おそ》れ多いですが、あの昔の秋を思い起こすような、木綿欅［神事を行う際にかける欅］でございます）

『昔を今に』（『伊勢物語』三十二段）のように、縒《よ》りを戻《もど》したくても甲斐《かい》のないことですが、今からでも取り返せるように思いまして」

と、まるで深い仲であったかのように、馴《な》れ馴《な》れしく書かれている。唐《から》の浅緑《あさみどり》の紙で、榊《さかき》に木綿《ゆふ》を結び付けるなど、態《わざ》と神々《こうごう》しく作り上げて届けられた。

中将の君（返事）「気の紛《まぎ》れることもなく、来《き》し方《かた》（過去）を思い出しております。物思いに耽《ふけ》り、源氏の君を思い出すことも多くありますが、それも甲斐《かい》のないことでございまして」

と、少し思いを込めて、言葉の数も多く書かれていた。御前（朝顔）の返事は、木綿《ゆふ》の端に、

朝顔「**そのかみやいかがはありし木綿《ゆふ》襷《だすき》心にかけてしのぶらんゆゑ**

（あの昔とは、どのような意味ですか。神事の木綿襷に、何を偲《しの》んでおられるのか）

『近き世に』（引歌不明）と言われましても分かり兼《か》ねます」

と、書かれていた。

朝顔の筆跡は、繊細な美しさはないものの、上品で、草仮名《そうがな》（万葉仮名《まんようがな》を草体《そうたい》に書き崩《くず》した字体）など、趣深く上達していた。

源氏（内心）「まして、朝顔ご本人も、年を重ねて、美しくなっておられることだろう」

と、想像している。

〈朝顔は、神に仕《つか》える斎院である。源氏の思いは、あってはならない恐ろしいことである〉

源氏（内心）「懐《なつ》かしい。昨年の今頃の秋であったな。野宮《ののみや》に六条御息所を訪ねて、別れの悲しみに浸《ひた》ったのは」

と、思い出し、

源氏（内心）「不思議なことだ。六条御息所《ろくじょうのみやすどころ》も、斎宮《さいぐう》（六条御息所の娘）も、斎院《さいいん》（朝顔）も、皆、同じように、秋の季節に別れを惜《お》しむことになるとは」

と、神を恨めしく思っている。

〈源氏が、恋愛に執着する癖は、本当に見苦しいことよ。無理強《むりじ》いをして、思い通りになったと思ったら、年月を気長《きなが》に過《す》ごし、今頃になって、悔しい思いをしているのである。本当に、異様な性格の人であることよ。

斎院（朝顔）も、このような源氏の並々ならぬ思いを分かっているので、時々届けられる手紙の返事などに、あえて隔てを置くことはできないようである。それについては、少しがっかりである〉

［一一］

源氏は、山寺《やまでら》（雲林院《うりんいん》）で、天台《てんだい》六十巻と呼ばれる経文《きょうもん》を読みながら、よく分からない箇所《かしょ》を、法師達に説明させるなどして過ごしている。法師達「たいそう立派に光り輝く源氏の君のお越《こ》しは、我らの勤行《ごんぎょう》への仏の御加護《ごかご》である」と、身分の低い者まで、互いに喜び合っている。

源氏は、静かな気持ちで時世を思い続けると、京の都へ帰ることは、何とも気が重い。しかし唯一、姫君（紫の上）を思い出すと、やはり絆《ほだし》である。長い間、ここに留《とど》まるわけにはいかない。寺に御誦経《みずきょう》（布施《ふせ》）を盛大に行う。

受け取るべき人々にはすべて、身分の上から下まで、僧や辺《あた》りの山人《やまびと》にまで物が贈られる。源氏は、できる限りの功徳《くどく》を施《ほどこ》して、京へ向けて出立した。

源氏の君を見送ろうとして、あちらこちらに、身分の低い皺《しわ》の寄《よ》った年寄達《としよりたち》まで集まって、涙を落としながら見ている。

源氏は、故父院の服喪《ふくも》により、黒い車に乗り込んだ。中は暗く、藤衣《ふじごろも》（喪服《もふく》）を着ているため、見送る人々には、源氏の様子をはっきりと見ることはできない。しかし、わずかに見える姿だけでも、この世に類《たぐい》ないほど素晴らしい方であると、思い込んでいるようである。

源氏は、自邸二条院に到着した。女君（紫の上）は、幾日《いくにち》かの間にも、すっかり立派に成長したように感じられる。たいそう落ち着いた面持《おもも》ちで、

紫の上（内心）「源氏の君と私の仲は、これから、どうなるのだろうか」

と、心配している様子にも見えて、源氏は、労《いたわ》しくも愛《いと》しくも思っている。

源氏（内心）「私の藤壺へのどうにも止まらぬ心の乱れを、知っているのだろうか」

と、思うと、あの時、「色かはる」と歌に詠んでいた「賢木」［一九］、愛らしい姿を思い出し、いつもより、特に気を遣いながら語り掛けている。

［一二］

源氏が、雲林院《うりんいん》から山の土産《みやげ》に持って帰らせた紅葉《もみじ》は、二条院の御前《おんまえ》の庭のものに比べると格別に素晴らしく、染め上げたような鮮《あざ》やかさである。露《つゆ》の心（露に心ある）と思える風情を、そのままにしておくことはできない。藤壺に、ご無沙汰《ぶさた》していることは、人目《ひとめ》にも決まりが悪く、怪《あや》しまれると思い、とにかく、いつものような挨拶《あいさつ》として、手紙とともに紅葉を送った。

王命婦《おうみょうぶ》のもとに届けさせる。

源氏（手紙）「春宮へ参内されているとのこと、お久しぶりであると思いながら承《うけたまわ》りましたが、私は、宮（藤壺）とのことでは、もどかしい思いになりまして、落ち着いた気持ちではいられず、仏道の勤行《ごんぎょう》に励みたいと思い立ち、出掛けておりました。勤めの日数《ひかず》は、我《わ》が意《い》のままにはならず、今頃《いまごろ》になって京に戻って参りました。紅葉は、一人で見ていると、夜の暗闇で見る錦《にしき》のようなものに思われますので、お届け致します。時節柄、ご覧下さい」

などと、書かれている。なるほど立派な枝ぶりで、藤壺の目にも留《と》まる。いつものように小さく折られた手紙が結ばれていた。周りでは女房達が見ている。藤壺は、顔色の変わる思いになり、藤壺（内心）「未《いま》だに、源氏の君が、このようなやり方で心を寄せてくることは、本当に疎《うと》ましくて残念でならない。思慮《しりょ》深い人でありながら、不意に、このように時節に合わせて寄越《よこ》して来るのだから、女房達は不審《ふしん》に思っているに違いない」

と、思うと不愉快《ふゆかい》で、紅葉を瓶《かめ》に挿《さ》させ、廂《ひさし》の柱の下に押しのけさせてしまった。


藤壺は、日常の用事や春宮に関《かか》わることは、源氏を頼りにしている様子に振る舞い、型通りの返事ばかりを寄越《よこ》してくる。

源氏（内心）「藤壺がこれほど賢く、どこまでも気を許さない方とは」

と、恨めしく思いながら手紙を見ている。一方で、これまで何事においても、ただ人《びと》の立場で後見人として仕えてきたので、
源氏（内心）「私が、藤壺に余所《よそ》余所《よそ》しく振る舞っていると、却《かえ》って女房達が怪《あや》しく思い、陰口《かげぐち》をたたくかもしれない」

と、思い直して、藤壺が宮中から里邸へ退出する日には、供人として迎えに参上した。

［一二三］

源氏は、参内《さんだい》すると、まず先に、内裏《うち》の御方（兄帝）のもとへ参上した。ゆったりと寛《くつろ》いでおられるところで、源氏は、昔や今の物語（世間話）を申し上げる。

兄帝の顔立ちも、故父院にたいそうよく似ていて、さらにもう少し、優美な雰囲気を加えて、親しみの感じられる穏やかな人柄の方である。兄帝と源氏は、互いに、しみじみとした思いで対面している。

兄帝は、尚侍《かん》の君《きみ》（朧月夜《おぼろづきよ》）について、「源氏の君との仲は、依然として続いている」との噂を耳にされていた。尚侍の君の素振《そぶ》りから、それを感じることもあったが、兄帝（内心）「いや、なに。今に始まった事ならば、問題であるだろうが、以前からの仲であるのだから、そのように心を通わせているのも、不似合いとは言えないだろう」と、お考えになり、お咎《とが》めにはならなかった。

兄帝は、様々な物語や書《ふみ》の道《みち》（学問）について、日頃、よく分からないと思っていた事柄《ことがら》などを源氏に尋ね、また歌にまつわる恋愛話なども互いに語り合っている。その中で、あの斎宮《さいぐう》（六条御息所の娘）の伊勢に下る日の容姿の可愛らしかった様子などを、兄帝が語るのにつられて、源氏も寛《くつろ》いで、野宮《ののみや》に六条御息所《ろくじょうのみやすどころ》を訪ねた際のしみじみとした曙《あけぼの》の風情「賢木」［三］などを、すっかり語ってしまっていた。

二十日《はつか》の月が、ようやく昇り始めた。辺りの美しい時分である。

兄帝「管弦の遊びなどを、してみたくなる風景であるな」

と、言われる。

源氏「今夜、中宮（藤壺）が宮中から退出されるとのことで、これから、あちらへ参上致します。故父院の御遺言により仕えておりますが、他に後見をされる方もいないご様子で、春宮の縁《ゆかり》（表向き、兄帝と春宮と源氏の二人は、異母兄弟）として気の毒に思われまして」

と、申し上げる。

兄帝「故父院は、生前、『春宮を自分の皇子のように思って大切にするように』などと仰《おお》せでした。私も、とりわけ大切に思う気持ちではありますが、お一人だけを特別に、というのも、どうかと思われまして。お年の割に、筆跡などは、格別、優《すぐ》れておられるようですね。何事《なにごと》においても際立《きわだ》つことのない私の面目《めんぼく》を、立ててもらっていますよ」

と、言われる。

源氏「だいたいのところ、何をされても、たいそう聡明《そうめい》で、大人らしく振る舞っておられますが、まだ、たいそう幼げで」

などと、春宮の日頃の様子をお話しして、源氏は退出した。

その時、大宮（弘徽殿大后）の兄弟である藤大納言《とうだいなごん》の子、頭弁《とうのべん》という者と遭遇《そうぐう》した。右大臣家の権勢の下、時めいている若者で、気遣いをしない人のようである。妹の麗景殿女御《れいけいでんにょうご》を訪ねようとしているところに、大将（源氏）の前駆《さき》が、人目を忍んで先払《さきばら》いをしていた。頭弁は、暫《しばら》くそこに立ち止まり、

頭弁「『白虹《はくこう》日を貫けり。太子畏《お》ぢたり』」（『史記』、白い虹が太陽を貫《つらぬ》くのを見て謀反《むほん》の失敗を恐れた話）

と、たいそうゆっくりとした口調《くちょう》で朗詠《ろうえい》していた。

源氏（内心）「まったく、耳障《みみざわ》りだ」

と、思いながら聞いている。

〈源氏に、咎《とが》め立《だ》てできようか。できるはずもない〉

后《きさき》（弘徽殿大后）の気性は、たいそう恐ろしく、源氏には、厄介《やっかい》に思うことばかりが耳に入ってくる。その上、このように右大臣家の近親の人々まで、源氏に敵意を表し、嫌味《いやみ》を言ってくるのである。源氏は厄介《やっかい》に思いながらも、ただもう、平然と振る舞っていた。

そして源氏は、藤壺のもとへ参上する。

源氏「帝（兄帝）の御前で、お話をしながら、今まで、夜更《よふ》かしをしておりました」

と、挨拶《あいさつ》をする。

［二四］

月の光が、明るく美しく射《さ》している。昔、このような折、故院は、管弦《かんげん》の遊びを催《もよお》し、華《はな》やかに過ごされていた。藤壺はそれを思い出すと、同じ御垣《みかき》の内（宮中）でありながら、何もかもが変わってしまった有様に、悲しい思いをしていた。

藤壺　**ここのへに霧やへだつる雲の上の月をはるかに思ひやるかな**

（九重《ここのえ》［宮中］［幾重《いくえ》］に霧が立ち込めて、私を隔てています。雲の上の見えない月に、遥《はる》か彼方《かなた》への思いを馳《は》せています。故院は、何処《どこ》へ行かれてしまったのでしょうか）

と、王命婦を介《かい》して、源氏に伝える。

御座所は間近《まぢか》で、藤壺の気配が、微《かす》かではあるものの懐《なつ》かしく感じられる。源氏は、藤壺への恨《うら》めしさも忘れて、真っ先に、涙を落としていた。

源氏「**月かげは見し世の秋にかはらぬをへだつる霧のつらくもあるかな**

（月の光は、これまでに見た、いつの世の秋とも変わりませんが、立ち込めて隔てる霧は、辛く

てたまりません）
『霞《かすみ》も人の』とも言われますから、昔から、霧《きり》にも霞《かすみ》にも、人と同じように隔て心があるのでしょうか」
などと、返事をする。
（読者として……源氏は、藤壺の冷たい態度を「へだつる霧」と歌に詠み、暗に、憂《うれ》いの気持ちを訴えています）

宮（藤壺）は、母親として、春宮のことが、何にも増して、心配でならない。あれこれと言って聞かせるものの、心に深く留《とど》めておられない様子を、たいそう心許《こころもと》なく思っている。

春宮は、いつもならば早々に、大殿籠《おおとのごも》る（おやすみになる）のであるが、
春宮（内心）「母宮（藤壺）が、退出されるまで起きていよう」

と、思われている。

母宮の退出を悲しく思いながらも、さすがに立場を弁《わきま》えて、後《あと》を追うことはされない。

源氏（内心）「まことに、寂《さび》しいことだ」

と、思いながら見ている。

（読者として……今宵《こよい》、源氏は、宮中から退出する藤壺に、ただ人《びと》［臣下《しんか》］として仕えています。藤壺は、母として春宮を心配し、春宮は、母に甘えたい気持ちを我慢し、源氏は、その二人の様子を見ています。

藤壺と源氏は、決して口外《こうがい》することのできない秘事の罪の苦しみを抱えながら生きています。この時、春宮、藤壺、源氏の三人が、人知れず、真《まこと》の家族で、わずかな時間を過ごしていることに気が付きます。春宮は、源氏が実の父親であることを知りません。後に、母藤壺の亡《な》き後《あと》、知ることになります）

［二五］

大将（源氏）は、頭弁《とうのべん》が朗詠《ろうえい》していた故事「賢木」［二三］を思い出すと、心の鬼（良心《りょうしん》の呵責《かしゃく》、藤壺との秘事の罪）から世の中を厄介《やっかい》に思い、尚侍《かん》の君《きみ》（朧月夜《おぼろづきよ》）にも便りをしないまま、長い時間が過ぎていた。

初時雨《はつしぐれ》が、「早く降《ふ》りたいよ」と思っているかのような、秋から冬へ、季節の移り変わる空模様である。

〈どうした思いからだろうか。その方《かた》（朧月夜）から手紙が届いた〉

朧月夜　**木枯《こがらし》の吹くにつけつつ待ちし間《ま》におぼつかなさのころもへにけり**

（木枯の吹く季節になっても、貴方からの手紙はなく、待ち遠しく日々を過ごしていました）

と、詠まれている。季節の風情も重なり、朧月夜が、ひたむきな気持ちで、人目を忍んで書いたのだろうと思うと、源氏は憎《にく》めず、手紙を届けに来た使いの者を待たせて、返事を書く。様々な唐《から》の紙を入れてある御厨子《みずし》を開けさせて、その中から格別な紙を選び出し、筆などまで念入りに用意している姿は、見とれる美しさである。

女房達「お相手は、どなたかしら」

などと、言いながら、互いに突っつき合っている。


源氏（手紙）「貴女（朧月夜）に、お便りしても相手にされず、甲斐《かい》のないことばかりで懲《こ》りてしまい、すっかり気落ちしておりました。この身ばかりが、辛くてならない思いで過ごしております。

あひ見ずてしのぶるころの涙をもなべての空の時雨《しぐれ》とや見る

（お会いできないまま、貴女を偲《しの》びながら過ごしている、今日この頃です。私の涙を、ありふれた空の時雨《しぐれ》模様と同じように、ご覧になるのでしょうか）

心の通い合う仲ならば、どれほど長雨の空であっても、物思いを忘れるはずですが」

などと、細々《こまごま》と書いていた。


〈このように、朧月夜の方から、源氏の気を引く手紙の類《たぐい》が、多く届けられている様子である。しかし源氏は、相手に恥をかかせない程度に返事はするものの、それほど心に深くは思っていない様子である〉

（読者として……女性から男性への贈歌は異例で、源氏に執着している朧月夜の様子が分かります。これまで、源氏が、執着する癖から多くの女性にしつこく言い寄っていたことを思うと、逆の立場です。筆者紫式部の言葉から、源氏には、朧月夜に対して、出会った時ほどの思い入れはないことが分かります）

［一六］

中宮（藤壺）は、故院の一周忌《いっしゅうき》の法要の後に、御八講《みはっこう》（法華八講《ほっけはっこう》、法華経《ほけきょう》八巻を読誦《とくしょう》・供養《くよう》する法会《ほうえ》）を行うと決めていた。あれこれと心遣いしながら、準備を進めている。

霜月朔日《しもつきついたち》（十一月上旬）の頃、御国忌《みこき》（父院の命日）の日は、雪がたいそう降り積もっていた。大将殿（源氏）より、宮（藤壺）に手紙が届けられる。

源氏（手紙）**別れにし今日《けふ》は来《く》れども見し人にゆきあふほどをいつとたのまん**

（父院とお別れして、今日、一周忌を迎えました。故院には、いつ行《ゆ》き合うことができるのかと、雪《ゆき》を見ながら思います）

どなたにとっても、今日は、故院を悲しく思い出す日である。藤壺から、返事が届いた。

藤壺　**ながらふるほどはうけれどゆきめぐり今日《けふ》はその世にあふ心地して**

（この世を生き長らえることは辛いものですが、命日《めいにち》の今日、故院の御世《みよ》に、雪《ゆき》の中、行《ゆ》き巡《めぐり》り合《あ》う心地でございます）

特に、取り繕《つくろ》った書き振《かぶ》りではないが、源氏の目には、優雅で上品に見える。それは、藤壺の人柄をそのように思い込んでいるからに違いない。筆跡の手法は珍《めずら》しく、今時《いまどき》の華やかさはないものの、他《ほか》の誰にもない格別な趣がある。今日は故院の命日である。藤壺を慕う気持ちを抑えて、しみじみとした風情の感じられる雪の雫《しずく》を見ながら、涙を流し、頬《ほお》を濡《ぬ》らして勤行《ごんぎょう》をしている。

［二七］

十二月十日《しわすとおか》を何日か過ぎた頃、中宮（藤壺）の御八講《みはっこう》が催《もよお》された。たいそう尊く、立派な様子である。一日、一日、供養《くよう》をする。経典《きょうてん》をはじめとして、玉の軸《じく》（宝玉《ほうぎょく》で飾られた巻子《かんす》の軸）、羅《ら》（薄い絹布）の表紙、帙簀《ぢす》（経巻を包む帙《ちつ》）などの飾りも、この世のものとは思えないほど、美しく調《ととの》えられている。

〈藤壺は、もともと気品があり、心遣いをする人である。この度《たび》は、特別な思いの込められた御八講であるから、尚更《なおさら》、当然の有様である〉

（読者として……藤壺は、心の中で、密《ひそ》かに出家を決意した上で御八講を催していますが、周りの誰にも知らせることなく準備をしていた様子には、並々ならぬ覚悟《かくご》を感じます。御八講は、四日間連続で行われます）

仏像の飾り物、花机《はなづくえ》（仏前に供える机。脚に花形の彫物がある）の覆《おお》いなどまで、真《まこと》の極楽《ごくらく》と思える美しさである。

初日は、先帝《せんだい》（藤壺の故父帝）の供養《くよう》、二日目は、母后（藤壺の故母后）の供養、三日目は、院（故院、源氏の父院）の供養が行われた。三日目は、法華経八巻のうち、五巻の法会《ほうえ》の大事な日であり、上達部《かんだちめ》達なども、右大臣一族の権勢を憚《はばか》りもせずに大勢《おおぜい》参上していた。

この日の講師《こうじ》（経典を講説《こうせつ》する僧）は、藤壺が、特別な思いで選び抜いた高僧である。「薪《たきぎ》こる」と声を揃《そろ》えて歌いながら、仏像の周りを回る行道《ぎょうどう》の儀式《ぎしき》をはじめとして、同じ言葉であっても、高僧が口にするとたいそう尊く感じられる。

親王《みこ》達も、様々な捧げ物《ささもの》をしながら回っているが、大将殿（源氏）の用意してきた供え物は、心遣いが素晴らしく、やはり誰のものとも違う有様である。

〈源氏の心遣いは、いつものことである。しかし、藤壺にとっては、源氏の行き過ぎた気遣いは、見る度に、一体どうすれば良いものかと、分からない思いになる〉

結願《けちがん》（法会最終日）に、藤壺は、我が事として、出家の意志を仏に申し上げた。あまりに突然のことで、人々は皆、驚愕《きょうがく》した。

兵部卿宮《ひょうぶきょうのみや》（藤壺の兄）や大将（源氏）は、動揺《どうよう》して、「何ということを」と思っている。親王《みこ》（兵部卿宮）は、儀式の途中、藤壺の御座所《ござしょ》に入って説得する。しかし、藤壺の意志は固く、心に決めた強い思いを述べておられた。

この日の儀式が終わる頃、山の座主《ざす》（比叡山延暦寺《ひえいざんえんりゃくじ》高僧、天台座主）をお呼びになり、仏門に入るに際しての戒律《かいりつ》を受ける由《よし》を伝えられる。伯父《おじ》にあたる横川僧都《よこかわのそうず》が近くまで参上し、御髪《みぐし》を切られる際、邸内《ていない》は、どよめいて、揺《ゆ》れるような有様で、忌《い》まわしいほど人々の泣き声に満《み》ちていた。

名もない老いた者でさえ、「今こそ、いよいよ」と出家をする際には、しみじみと悲しい思いになるものである。まして藤壺は、まだ若くて女盛りである上に、これまで出家の意志をまったく顔にも出さなかったのであるから、親王（兄兵部卿宮）も、激しく泣いている。

参上していた人々にとっては、素晴らしく、尊《とうと》い御八講の儀式であったのに、思いがけず、藤壺の出家に立ち会うこととなり、皆、悲しみの涙を流し、袖を濡《ぬ》らしながら帰途《きと》についた。

［二八］

故院の皇子《みこ》達（源氏の異母兄弟）は、昔、宮（藤壺）が、父院に寵愛《ちょうあい》されていた様子を思い出すと、ひどく悲しい思いになり、皆でお見舞い申し上げている。大将（源氏）は、藤壺の出家に呆然自失《ぼうぜんじしつ》となり、身体は動かず、何も申し上げることができない。途方《とほう》に暮《く》れる思いであるが、「源氏は、なぜ、それほどまで取り乱しているのか」と周りの者達から、怪《あや》しく思われるに違いないので、親王《みこ》達が退出した後、藤壺の御前に参上した。

次第《しだい》に人が少なくなり、辺りは静かになった。女房達が涙を流し、鼻をかみながら、部屋の所々に集まって座っている。月は、くっきりと明るく輝いている。雪に光が照り返し、明るく見える庭の有様には、昔のことが偲《しの》ばれる。源氏は、耐《た》え難《がた》いほどの苦しみを思いながらも、何とか心を落ち着かせて、

源氏「どのようなお気持ちから、出家を決心されたのですか。こんなにも急に」

と、尋ねる。

藤壺（伝言）「今になって、思い立ったことではございません。何とも、落ち着かなくなりまし

て。心は乱れるばかりで」

などと、いつものように、王命婦を介して、返事をする。

（読者として……藤壺は、周りの女房の目を気にしながら、はっきりとは言えないものの、源氏との間に抱える秘事の罪の不安を表しています。院崩御の後、右大臣一族が権勢を奮《ふる》う中でさえも、源氏はそれまで同様、藤壺に恋慕の情を表していました。藤壺は、秘事の罪の発覚《はっかく》を恐れて、出家を決意したのであると、遠回《とおまわ》しに伝えていると分かります）


御簾《みす》の中から、大勢集まって控えている女房達の衣擦《きぬず》れの音がする。物静かに、しっとりと振る舞いながらも、身じろぎをして、宮（藤壺）の出家を悲しみ、堪《こら》えることのできない様子である。

源氏（内心）「もっともなことだ。悲しい」

と、思いながら聞いている。


風が、激しく吹き荒れている。御簾《みす》の中の匂いは、たいそう奥ゆかしい黒方《くろぼう》（室内用薫香《くんこう》、冬の季節の高貴な練香《ねりこう》）の香りが染《し》み渡《わた》り、仏前《ぶつぜん》の名香《みょうこう》の煙も、仄《ほの》かに漂《ただよ》っている。大将（源氏）の薫衣香《くのえこう》の香りまで合わさって、そのめでたさは、極楽浄土《ごくらくじょうど》を思い浮かべるような夜の風情である。

春宮の使者も参上した。藤壺は、出家のことを春宮に話した際「賢木」［一八］、あどけなく答えていた姿を思い出して、気丈《きじょう》に振る舞うことができなくなる。返事をすることもできず、大将（源氏）が言葉を付け加えて伝えていた。

誰もが皆、その場にいるすべての人が、落ち着いた気持ちではいられない様子である。源氏も、心の中の様々な思いを、口に出すことができない。

源氏「**月のすむ雲居《くもゐ》をかけてしたふともこのよの闇《やみ》になほやまどはむ**
（月の澄《す》んで見える雲居に住《す》む貴女［藤壺］に思いを掛けて、お慕《した》いして出家をしたとしても、この世の闇に、私は、やはり、迷うことになるのでしょう）

と、思わずにはいられないのですが、どうにもなりません。出家を決心された羨《うらや》ましさは、果《は》てしないです」

と、それだけを述べる。女房達が間近《まぢか》に控えている。源氏は、あれこれと乱れる心の内の思いさえも、藤壺に打ち明けることができず、憂鬱《ゆううつ》な思いをしている。

藤壺「おほかたのうきにつけては厭《いと》へどもいつかこの世を背きはつべき
（ひと通り、憂《う》き世《よ》の辛さを知って出家をしましたが、何時《いつ》になったら、子《こ》を思う、この世の苦しみを捨て去ることができるのか）

やはり一方では、心の濁《にご》り（煩悩《ぼんのう》）が残りまして」

などとある。

〈文面の一部は、取り次ぎの女房が心遣いをして、手を加えたに違いない〉

源氏は、悲しみばかりが、尽きることなく込み上げてくる。胸も苦しくなって退出した。

（読者として……藤壺は、暗《あん》に「この世の苦しみから逃れるために出家をしたものの、秘事の罪の苦しみは、消えることがありません」と源氏に訴えています。取り次ぎの女房が手を加えたとの描写には、王命婦が、藤壺の表現に罪の漏洩《ろうえい》の危険を感じて、取り繕《つくろ》ったのではないかと想像します。源氏には、藤壺の真意《しんい》が伝わって、衝撃《しょうげき》を受けていますす）

［二九］

源氏は、自邸二条院に帰ると、東の対（自室）に籠《こも》り、独《ひと》りで横になるものの、眠ることができない。世の中が嫌になる一方で、春宮のことだけは心配である。

源氏（内心）「故父院が、『せめて母宮（藤壺）を公《おおやけ》の地位（中宮）にして、春宮の身を安定させよう』と考えられていたにも拘らず、この世の辛さに耐えかねて、出家されてしまったのであるから、春宮は、これまで通り安泰とは言えないだろう。その上、私まで春宮をお見捨てしては、どうなることか」

などと、際限《さいげん》なく考えながら、夜を明かしている。

源氏（内心）「今はとりあえず、出家に必要な調度品などを」

と、思い、「年内に間に合わせるように」と命じて急がせる。王命婦も、藤壺に従って、供として出家していた。そちらにも心を込めて見舞いをする。

〈この度《たび》のことについて、さらに詳しく話を続けると大袈裟《おおげさ》なことになるので、語り漏《も》らしながらも省《はぶ》いたようである。それにしても、このような時にこそ、本来ならば、趣深《おもむきぶか》い歌が詠《よ》まれるものであるのに、何と物足《ものた》りないことよ。
源氏が宮（藤壺）を訪ねると、今では出家した身となって、世間への憚《はばか》りも和《やわ》らぎ、ご自分から話をされる折《おり》もあった。源氏の藤壺への恋慕《れんぼ》の情《じょう》は、決して心から離れることはないが、言うまでもなく、藤壺は出家した身の上であり、あってはならないことである〉
〈読者として……原文「漏《も》らしてけるなめり」を、「語り漏《も》らしながらも省《はぶ》いたようである」と訳しました。古語の「漏らす」には、古語辞典によると、いくつかの意味があり、中でも「秘密にしていたことを人に知らせる、口外する」と、「省略する、省く」の異なる意味については、どちらも当てはめることが可能に思われます。紫式部は、筆者でありながら、どこかで聞いた話を語るかのように、独り言を挿入《そうにゅう》しています。筆者である印象を消すことで自己保身を図りながら、読者に、言葉の両方の意味の解釈を暗に期待しているように感じます。物語全搬に見られる手法です。
『源氏物語』の冒頭文は、原文「いづれの御時《おほむとき》にか」で始まりました。特定する明確な言葉を避けて、漠然《ばくぜん》とした世界を描きながらも、真実を追い求めて物語を展開させる表現手法には、読者の想像力への期待と、「物語」が、後世にまで生き残る願いを込めた、熟慮《じゅくりょ》を感じます。「芸術作品としての文学」に思うのです〉

［三〇］

年も明けた。

（読者として……帝が故院の喪に服する年［諒闇《りょうあん》］も明けて、宮中では、諸行事や管弦の遊びが復活します）

宮中の辺りは華やかな様子で、内宴《ないえん》や踏歌《とうか》（宮中正月行事）などの賑《にぎ》やかな音色も聞こえてくる。宮（藤壺）は、しみじみと心を動かされながらも、静かな気持ちで勤行《ごんぎょう》している。後《のち》の世《よ》（春宮が無事に帝に即位すること）だけを願い、それを励みにしている。源氏からの煩《わずら》わしい恋慕の情については、すっかり忘れていた。

いつもの念誦堂《ねんずどう》はもちろんのこと、特別に建てられた御堂《みどう》へも行き、格別な思いで勤行《ごんぎょう》している。そこは、住まい三条宮西の対の南に当たり、少し離れた場所にある。

大将（源氏）が、年賀の挨拶にやって来た。三条宮では、新年を祝う様子もなく、御殿の中は、ひっそりとして人影《ひとかげ》もわずかである。宮司《みやづかさ》（中宮職役人）として親しく仕える者達ばかりが俯《うつむ》いて控えている。

〈そのように思いながら見るからだろう。ひどく気が塞《ふさ》いでいるように思われる〉

白馬《あおうま》（白馬節会《あおうまのせちえ》の馬、正月七日宮中行事）だけは、例年通りに、変わることなく引かれてやって来たので、女房達が見物していた。

以前は、年賀の挨拶に、所狭《ところせま》しと参集《さんしゅう》していた上達部などが、今では道を避《よ》けるようにして通り過ぎ、向《む》かいの大殿（右大臣邸）に集まっている。権勢ゆえで、当然のことではあるが、藤壺は、しみじみと寂しさを感じていた。そこへ、源氏が、千人にも値するような立派な有様で、丁重《ていちょう》にやって来たのであるから、それを見た女房達は、ただもう涙ぐんでいた。

客人《まろうど》（源氏）も、三条宮の寂しい様子を見回すと、直《す》ぐには何も言えない。住まいの様子は、すっかり変わってしまっていた。御簾《みす》の端《はし》や几帳《きちょう》も青鈍色《あおにびいろ》で、方々《ほうぼう》の隙間《すきま》から、ちらりと見える女房達の薄鈍色《うすにびいろ》や梔子色《くちなしいろ》の袖口などが、かえって優美で奥ゆかしく見える。

池は一面、薄氷《うすごおり》が融《と》けてきている。岸《きし》の柳《やなぎ》は、ほんの少し芽吹《めぶ》いている。季節の訪れを忘れることなく移り変わる自然の風景に、源氏は、様々な思いを抱きながら眺めている。「むべも心ある」（なるほど趣《おもむき》のある尼の住まいだ）と忍びながら古歌を口ずさむ。その姿は、またとなく優美である。

源氏　**ながめかるあまのすみかと見るからにまづしほたるる松が浦島**

（物思いに沈む、尼の住み家《すか》と思いながら見るからか、まず涙がこぼれ落ち、古歌にある松が浦島のような思いです）

と、歌を詠む。藤壺は、部屋の奥ではなく、仏間《ぶつま》になっている御座所にいるので、源氏には少し近くに感じられる。

藤壺　**ありし世のなごりだになき浦島に立ち寄る浪《なみ》のめづらしきかな**

（昔の名残《なごり》さえない、浦島のような場所に、波のように立ち寄って下さるとは、珍しい方ですね）

と、歌を詠む声が微《かす》かに聞こえる。源氏は、人目を忍びながらも涙がほろほろとこぼれ落ちた。周りで仏道修行をしている尼君達が見ているだろうと思うと体裁《ていさい》も悪く、言葉少なのまま退出した。

老女房達「源氏の君は、本当に類《たぐい》なく立派になられましたね。なんの不安もない栄華《えいが》の世で、時勢《じせい》に時めいておられる頃は、それは一人天下《ひとりてんか》でしたから、『何を経験して、この世の人生について思い知ることになるのか』と人々から思われていましたね。今では、たいそう落ち着いて、些細《ささい》な事《こと》でも、しみじみとした風情《ふぜい》を感じさせる態度《たいど》まで備《そな》わっておられるのですから、ただもう、今の時世《じせい》は、本当にお気の毒なことです」

などと、涙を流しながら源氏を誉《ほ》めている。

宮（藤壺）も、あれこれと込み上げる思いが多かった。

［三一］

司召《つかさめし》（地方官任命《ちほうかんにんめい》の除目《じもく》、正月中旬に行われる）の頃である。しかし、この宮（藤壺）に仕えている人々は、賜《たまわ》って当然の官職を得られなかった。普通の道理として、藤壺の御賜《たまわ》り（年爵《ねんしゃく》）についても、必ずあるはずの加階《かかい》（昇進《しょうしん》）などさえも行われず、悲嘆する事柄があまりにも多かった。

中宮（藤壺）は、本来ならば、出家したとは言え、直《す》ぐに御位を失うことも、御封《みふ》などを止められることもあり得ない。しかし右大臣一族の権勢は強く、出家を口実にして、これまでとは変わることが多かった。

藤壺は、何もかも見限《みかぎ》って出家したこの世ではあるものの、仕《つか》える者達が頼《たよ》り所《どころ》を失い、悲しむ様子を見るにつけ、悩ましく思う折々もあった。その一方で、藤壺（内心）「我が身は、どうなっても、春宮が、無事に帝に即位されますように」と、そのことばかりを願い、気を緩めることなく勤行《ごんぎょう》に励《はげ》んでいる。人知れず、秘事《ひじ》の罪《つみ》を抱えていることは不安でたまらず、恐ろしく思うばかりである。

藤壺（内心）「私の秘事の罪による春宮の罪障《ざいしょう》を、どうか軽くして下さい」

と、仏に念じることで、あらゆる苦しみを和《やわ》らげている。大将（源氏）も藤壺の心の内《うち》を察し、
源氏（内心）「当然のお気持ちである」

と、思っている。


源氏の自邸二条院でも、供人達は、三条宮の人々と同じように、時世の変化により、悔しい思いばかりしていた。源氏は、世の中を居心地悪く思い、引《ひ》き籠《こも》ってしまう。

左大臣も、公私ともに、昔とはすっかり変わってしまった世の中を億劫《おっくう》に感じ、致仕《ちじ》の表《ひょう》（辞表《じひょう》）を提出した。帝（源氏の兄帝）は、故院（父院）が、「この上ない後見人として、左大臣を長き世のかため（末永い国家の柱石《ちゅうせき》）に」と言い残されたご遺言《ゆいごん》を思い出すと、それを無にすることもできず、
帝「致仕の表については許せぬこと」
と、何度提出されても、取り上げずにおられたが、左大臣は、強《し》いて自ら辞職を願い出て、引き籠《こも》ってしまった。

今では、右大臣一族だけが、何事においてもますます繁栄《はんえい》している有様は、この上ない。世のおもし（天下の重鎮《じゅうちん》）とされた左大臣が、このように引退されたことを、帝は心細く思われている。世間の人々も、物事を弁《わきま》えている者達は、皆、悲嘆《ひたん》しているのだった。

［三二］

　これまで左大臣家の子息《しそく》達は、皆揃《みなそろ》って人柄も良く、朝廷で重く用いられて幸せに暮らしていた。しかし、父左大臣の辞職により、すっかり静まり返ってしまった。

　三位中将《さんみのちゅうじょう》（左大臣長男）なども世の中に期待が持てず、すっかり気落ちしている。あの四の君（三位中将の正妻、右大臣四女、弘徽殿大后妹）の所へは、今でも途絶《とだ》えがちに通っているが、不機嫌《ふきげん》な態度を取っているので、右大臣は気の許せる婿《むこ》とは考えていない。

右大臣（内心）「思い知るがよい」

と、思ったからか、この度《たび》の司召《つかさめし》も外《はず》されてしまった。しかし三位中将の方は、たいして気にもしていない。大将殿（源氏）がこのようにひっそりと引き籠《こも》り、静かにしていることを思えば、世の中は虚《むな》しいものであると思い知り、
三位中将（内心）「自分の不遇《ふぐう》は当然のことだ」

と、思い込んで、いつも源氏のもとに通い、学問や管弦の遊びなどを一緒にしている。古《いにしえ》（過ぎ去った頃）も、呆《あき》れるほど張り合っていたことを思い出し「帚木」［二］、今もまた、互いに、ちょっとしたことでも競い合っている。

源氏は、春秋の御読経《みどきょう》（宮中恒例行事《れいぎょうじ》の読経会）はもちろんのこと、臨時にも、様々な尊い法会《ほうえ》を催《もよお》している。また、右大臣家の権勢の時流に乗れず、することもなく暇にしている博士達を呼び集め、文作《ふみつく》り（漢詩を作る作文《さくもん》）や韻塞《いんふたぎ》（古人の詩の韻字《いんじ》を隠して言い当てる文学遊戯《ゆうぎ》）などの遊《すさ》び事《ごと》を慰《なぐさ》みにして気を晴らしている。宮仕えは滅多にしなくなっている。心任《こころまか》せの遊《あそ》びにばかり興《きょう》じているので、世間では、あれやこれやと源氏の噂をして、厄介《やっかい》なことを言い出す人々も次第《しだい》にいるようである。

夏の雨が、のどかに降っている。暇《ひま》を持《も》て余《あま》しているところへ、中将（三位中将）が、供人に立派な数多くの漢詩集を持たせてやって来た。殿（源氏）も文殿《ふどの》（書物を収める建物）を開《あ》けさせて、これまで開《ひら》いたことのない幾《いく》つもの御厨子《みずし》（置き戸棚）の中から、珍しい古集《こしゅう》（古詩集）の由緒《ゆいしょ》あるものを少し選び出させた。そして、その道の専門家を大勢呼び集めた。

殿上人も、大学寮《だいがくりょう》の人々（博士・助教・学生など）も、それはたいそう大勢集まり、、左右《さゆう》、互《たが》い違《ちが》いに二組に分けられた。賭《か》け物《もの》（賞品《しょうひん》）などは、たいそう素晴らしい物ばかりが用意され、双方で競い合う。

韻塞《いんふたぎ》では、韻を次々と塞《ふさ》いでいくにつれて、難しい韻の文字ばかりが多く残る。名の通った博士達でも迷っている箇所で、源氏が、時々、口を挟《はさ》んで答える様子は、まったく格別な才能の持ち主であると分かる。

人々「源氏の君は、どうしてこれほどまで、何もかも備わっているのでしょう。やはり、そのような宿命で生まれ、万事、人よりも優れている方だったのですね」

と、感心しながら誉《ほ》めている。とうとう右（中将側）が、負けてしまった。

二日ほど後、中将は、負態《まけわざ》（勝負に負けた方が勝者に饗応《きょうおう》すること）を行った。仰々《ぎょうぎょう》しくはなく、上品な檜破子《ひわりご》（檜《ひのき》の薄い板で作った食物を入れる器）や賭《か》け物《もの》など、様々なものが用意され、今日も、例によって、多くの人々を呼び集め、文《ふみ》（漢詩）などを作らせている。

階《きざはし》（庭へ降りる階段）の下に、少しばかり、薔薇《そうび》が、春秋の花盛りよりもしっとりと可愛らしく咲いている。人々は、和《なご》やかに、管弦《かんげん》の遊びを楽しんでいる。

中将の息子で、今年初めて童殿上《わらわてんじょう》になる八つか九つほどの子は、声がたいそう素晴らしく、笙《しょう》の笛も吹いたりしている。源氏は可愛がって、遊び相手をしている。四の君（中将の正妻）の息子だった。世間の人々からの期待もあり、評判も良く、大切に育てられていた。性格も賢く、容姿も良い。管弦の遊びが、少し乱れてきたところで、「高砂《たかさご》」（催馬楽《さいばら》）を謡《うた》い始める姿は、たいそう可愛らしく見えた。

大将の君（源氏）は、衣を脱いで褒美《ほうび》に与えた。源氏が、いつになく酔《よ》って寛《くつろ》ぎ、打《う》ち解《と》けた様子の顔の華やかさは類《たぐい》ない。

羅《うすもの》（絽《ろ》や紗《しゃ》、薄い絹織物）の直衣《のうし》（貴族の平服）に、単衣《ひとえ》（一重仕立《ひとえじた》ての衣）を着ている。透《す》けて見える肌の色艶《いろつや》が、ますます美しく見える。年老いた博士達などは、遠くから、涙を流しながら見ていた。

「『あはましものをさゆりはの』」（催馬楽《さいばら》）と、中将の息子が、「高砂」の最後を謡うところで、中将は、源氏に、土器《かわらけ》（素焼《すや》きの杯《かずき》）を差し上げる。

中将　**それもがとけさひらけたる初花におとらぬ君がにほひをぞ見る**

（それを見たいと待っていた花［薔薇《そうび》］が、今朝、咲きました。それに劣らぬ、源氏の君の華やかな美しさです）

と、歌を詠むと、源氏は、笑みを浮かべながら杯を受け取る。

源氏「**時ならでけさ咲く花は夏の雨にしをれにけらしにほふほどなく**

（時季外《じきはず》れに、今朝《けさ》、咲いた花は、夏の雨に濡《ぬ》れて萎《しお》れてしまったようですよ。匂《にお》う間もなく）時勢《じせい》から外れた私も、衰《おとろ》えてしまいましたのに」

と、陽気《ようき》に振る舞いながらも、中将の歌を僻《ひが》んで受け取っている。中将は、源氏に文句を言いながら、無理に酒杯《しゅはい》を勧《すす》める。

〈他にも、数多くの歌が詠まれたようである。しかし、このような折について、「まほならぬこと数々に書きつくる心地なきわざ」（本格的ではない歌を多く書き記すことは思慮《しりょ》に欠ける態度である）と紀貫之《きのつらゆき》（歌人）は戒《いまし》めている。頼りになる方の言葉で、私も煩《わずら》わしいので、書くことは控えておく〉

誰もが皆、源氏の君を誉《ほ》め称《たた》える言葉ばかりを並べて、大和《やまと》の和歌《わか》や唐の漢詩を次々と詠んでいる。源氏は、ひどく思い上がった態度になり、

源氏「『文王《ぶんおう》の子、武王《ぶおう》の弟』」（『史記』）

と、口ずさむ。名乗る姿までもが、たいそう素晴らしく見える有様である。

〈読者として……『史記』には、「我（周公旦）は、文王《ぶんおう》の子、武王《ぶおう》の弟、成王《せいおう》の叔父なり」とあって、周公旦を源氏に譬《たと》えると、文王は故父院、武王は兄帝、成王は春宮に当たります〉

〈源氏は、自分の立場を「成王の何」と名乗るつもりだろうか。それがばかりは、やはり気掛かりだろう〉

〈読者として……源氏は、藤壺との秘事《ひじ》の罪《つみ》を抱え続けています。表向きは、春宮の異母兄ですが、実態は父親。筆者紫式部は、まるで実況放送の解説をしているかのような描写で語りながら、源氏の内心の苦しみを逃さずに表現しています〉

兵部卿宮《ひょうぶきょうのみや》（源氏の弟帥宮《そちのみや》、後の蛍兵部卿宮《ほたるひょうぶきょうのみや》）も始終《しじゅう》やって来ている。管弦の遊びなどを得意《とくい》とする人で、今風《いまふう》のお洒落《しゃれ》な方々の集まりである。

［三三］

その頃、尚侍《かん》の君（朧月夜）が、宮中から里邸（右大臣邸）に退出した。長い間、瘧病《わらわやみ》を患《わずら》っていたので、呪《まじな》い（神仏祈願）などを気兼《きが》ねなく行うためだった。修法《ずほう》（密教《みっきょう》の加持《かじ》祈祷《とう》）などを始めると、すっかり回復《かいふく》し、周りの者は皆、嬉しくて安堵《あんど》していた。

ところが、例によって、源氏は、「これは、滅多《めった》にない良い機会だ」とじっとしていられず、手紙のやり取りをして、強引《ごういん》に、毎夜毎夜、会いに行く。

朧月夜は、たいそう女盛りで、元気の良い華やかな人であるが、少し、病《やまい》に苦しんだからか、ほっそりと痩《や》せて、たいそう魅力的になっている。

后の宮《きさいのみや》（弘徽殿大后《こきでんのおおきさき》）も、同じ右大臣邸にいる頃で、源氏にとって、その存在は、たいそう恐ろしいのであるが、それ以上に色恋に執着する癖が上回り、人目を忍んでの逢瀬《おうせ》は、度重《たびかさ》なってゆく。周りの女房達の中には、気が付く者もいただろう。しかし、面倒なことに巻き込まれるのを恐れて、誰も、弘徽殿大后に伝えようとはしていない。右大臣も、二人がこのような間柄になっているとは、思いもしていなかった。

雨が急に激しく降り出して、雷もひどく鳴り響く暁《あかつき》（夜明け前）のことである。右大臣家の子息達や宮司《みやづかさ》（春宮坊などの役人）は大騒ぎとなって、あちらこちらから大勢《おおぜい》出入りしている。女房達も怖がり狼狽《うろた》えて、源氏のいる場所の近くに集まって、座り込んでしまった。源氏は、どうにも仕様がなく、部屋から出られないまま、夜が明けた。朧月夜の御帳台《みちょうだい》の周りにも、女房達が大勢、並ぶように控えている。源氏は、本当に胸の潰《つぶ》れるような思いになる。気付いている女房が二人ほど途方に暮れている。

雷《かみなり》が鳴《な》り止《や》んで、雨も少し小降《こぶ》りになってきた頃、右大臣がやって来た。まず、宮の御方（弘徽殿大后）の寝殿《しんでん》を訪れていたが、村雨《むらさめ》の音に紛《まぎ》れて、朧月夜の方では気付いていなかった。そこへ右大臣が、朧月夜の御帳台《みちょうだい》に気軽にすっと入って来て、御簾《みす》を引き上げた。

右大臣「いかがお過ごしですか。まったく昨夜はひどい天気で心配していましたが、こちらへ見舞いに来ることもできませんで　中将（朧月夜の兄弟）や宮《みや》の亮《すけ》（官職次官）などは仕えていましたか」

などと、話している。その様子は早口で、落ち着きがない。大将（源氏）は、物陰に隠れながらも、つい、左大臣の姿を思い出して比べてしまう。譬《たと》えようのないほどの人柄の違いに苦笑《にがわら》いを浮かべている。

〈確かに、御簾を引き上げて覗《のぞ》きながら話すのではなく、しっかり、部屋の中に入ってから、話をすれば良いものを〉

尚侍《かん》の君（朧月夜）は何とも困ってしまい、しずしずと膝《ひざ》をついて出てきた。顔を真っ赤にしている。

右大臣（内心）「まだ、体調が優《すぐ》れないのだろうか」

と、思いながら見ている。

右大臣「どうして、お顔の色がいつもと違うのですか。物の怪などが憑《つ》いたら厄介《やっかい》ですよ。修《ず》法《ほう》を続けさせたほうが良かったのでしょうか」

と、言いながら、見てみると、薄二藍《うすふたあい》の帯（直衣用《のうしよう》、男物）が朧月夜の衣にからまり、外に引きずられて出ているのを見つける。

右大臣（内心）「怪《あや》しい」

と、思ったと同時に、一方では、畳紙《たとうがみ》（懐紙）に手習いなどをしたものが、几帳《きちょう》の下に落ちているのを見つけた。

右大臣（内心）「これは、一体、どういうことか」

と、驚いている。

右大臣「これは、誰が書いたものですか。見慣れぬ書き様《ざま》ですね。こちらに渡しなさい。誰の筆跡か、私が調べてみましょう」

と、言う。朧月夜は、言われてから振り返り、やっと、自分でも畳紙《たとうがみ》に気が付いた。

〈朧月夜は、今更《いまさら》、取《と》り繕《つくろ》うこともできず、どうして答えることができようか。呆然《ぼうぜん》としている様子であるが、右大臣ほどの権力者ならば、「我が娘ながら、恥ずかしい思いをしているのだろう」と察《さっ》するべきである〉

しかし、右大臣は、たいそうせっかちで、落ち着きのない人である。思いを巡《めぐ》らすこともなく、畳紙を手に取りながら、几帳から中を覗《のぞ》いた。すると、そこには、たいそう、なよなよとして気後《きおく》れもせず、横になっている男（源氏）がいた。男は、今になって、そっと顔を隠し、何とか取り繕っている。右大臣は、驚《おどろ》き呆《あき》れて不愉快《ふゆかい》になる。

〈直接、面と向かって、どうして、男を問い詰めることができようか〉

右大臣は、目の前が真っ暗になる思いになりながら、この畳紙を手に取ると、寝殿の方へ戻って行った。

尚侍《かん》の君《きみ》（朧月夜）は、呆然《ぼうぜん》として、死にそうな思いをしている。

源氏（内心）「朧月夜には、気の毒なことになってしまった。とうとう、これまでの私の軽率な振舞《ふるまい》が、積もりに積もって、世間の非難を被《こうむ》る事態になってしまうのか」

と、思うが、今は、女君（朧月夜）の苦しそうな様子を、とにかく、あれやこれやと慰《なぐさ》めている。

［三四］

右大臣は、思ったままを口にして、心に収《おさ》めることのできない性格である。その上、ひどく老いの僻《ひが》み心《ごころ》まで加わっているのだから、どうして黙っていられようか。ずけずけと、宮（弘徽殿大后、右大臣の娘）に、嘆きながら訴えている。

右大臣「これこれ、このようなことがありました。この畳紙《たとうがみ》は、右大将（源氏）の筆跡です。以前も、こちらに承諾《しょうだく》もなく同じようなことがありました。あの時は、人柄に免《めん》じて、すべての罪を許し、『それでは結婚を認める』と言いましたのに「葵」［二九］、心にも留めず、横柄《おうへい》に振る舞っていたので、私は不愉快に思っていました。あのように噂が立ってしまいましたから、帝には、「穢《けが》れた娘である」とお見捨てにならないことを願いながら、このように宮中に差し上げましたが、やはり依然として、差《さ》し障《さわ》りになっているようで、歴《れっき》とした女御などとも呼ばれず、尚侍《かん》の君《きみ》のままでいることさえ物足《ものた》りなく、悔しく思っておりましたのに。また再び、このような有様になってしまい、ますます、たいそう情けない思いをすることになりました。男にはある話と言いましても、大将（源氏）は、まったく酷《ひど》い性格の人ですよ。

斎院《さいいん》（朝顔）に対しても、神に仕える方ですのに、憚《はばか》りもなく言い寄って、密《ひそ》かに手紙を遣《や》り取《と》りするなどして、未《いま》だに恋心を抱いているようですよ。人々が噂をしていました。帝の治世だけではなく、本人（源氏）にとっても良くない振舞です。まさか、このように軽率な行動をされる方とは。今の時代の有職《ゆうそく》（学識者、物知り）として、世の人々を従わせる様子は格別な方ですから、大将（源氏）の人柄を、疑いもしていませんでした」

などと、話をする。宮（弘徽殿大后）は、たいそう気性の激しい人なので、ひどく不機嫌《ふきげん》な顔つきになった。

弘徽殿大后「昔から、誰もが『帝《みかど》』（弘徽殿大后の皇子）と呼びながらも、軽蔑《けいべつ》する態度をとっていました。致仕《ちじ》大臣（元左大臣、辞職した大臣）も、大切に育てた一人娘（故葵の上）を第一皇子（帝、源氏の兄）には春宮であっても嫁《とつ》がせず、第二皇子の弟源氏が、まだたいそう幼いにも拘《かかわ》らず、元服《げんぷく》の添臥《そいぶし》にしたいと願《ねが》い出《で》たのです。

また、この君（弘徽殿大后妹、朧月夜）についても、宮仕えを父右大臣が心に決めながら、見苦しいこと（源氏との密会）がありました。しかし、当時、誰一人として、源氏の君を怪しいとは思っていませんでした。皆、あの方（源氏）に心を寄せて、信じ切っていたようでした。

君（朧月夜）は、不本意ながら、女御ではなく尚侍の君として宮仕えをしていますが、私も気の毒に思い、どうにかして他の女方に後《おく》れを取らぬように支《ささ》えて差し上げようと思っていました。そうすれば、憎《にく》らしい人（源氏）を見返してやれると思っていたのです。ところが、君（朧月夜）がこっそりと、自分の気に入った人（源氏）の方《ほう》に心を寄せていたということなのですね。斎院（朝顔）の件についてもありそうな話です。どちらの話にしても、朝廷（帝の治世）にとっては安心できないことに思われます。春宮即位後の治世に、格別な期待を寄せている人（源氏）ですから、当然の行為と考えることもできるでしょう」

と、度を越えるほどに言い続ける。右大臣は、さすがに困ってしまい、

右大臣（内心）「どうして、私は、話してしまったのか」

と、後悔している。

右大臣「気持ちは分かりますが、暫《しばら》く、この話（源氏と朧月夜の逢瀬《おうせ》）については、他言しないようにしましょう。内裏《うち》（帝）にもお伝えしないように。あの娘（朧月夜）は、これくらいの密会ならば、罪であっても帝には見捨てられまいと、頼りにして甘えていたのでしょう。貴女（弘徽殿大后）から内々に注意してやって下さい。それでも聞き入れないようでしたら、その罪の責任は、この私がとりますから」

などと、言い方を変えて話をするが、弘徽殿大后の機嫌《きげん》は、まったく直らない。

弘徽殿大后（内心）「このように、私も、六の君（朧月夜）と同じ邸《やしき》にいると分かっていながら、隙間《すきま》も無いような部屋の中に、遠慮することなく入り込んで来て逢瀬なんて。源氏の君は、わざわざ、帝や右大臣家を軽んじて、嘲《あざけ》りに来ているようなものだ」

と、思えば思うほど、ますます、ひどく怒りが込み上げて、

弘徽殿大后（内心）「これを機《き》に、源氏の君を陥《おとしい》れる策《さく》を講《こう》じるには、丁度《ちょうど》、都合が良い」

と、あれこれ考えを巡らしているようである。

あとがき

『源氏物語』を読む時、いつも気持ちの切り換えをして、現代社会の価値観を、持ち込まないように心掛けています。

千年前の、平安京で生きる紫式部。『源氏物語』は、「いつの時代のことか、はっきりしない物語」。私の、まったく知らない世界を、見に行くような、旅をする感覚です。

物語の中で、すべての登場人物は、いつも生きて、生活しています。その世界について、思考と感性を巡らせ、想像することは、とても大事であると感じます。

当時の牛車《ぎっしゃ》は、現代の高級自動車。速度の違いを想像することは、物語の中を流れる時間に、身を置くためにも大事なことです。

紫式部にとって、「物語」は、「物事の真実を語ること」。後世の我々に、人間として「生きる意味」を、伝えたかったのだと思います。

『源氏物語』を読む上での、私の最終的な目標は、原文を音読しながら、言葉の意味を体感し、描かれた物語世界を、味わい尽くすことです。

紫式部が、言葉に込めた意味の深さに気付く時、圧倒《あっとう》され、視点の鋭い「眼《まなこ》」と、筆の力量を感じます。複雑な人間心理を、どこまで言葉で表現できるのか。挑戦にすら感じます。花鳥《かちょう》風月《ふうげつ》。自然に、時の流れや感情を重ねる表現力は、物語世界を膨《ふく》らませ、読者として、現代の日常生活を無意識にも重ね、無限に、自由に、心の視野の広がる楽しみでもあります。

時空を超えた壮大《そうだい》な旅。「千年の時を超えて」、その感覚を、皆様にお伝えし、歴史、文化、言語……、楽しみながら、対話の広がりに繋《つな》がることを、願う思いでおります。

『源氏物語五十四帖』。紫式部の「心の宇宙の物語」。果てしない旅ではありますが、今後とも、お付き合い頂けましたら、幸いでございます。

二〇二一（令和三）年十二月

現代語訳者　月見よし子

〈参考文献〉

阿部秋生・秋山虔・今井源衛・鈴木日出男・校注・訳『源氏物語①〜⑥』（新編日本古典文学全集二〇〜二五 小学館 一九九四〜一九九八。ただし使用したものは①〜⑤は二〇〇六、⑥は二〇〇四）

新村出編『広辞苑 第五版』（岩波書店 一九九八）

鈴木一雄・外山映次・伊藤博・小池清治編『全訳読解古語辞典 第三版小型版』（三省堂 二〇一一）

〈訳者紹介〉

月見よし子（つきみ よしこ）

1969（昭和 44）年　奈良県生まれ。

本名　加藤美子。

京都府立洛北高等学校卒業。慶應義塾大学法学部政治学科卒業。

文化服装学院服飾専門課程服飾研究科卒業。

カルチャーセンター講師（著者と歩む『源氏物語』）担当。

独学で「源氏物語原文分解分類法」（色鉛筆による言葉の色分け読解法）を考案。紫式部が、「思考と感性」の力で言葉の限りを尽くし、この世の全てを表現することに挑んだ『源氏物語』。その「情熱と孤独」に感銘を受け、原文の読解をライフワークにしている。

〔著書〕

『源氏物語原文分解分類法　心の宇宙の物語　千年の時を超えて』
（幻冬舎メディアコンサルティング刊）

『源氏物語 54 帖　紫式部の眼《まなこ》』（幻冬舎メディアコンサルティング刊）

『源氏物語五十四帖現代語訳　紫式部の物語る声［一］』
（幻冬舎メディアコンサルティング刊）

源氏物語《げんじものがたり》五十四帖《ごじゅうよんじょう》　現代語訳《げんだいごやく》

紫式部《むらさきしきぶ》の物語《ものがた》る声《こえ》　［二］

末摘花《すえつむはな》・紅葉賀《もみじのが》・花宴《はなのえん》・葵《あおい》・賢木《さかき》

2023年3月1日　第1刷発行

原　作　　紫式部
訳　者　　月見よし子
発行人　　久保田貴幸

発行元　　株式会社 幻冬舎メディアコンサルティング
〒151-0051　東京都渋谷区千駄ヶ谷4-9-7
電話　03-5411-6440（編集）

発売元　　株式会社 幻冬舎
〒151-0051　東京都渋谷区千駄ヶ谷4-9-7
電話　03-5411-6222（営業）

印刷・製本　中央精版印刷株式会社
装　丁　　都築 陽

検印廃止

Printed in Japan
ISBN 978-4-344-94293-6 C0095
幻冬舎メディアコンサルティングＨＰ
https://www.gentosha-mc.com/